FEUER
WERKE
VERLAG

Das Buch

Am Ufer eines Sees wird die Leiche einer jungen Frau gefunden – sie hängt kopfüber an einem Baum. Als Kriminalkommissarin Lena Freyenberg und ihr Partner Henning Gerlach den Fall übernehmen, stehen sie vor einem Rätsel, denn das perfekte Familienidyll des Opfers lässt auf den ersten Blick kein Motiv für die grausame Tat erkennen.

Während die Ermittlungen auf Hochtouren laufen, taucht der geschundene Körper einer zweiten Frau auf. Und nur wenige Tage später wird die Leiche einer dritten Frau entdeckt.

Die Gemeinsamkeiten der Opfer: Sie wurden vor ihrem Tod auf bestialische Weise gefoltert, sie sind Mütter, und sie hinterlassen ihren Kindern eine ganz besondere Botschaft …

Der Autor

Gunnar Schwarz konnte gar nicht anders. Als Kind der späten Siebzigerjahre in eine schreibende Familie hineingeboren, war sein Weg zum Schriftsteller schon vorgezeichnet. Bereits als Jugendlicher verfasste er erste Kurzgeschichten und entwickelte einen beeindruckend facettenreichen Schreibstil. Das Genre, in dem er sich am meisten zu Hause fühlt, wird schließlich der Thriller. Der Wunsch, mit seinen eigenen Worten einen spürbaren Nervenkitzel zu erzeugen, lässt ihn tagtäglich an seinen Geschichten arbeiten. Wenn Gunnar den Schreibtisch verlässt, dann am liebsten für lange Spaziergänge mit seinem Hund. Die Stille des norddeutschen Landlebens wirkt dabei inspirierend und schafft Raum für die Entstehung neuer Ideen.

Schenkung

Das Flüstern der Mütter

Ein Thriller von Gunnar Schwarz

Gerlach und Freyenberg 2

Mehr zum Autor finden Sie auf
www.gunnarschwarz.de,
www.facebook.com/gunnarschwarz.autor,
www.instagram.com/gunnarschwarz.autor und
www.feuerwerkeverlag.de/schwarz

Abonnieren Sie auch unseren Verlags- und Autoren-Newsletter und erfahren Sie so als Erster von unseren Neuerscheinungen, Autorennews und exklusiven Buch-Gewinnspielen:
www.feuerwerkeverlag.de/newsletter

Originalausgabe Februar 2023

Maracuja GmbH, Laerheider Weg 13, 47669 Wachtendonk
Herstellung: Books on Demand GmbH
Printed in Europe
Umschlaggestaltung: Chris Gilcher (Buchcoverdesign.de) unter Verwendung von Adobe Stock ID 521930211, Adobe Stock ID 168554205, Adobe Stock ID 286243499 und freepik.com
Lektorat: Ulrike Rücker, Leipzig

ISBN: 978-3-949221-58-3

Kapitelübersicht

Prolog

DA sitzt sie – in der Mitte des Raums. Ihr Kopf ist am Stuhl fixiert, ihre Augen starren blind ins Dunkel.

Noch regt sie sich nicht. Die Hände hängen schlaff über der Armlehne.

Ich schleiche mich an, lautlos wie ein Gepard, und ziehe an dem Seil, das ihre Handgelenke umschließt. Es muss fest sein. Straff. Sobald sie wach wird, wird sie versuchen, sich zu befreien, ihre Arme und Beine bewegen, strampeln. Das Seil wird sich in ihre Haut schneiden, blutige Wunden hinterlassen – so tief und dunkel wie das Kellerloch, in dem sie sitzt.

Ich beobachte sie durch das Nachtsichtgerät, das fest vor meinen Augen sitzt. Als ich mich vor die Frau knie, zittern meine Beine. In meinem Körper kribbelt es vor Aufregung. Bald, ganz bald ist es so weit. Ich kann es kaum noch erwarten, zähle die Sekunden, die Minuten. Sie regt sich nicht, ist noch nicht bereit für das, was sie erwartet.

Ich beuge mich zu ihr, drehe mein Ohr in ihre Richtung, nah an ihr Gesicht. Lausche ihren schwachen Atemzügen.

Da!

Ein Wimmern. Leise, kaum hörbar, doch es ist da. Jetzt kann es nicht mehr lange dauern.

Ich grinse, gehe um den Stuhl herum und stelle mich hinter sie. Mit der Hand fahre ich durch ihr Haar. Ihr schönes, seidig-glänzendes, blutverschmiertes Haar. Der süße, metallische Duft steigt mir in die Nase. Ich schließe kurz die Augen, erinnere mich daran, wie die schwere Taschenlampe auf ihren Schädel knallte, ihr Kopf nach vorne sackte und der Körper zu Boden fiel wie ein nasser Sack. Die zähe, rote Flüssigkeit verteilte sich in ihrem Haar, lief über ihre Schläfen, ihre Wangen. Bevor ich sie im Keller auf den Stuhl setzen konnte, musste ich sie waschen. Es war fast ein wenig schade. Die ersten

Spuren der Schuld standen ihr gut. Ich hätte sie so lassen können, doch für das, was ich mit ihr vorhabe, wollte ich sie rein und unberührt haben.

Plötzlich beginnt sie, sich zu bewegen, erst vorsichtig, dann schneller und hektischer. Ich beuge mich zu ihr hinunter. »Schhh!«, mache ich direkt in ihr Ohr, spüre, wie sie augenblicklich erstarrt und für einen Moment die Luft anhält, um sie dann keuchend in die Dunkelheit zu pressen. Sie kann mich nicht sehen, auch jetzt nicht, während ich um den Stuhl herumgehe und mich vor sie stelle. Ich sehe ihrem panischen Blick an, dass sie mich hört. Ihre Augäpfel huschen von links nach rechts. Hektisch, wie ein Reh, das in der Düsternis nach dem Feind sucht, den es im knackenden, knirschenden Unterholz vermutet.

Ich muss lachen. Was für ein schöner Vergleich.

Ich würde es gerne länger hinauszögern, mich an ihrer Angst ergötzen, aber ich schaffe es nicht. Zu stark ist das Kribbeln in mir, die Lust auf das, was kommt. Mit zwei großen Schritten gehe ich zur Kellertreppe hinüber. Ich reiße mir das Nachtsichtgerät vom Gesicht, schalte das Licht an. Kurz blinzle ich, als es umgehend den Raum flutet.

Gespannt beobachte ich die Frau, die wie ich versucht zu blinzeln, sich vor der schneidenden Helligkeit zu schützen, doch ich habe dafür gesorgt, dass sie ihre Augen nicht vor ihrem eigenen Schicksal verschließen kann. Verzweifelt starrt sie mich aus feuerroten Augen an. Sie will schreien, doch durch den Knebel in ihrem Mund dringen nur erstickte Laute hervor.

Ich gehe zu ihr.

»Wenn du die Klappe hältst, ziehe ich ihn raus.«

Sie wimmert, versucht, irgendwas zu sagen, doch kann nicht.

Ich greife in ihr verklebtes Haar, ziehe sie daran mit einem Ruck zu mir. »Du sollst still sein!«, schreie ich sie an.

Sofort verstummt sie.

»Schon besser«, murmele ich und ziehe das verdreckte Tuch aus ihrem Mund.

»Bitte«, stößt sie umgehend hervor, leise und zittrig. »Bitte nicht.«

Es klingt bettelnd, flehend. Vermutlich weiß sie nicht einmal, worum sie fleht. Wie könnte sie auch! Aber es wird nicht mehr lange dauern, dann wird sie verstehen.

»Es ist vorbei«, antworte ich nur. Ruhig und kontrolliert, wie ich es geübt habe. Sie soll meine Aufregung nicht spüren, soll diesen Moment nicht zerstören, den ich bis ins Kleinste geplant habe und nun auskosten werde. Er gehört mir, mir allein. Genau wie sie.

Ich greife nach der Zigarettenschachtel, die in meiner Hosentasche steckt, angle eine Kippe und das Feuerzeug heraus. Die Flamme lodert, ich sehe ihr einen Moment lang zu, bevor ich die Zigarette anzünde.

»Was ... Was wollen Sie? Ich mache alles, ich verspreche es!« Wieder versucht sie zu zwinkern. Wie dumm sie ist.

Grinsend lehne ich mich zu ihr. »Ich will die Wahrheit«, sage ich leise, nehme einen tiefen Zug und spucke ihr den Qualm ins Gesicht. Angewidert versucht sie, sich wegzudrehen. Doch es ist genauso sinnlos wie das Zwinkern.

»Ich weiß nicht, was Sie meinen«, hustet sie. »Bitte! Lassen Sie mich einfach gehen, ich sage auch niemandem etwas!«

»Das kann ich nicht, tut mir leid.«

Ihr irrer Blick amüsiert mich ebenso wie mein geheucheltes Mitleid. Ich muss mich zwingen, das Lachen, das in meiner Kehle kitzelt, zu unterdrücken.

»Du verdienst es, hier zu sein«, sage ich und fixiere sie mit meinem Blick. Blanke Angst starrt mir entgegen, jagt pulsierend und berauschend durch meinen Körper. Mein Atem bebt, so betörend ist ihre Unwissenheit, ihre Verzweiflung, ihr hilfloses Flehen.

»Ich werde tun, was Sie wollen! Alles, was Sie wollen, wirklich!« Hektisch hebt und senkt sich ihr Brustkorb.

»Sicher wirst du das.« Ich ziehe ein letztes Mal an der Kippe. »Und weißt du auch, wieso?« Sie heult und die Vorfreude in mir explodiert. »Weil du gar keine andere Wahl haben wirst«, zische ich und drücke die brennend heiße Glut auf den nackten Oberschenkel der Frau.

Ihr Schrei ist so laut und schwer wie ihre Schuld.

Kapitel 1

LENA drehte sich auf dem Absatz um, nachdem die Haustür hinter ihr ins Schloss gefallen war. Ihr Blick wanderte an der grauen Hausfassade hinauf und blieb an den frisch bepflanzten Blumenkästen an ihrem Balkon hängen. Sie schirmte das Gesicht gegen die heiße Spätsommersonne ab, um genauer hinschauen zu können.

Sieht hübsch aus, dachte sie. Nicht einmal vierundzwanzig Stunden war es her, dass sie mit Jessy dort oben gekniet und in der Erde gewühlt hatte.

»Mit ein paar frischen Blumen fühlst du dich gleich wie zu Hause«, hatte ihre Freundin gesagt, die aus der Heimat angereist war und mit einem Korb farbenfroher Petunien und Geranien in der Tür gestanden hatte. Und tatsächlich sorgte die pralle Blütenpracht jetzt schon für ein warmes, heimeliges Gefühl in dieser neuen, zum Großteil noch kahlen Wohnung. Viel schneller, als Lena gedacht hatte. Leider, das wusste sie nur zu gut, würden die Blumen ebenso enden wie jede ihrer Balkonpflanzen zuvor: mit hängenden Köpfen und vertrockneten Blättern. Sie war einfach zu selten zu Hause, um sich ausreichend darum zu kümmern. Doch der hübsche Anblick ließ Lena sich insgeheim schwören, dass sie dieses Mal das Gießen nicht wieder vergessen würde.

Eigentlich hätte sie jetzt noch im Bett liegen und den Start in den Tag auf den späten Vormittag verschieben sollen, so wie sie es immer tat, wenn sie Urlaub hatte. Endlich einmal ausschlafen, das kam in ihrem Job sonst viel zu kurz. Doch Überstädter, ihr Chef, hatte sie schon früh am Morgen versucht zu erreichen und ihr letztlich eine SMS geschickt, die sie nur durch Zufall entdeckte, als sie lediglich kurz auf dem Weg ins Badezimmer gewesen war. Auf einen Schlag war sie hellwach gewesen.

Frau Freyenberg, es tut mir leid, Ihren Urlaub frühzeitig unterbrechen zu müssen, doch ich muss Sie bitten, sich im Laufe des Vormittags im Kommissariat einzufinden. Wir haben einen Fall, der nicht warten kann. Gerlach ist informiert.

Kein Abschiedsgruß, keine weiteren Details. Typisch für ihren Vorgesetzten.

Eine Woche Urlaub hätte Lena noch zugestanden, und doch hatte sie sich nach den letzten Tagen Umzugsstress, in denen sie endlich ihre Sachen aus der Wohnung ihres Ex-Freundes aus Hannover geholt und in die neue fernab der Heimat gebracht hatte, gefreut, dass sie sich wieder an die Arbeit machen konnte. Für lange einsame Urlaube war sie nicht gemacht. Viel zu schnell fiel ihr die Decke auf den Kopf, und wäre Jessy nicht gewesen, hätte sie vermutlich bereits am vergangenen Wochenende bei ihrem Partner Henning angeklopft und sich danach erkundigt, ob sie nicht vielleicht doch ganz dringend auf dem Revier gebraucht würde. Überstädters Nachricht kam also wie gerufen. Nur um Jessy tat es ihr leid, die nun anstelle ihrer Freundin einen Zettel neben dem Bett vorfinden würde mit einer dürftigen Erklärung, wieso der Abschieds-Brunch auf den nächsten Besuch verschoben werden musste – wann auch immer der stattfinden würde.

Lenas neue Wohnung lag nun in der Nähe des Kommissariats, was ein Zufall gewesen war, der ihr aber ganz gelegen kam. Nun konnte sie zu Fuß zur Arbeit gehen und sich wie an diesem Morgen auf dem Weg noch etwas sammeln. Sie spürte die warme Sonne auf ihrer Haut. Der Herbst war noch nicht in Sicht, und wenn es nach ihr ging, konnte das ruhig noch eine Weile so bleiben. Den Großteil des Sommers hatte sie damit verbracht, sich von ihrem letzten Fall zu erholen. Sowohl Lena selbst als auch ihr Partner Henning hatten beide für eine Weile kürzertreten müssen, nachdem sie den Fängen zweier rachsüchtiger Mörderinnen nur um ein Haar entkommen waren. Henning hatte es härter erwischt als sie. Ganze vier Wochen war er ausgefallen, während sie in den Innendienst versetzt worden war und im Revier zumindest halbwegs die Stellung gehalten hatte. Von schweren Fällen hatte Überstädter jedoch auch sie abgezogen. Nicht nur der Körper musste sich nach so einer Folter erholen, sondern auch die Psyche. Der

Tag von Hennings Rückkehr war ihr erster Urlaubstag gewesen. Mittlerweile war es Mitte September, und sie hatte ihren Partner schon einige Zeit nicht mehr gesehen. Wenn sie ehrlich war, freute sie sich nicht nur auf die Rückkehr ins Kommissariat, sondern vor allem auch auf ihn. Sie hätte nach dem letzten Fall die Möglichkeit gehabt, ihre Zelte abzubrechen und zurück nach Hannover zu gehen. Doch sie war geblieben und hatte sich entschieden, daran vorerst auch nichts zu ändern. Es gefiel ihr in dieser lauten, lebendigen Stadt, ebenso in ihrem Team, und vor allem mochte sie die Zusammenarbeit mit ihrem Partner. Sie konnte sich auf ihn verlassen. Sie vertraute ihm. Nach allem, was sie in ihrem Leben schon durchgestanden hatte, war das das Wichtigste für Lena.

Am Kommissariat angekommen, stieß sie schwungvoll die schwere Glastür auf und atmete die stickige Luft des alten Gebäudes ein.

»Lena?«, hörte sie eine überrascht klingende Stimme, und sie wirbelte herum.

»Henning«, sagte sie nur und grinste. Ihr Kollege stand am Snackautomaten und hatte sich gerade ein Snickers gezogen. »Was macht das Bein?«

Er schüttelte es einmal, sprang darauf herum und verlor umgehend das Gleichgewicht. Gerade noch rechtzeitig konnte er sich am Treppengeländer festhalten. »So gut wie neu«, antwortete er und grinste verlegen. »Überstädter hat dich also wirklich herbeordert«, stellte er fest, und Lena nickte. Gemeinsam gingen sie nach oben in Richtung ihres Büros.

»Was ist das für ein Fall?«

Henning hob abwehrend die Hände. »Ich kann dir noch gar nichts sagen. Überstädter hat mir gerade eben auch nur Bescheid gegeben, dass es einen Fall gibt und er dich bereits informiert hat. Dann ist er auch gleich wieder abgedampft, hat seine Bürotür zugeknallt, und ich hab mir erst mal Nervennahrung besorgt.« Er hielt den Schokoriegel wie eine Trophäe hoch. »Willst du ein Stück?«

Lena schüttelte den Kopf, und während sie Henning zu ihrem Büro folgte, hörte sie die donnernde Stimme ihres Vorgesetzten über den Flur hallen. »Scheint noch beschäftigt zu sein«, murmelte sie.

»Dann komm doch erst mal wieder an.« Henning hielt ihr die Tür zu ihrem gemeinsamen Büro auf. »Wie war dein Urlaub?«

Lena legte die Tasche ab und ließ sich auf ihren Schreibtischstuhl sinken. »Anstrengend, aber gut. Die Wohnung ist jetzt fast komplett eingerichtet, mein ganzes Zeug ist hier inklusive meiner besten Freundin, die nicht sehr begeistert sein wird, wenn sie aufwacht und ich verschwunden bin.«

»Das tut mir echt leid. Ich hab Überstädter gesagt, dass er dich in Ruhe lassen soll, aber …«

Lena winkte ab. »Ich bin ehrlich gesagt ganz froh, wieder hier zu sein.«

Henning nickte und strich sich das dunkelblonde, halblange Haar aus dem Gesicht. Er hatte sich auf ihre Tischkante gesetzt und beobachtete sie nun eingehend. »Und … sonst so?«, fragte er und klang für seine Verhältnisse richtig unbeholfen.

»Du meinst, mit Nils?«, half sie ihm auf die Sprünge, und er grinste verlegen.

»Ja, genau.«

»Alles geregelt. Wir hatten ein paar lange Gespräche in Hannover, und ich glaube, er hat endlich kapiert, dass es vorbei ist.« Sie schluckte. So leicht, wie es jetzt klang, war ihr die Trennung von ihrem Ex-Freund dann doch nicht gefallen. Aber nachdem er sie betrogen und belogen hatte und sich zusätzlich noch als Opfer seiner selbst geschaffenen Misere hingestellt hatte, hatte sie kaum eine andere Wahl gehabt.

Henning berührte sanft ihre Schulter. »Das wird schon. Irgendwann gewöhnt man sich auch wieder ans Alleinsein.« Er ließ die Hand so schnell sinken, wie er sie gehoben hatte. Lena nickte. Davon war sie selbst auch überzeugt. Bis es so weit war, war sie jedoch für jede Ablenkung dankbar.

Ihre Gedanken wurden jäh unterbrochen, als ein glockenhelles Lachen vom Flur in ihr Büro drang. »Die neue Kollegin?«, fragte sie und stand auf.

Henning hatte vor ihr die Bürotür erreicht. »Sie ist seit letzter Woche hier und bringt ordentlichen Schwung in die Bude«, sagte er grinsend, öffnete die Tür und rief den Flur hinunter: »Maike, hast du einen Moment?«

Neugierig lehnte sich Lena ein Stück aus der Tür, da erschien auch schon eine schlanke Frau mit schulterlangen rotbraunen Rastalocken im Türrahmen. Sie trug ein quietschbuntes Kostüm, das zumindest farblich der Hippie-Bewegung entsprungen sein musste. Augenblicklich strahlte ihr Gesicht, als sie Lena sah.

»Oh, da lernen wir uns endlich mal kennen, wie schön! Du musst Lena sein, ich bin Maike, Maike Mückenhaupt.« Sie streckte ihr die Hand entgegen und schüttelte Lenas schwungvoll.

»Freut mich auch, herzlich willkommen bei uns! Hast du dich schon eingelebt?« Die neue Kollegin wirkte auf den ersten Blick aufgeschlossen und sympathisch, genau wie Henning es gesagt hatte. Lena schielte zu ihm hinüber und sah ein amüsiertes Grinsen und ein kurzes Aufblitzen in den Augen, das sie bisher an ihm noch nicht kannte. Sein Blick klebte förmlich an dem strahlenden Lächeln der neuen Kollegin.

»Ach, klar. Ich wurde von jedem so lieb aufgenommen.« Sie lehnte sich ein Stück zu Lena und flüsterte: »Außer von Olaf.«

»Das kann ich mir vorstellen«, antwortete Lena amüsiert und dachte an ihren verkniffenen Kollegen, der vermutlich allein durch Maike Mückenhaupts schillernde Erscheinung einem Nervenzusammenbruch nahe war.

»Aber so ganz unter uns gesagt - nach allem, was ich von meiner Vorgängerin erfahren habe, hätte es ihn doch schlimmer treffen können, nicht wahr?« Maike stemmte die Hände in die Hüften und sah von Lena zu Henning und wieder zurück.

Lena spürte, wie ihr Lächeln bei der Erinnerung an diese Geschichte einfror. Auch Maike registrierte den Stimmungswechsel sofort. »Oh, tut mir leid, ich wollte nicht …«

»Schon gut«, versicherte Lena, obwohl sich in diesem Moment gar nichts gut anfühlte. Die Erinnerung an ihre ehemalige Teampartnerin, die sich als Maulwurf entpuppt hatte und ein Teil des Mörder-Duos gewesen war, das Henning und sie in seine Gewalt gebracht hatte, fuhr ihr durch Mark und Bein. Auch Hennings Gesichtsausdruck hatte sich verändert. Er presste die Lippen zusammen und hielt den Blick gesenkt. »Die ist es nicht wert, auch nur ein Wort über sie zu verlieren«, sagte er leise.

Unverzüglich berührte die neue Kollegin Henning am Arm. Die Geste entging Lena nicht, versetzte ihr sogar ein ungewohntes, drückendes Gefühl im Magen.

»Jetzt kann es ja nur besser werden«, sagte Maike, und das strahlende Lächeln kehrte auf ihr Gesicht zurück. »Ich freue mich jedenfalls auf unsere Zusammenarbeit«, fügte sie in Lenas Richtung hinzu.

»Ich mich auch«, erwiderte diese, und als Maike den Flur hinunterlief, sah Lena ihr noch einen Moment nach, bevor sie sich wieder an Henning wandte. »Sie ist nett.«

»Ja, ist sie wirklich. An ihrem ersten Tag kam sie mit einem riesigen Kuchen und einem Haufen Süßigkeiten an. In jedem Büro stehen immer noch Schüsseln mit Gummitierchen. Bisschen hart mittlerweile, aber wer's mag ... Greif also gerne zu, solange sie noch da sind.« Henning bemühte sich um ein Lächeln, doch Lena sah seinem schweren, dunklen Blick an, dass es nicht echt war.

»Henning ...«, begann sie, doch er unterbrach sie sofort. »Ich will nicht darüber reden.«

Er klang hart und unnachgiebig. Im ersten Moment verletzte sie das, doch wie hätte sie es ihm verübeln können? Beinahe wäre er Opfer der beiden Täterinnen geworden. »Aber wenn du doch mal reden möchtest ...«, bot sie ihm an, und für einen kurzen Moment kehrte die vertraute Wärme in seinen Blick zurück.

»Dito«, sagte er nur und ging hinüber zu seinem Schreibtisch.

»Willkommen zurück!« Norbert Überstädter schüttelte Lenas Hand mit kurzem, aber festem Händedruck. »Danke für Ihre Spontanität, Frau Freyenberg. Setzen Sie sich doch beide bitte.« Er deutete auf die beiden Stühle vor seinem Schreibtisch und ließ sich selbst in seinen knarzenden Chefsessel fallen. Seine fülligen Wangen waren feuerrot, und zwischen seinem lichten Haar glänzten Schweißperlen.

»Kein Problem«, antwortete Lena kurz angebunden. Die Stressanzeichen im Gesicht ihres Vorgesetzten verhießen nichts Gutes.

»Ich hätte Ihnen wirklich gerne mehr von Ihrem Urlaub zugestanden, vor allem nach … na, Sie wissen schon. Aber wie wir ja ebenfalls alle wissen, nehmen Mordfälle auf solche Dinge nur selten Rücksicht.« Die letzten Worte nuschelte er mehr zu sich selbst als in Lenas und Hennings Richtung und scrollte wild durch sein Tablet, bevor er fand, wonach er gesucht hatte. Er schob das Gerät zu Lena und Henning herüber und lehnte sich gleichzeitig in seinem Stuhl zurück.

Lena warf einen Blick auf das geöffnete Foto. Sie blinzelte einmal und rückte dann ein Stück näher an den Tisch heran, um sicherzugehen, dass sie sich nicht verguckt hatte. Die Aufnahme zeigte einen Baum, der am Ufer eines Sees stand. An einem dicken Ast, der aufs Wasser hinausragte, hing kopfüber der Körper einer nackten Frau.

»Es handelt sich hierbei um die zweiundvierzigjährige Simone Baumgartner«, fügte Überstädter hinzu und schob eine ausgedruckte Vermisstenanzeige neben das Tablet. »Sie wurde heute Morgen von zwei Jugendlichen am Willacher See gefunden.«

Henning sah auf. »Ist das nicht die Frau, über die wir heute Morgen gesprochen haben?«, versicherte er sich mit gerunzelter Stirn.

Überstädter nickte. »Davon ist auszugehen.«

An Lena gewandt erklärte Henning: »Sie hat letzten Freitag ihre kleine Tochter in die Kita gebracht, ist dann aber nicht in ihrem Büro angekommen. Der Fall lag noch gar nicht bei uns, aber der Ehemann hat den zuständigen Polizeibeamten wohl ziemlich die Hölle heißgemacht, weil sie nicht direkt eine Fahndung einleiten wollten. Auf dem Kommissariat ging es laut internen Informationen ordentlich zur Sache, nur deshalb haben wir überhaupt davon erfahren.« Henning schüttelte den Kopf, nachdem er einen weiteren Blick auf das Tatortfoto geworfen hatte. »Tja, und nun ist es kein Vermisstenfall mehr. Meine Güte.«

Überstädter lehnte sich über den Tisch in Lenas und Hennings Richtung. »Da es keine Anzeichen für ein Verbrechen gab und auch nicht von einer akuten Gefahrensituation für Frau Baumgartner auszugehen war, haben die Kollegen bisher keine Fahndung eingeleitet. Die Ermittlungen haben sich lediglich auf einfache Befragungen zum familiären Umfeld beschränkt.« Er räusperte sich, bevor er fortfuhr. »Als man den Leichnam heute Morgen entdeckt hat, stand schnell fest, dass es sich um die vermisste Frau Baumgartner handelt. Am Ufer hat man Ausweispapiere und persönliche Dinge des Opfers gefunden, auch das Tattoo am Schulterblatt, das der Mann in der Vermisstenanzeige erwähnt hat, stimmt überein. Zweifel ausgeschlossen.« Überstädter schnaufte. »Was für ein Start in die Woche.«

Lena starrte auf das Bild. Das Gesicht der Toten war nicht zu erkennen, ihr verschmutztes Haar bedeckte es weitgehend. »Dann hat der Täter sich nicht einmal die Mühe gemacht, ihre Identität zu verschleiern?«

»Sieht eher nach dem Gegenteil aus«, antwortete Henning und zoomte so nah in das Bild hinein, bis er die blasse Haut der Frau in Großaufnahme vor sich hatte. »Was sind das für dunkle Male? Stichwunden?« Er legte den Kopf schief, versuchte mehr zu erkennen, doch das verpixelte Foto gab ihm keine Antwort auf seine Frage.

»Der Tatort ist noch weitestgehend unberührt. Die Spurensicherung ist aber schon vor Ort, ihr solltet euch sofort auf den Weg machen. Alles, was wir über das Opfer und sein Umfeld wissen, schicke ich euch dann gleich auf die Handys.«

Henning warf Lena einen Blick zu und stand auf. »Wir halten Sie auf dem Laufenden«, sagte er an seinen Vorgesetzten gewandt und ging zur Bürotür hinüber. Lena folgte ihm.

Das Bild des bleichen toten Körpers, der geschändet über dem Wasser hing, hatte sich schon jetzt in ihr Gedächtnis gebrannt.

Kapitel 2

DER Willacher See war als Kiessee Bestandteil eines Naturschutzgebietes und gehörte zu den beliebtesten Badeseen der Region. Direkt an einen Wald angrenzend, lud der See sowohl an öffentlich gekennzeichneten Badestellen als auch an mehreren um den See verteilten privaten Badebuchten zum Verweilen und Entspannen ein. An einem heißen Spätsommertag wie diesem herrschte deshalb auch reges Treiben. Die weitläufige Absperrung des Tatorts sowie die zahlreichen Polizei- und Feuerwehrfahrzeuge taten ihr Übriges. Lena hatte Mühe, sich mit ihrem Wagen einen Weg zwischen den Schaulustigen hindurchzubahnen. Die letzten Meter legten Henning und sie zu Fuß zurück.

Als Hennings Handy einen Signalton von sich gab, blieben sie kurz stehen. »Ah, endlich, die Mail von Überstädter, mehr Infos zu Simone Baumgartner.« Langsam gingen sie weiter, während Henning die Nachricht las. »Sie ist zweiundvierzig, Steuerberaterin, verheiratet, zwei Kinder. Ihr Mann ist Bauingenieur und hat sie vor drei Tagen als vermisst gemeldet. Anzeichen für ein freiwilliges Verschwinden gab es bisher nicht. Das können wir jetzt ganz sicher ausschließen.«

»Sie verschwand, nachdem sie eines ihrer Kinder in die Kita gebracht hatte?«

Henning nickte. »Ja, Nele, die Tochter. Der Mann gab zu Protokoll, dass sie das Kind wie jeden Tag gegen sieben Uhr dreißig dort abgegeben hat. Danach wollte sie mit dem Fahrrad zum Steuerbüro fahren. Der Weg dauert wohl im Normalfall nicht länger als fünfzehn bis zwanzig Minuten. Dort kam sie aber nie an. Ihre Chefin hat im Laufe des Vormittags den Ehemann kontaktiert, und der hat sich umgehend bei der Polizei gemeldet.«

Lena blieb stehen und begutachtete den Waldboden. Zahlreiche Reifenspuren waren ebenso deutlich in der trockenen Erde zu erkennen wie niedergetretenes Gras. Offensichtlich handelte es sich hier um keine allzu abgelegene Badestelle.

»Dann ist sie am helllichten Tag verschwunden«, dachte sie laut. »Wie kann ein Mensch unbemerkt mitten am Tag verschwinden und drei Tage später kopfüber an einem Seil hängend aufgefunden werden?«

Henning zog seine Dienstmarke, als er vor dem Absperrband Halt machte, das den Tatort vor Schaulustigen schützte. »Henning Gerlach, Kriminalpolizei. Das ist meine Kollegin Lena Freyenberg«, stellte er sie beide dem Polizisten auf der anderen Seite vor. Der warf nur einen flüchtigen Blick auf ihre Marken, nickte ihnen zu, und sie krochen unter dem Absperrband hindurch.

Lena ließ einen ersten, intensiveren Blick über die Gegend schweifen. Knöchelhoch wuchs das Gras jetzt, durch das sie sich ihren Weg bahnten. Doch die Trampelpfade, die zu einzelnen abgelegenen Badestellen führten, waren nicht zu übersehen. Sie runzelte die Stirn. »Die Fahrzeugspuren haben dort hinten aufgehört. Vermutlich parken die Leute da und gehen dann bis hierher zu Fuß.«

»Das muss auch der Täter getan haben«, sagte Henning. »Und vermutlich war Simone Baumgartner da noch am Leben.«

»Wie kommst du darauf?«

Henning ging in die Hocke, legte den Kopf schief und schien das Gras um sich herum genauestens zu inspizieren. »Keine Schleif- oder Reifenspuren, irgendein Transportwagen ist hier nicht langgezogen worden. Und einen toten Körper von dort hinten bis zum Ufer hinunterzutragen, würde nicht nur Kraft kosten, sondern auch Zeit brauchen. Sie muss also gelaufen sein.«

Lena schluckte und stellte sich die arme Frau vor, die vermutlich noch nicht hatte ahnen können, was ihr hier geschehen würde, aber ganz sicher wusste, dass es nichts Gutes sein konnte. Hatte sie geschrien? Sich gewehrt? Vielleicht sogar versucht, wegzulaufen? Wenn Hennings Theorie stimmte, hatte der Täter sie das ganze Wochenende über in seiner Gewalt gehabt. Was hatte er in der Zwischenzeit mit ihr angestellt?

Langsam gingen sie weiter. »Ich bin als Kind gerne hergekommen, aber meistens waren wir am gegenüberliegenden Ufer. Dort gibt es einen kleinen Sandstrand und einen Kiosk. Hierher kommt man erst später, wenn man älter ist und ungestört sein will, wenn einem also nicht von der Nachbardecke jeder beim Knutschen zugucken soll.« Henning drehte sich zu Lena um. »Der Täter musste wissen, dass es hier wesentlich ruhigere und abgelegenere Badestellen gibt.«

»Es ist trotzdem riskant, Simone hierherzubringen. Selbst wenn sie noch gelebt hat, als sie hier ankamen, hat er eine Weile gebraucht, um sie dort unten am Ast zu befestigen und zu töten. Die Gefahr, dabei gesehen zu werden, ist doch ziemlich groß.«

Der leitende Polizeibeamte, der Lena und Henning nun in Empfang nahm, stellte sich als Polizeihauptmeister Wilhelm Friedemann vor und begrüßte sie mit schweißnassem Händedruck. Ohne Umschweife führte er sie zum Fundort hinunter.

Betrachtete man den See aus einem passenden Winkel, wirkte er friedlich, das Wasser war ruhig, der Lärm der Großstadt drang nicht bis hierher. Doch nur zwei Schritte weiter wendete sich das Blatt. Einmal um den Stamm der alten Eiche herumgegangen, wurde aus der idyllischen Badestelle der Schauplatz eines furchtbaren Verbrechens. Als Lena den blassen Körper im Wind schaukeln sah, hielt sie kurz die Luft an.

Zu ihrer Überraschung befand sich direkt neben der Leiche ein schmaler Holzsteg, der aufs Wasser führte. Auf dem Foto in Überstädters Büro hatte sie diesen nicht sehen können, vermutlich war es von dort aufgenommen worden.

»Ein junges Pärchen war mit seinem Paddel dabei, die Uferbereiche des Sees zu erkunden. Dabei stießen sie auf den Leichnam«, erklärte PHM Friedemann, wartete am Böschungsrand und ließ Lena und Henning vorbeigehen. Der Steg aus morschen Holzlatten war mit Blutspuren übersät und lag nun direkt vor ihnen. Henning reichte Lena ein Paar Füßlinge, die sie sich überstülpte, um den Tatort nicht zu verunreinigen. Bevor sie den Steg betrat und sich in Ruhe auf Fundort und Opfer konzentrieren konnte, wollte Lena noch ein paar Informationen einholen.

»Ist hier eine Bootsanlegestelle?«, fragte sie, während ihre Augen der Spur aus Blutspritzern und -flecken bis weit auf den Holzsteg folgten.

»Nein, der wird überwiegend von Anglern genutzt. Der See wird derzeit von einem Anglerverein gepachtet.«

Henning runzelte die Stirn und schirmte das Gesicht gegen die Sonne ab. »Wir haben keinen einzigen Angler gesehen auf dem Weg hierher.«

»Ja, das liegt daran, dass Ende letzter Woche eine Warnung wegen Blaualgenbefalls rausgegeben wurde. Bade- und Angelverbot eingeschlossen.«

»Blaualgen?«, fragte Lena.

PHM Friedemann nickte und deutete an einen mit grün-bläulich schimmerndem Schleim befallenen Uferbereich. »Das Zeug ist verdammt gefährlich für Mensch und Tier. Der Hund meines Schwagers ist vor ein paar Jahren an diesen Algen qualvoll verendet. In den Sommermonaten, wenn es lange heiß ist, bilden die sich total schnell. Das Gesundheitsamt kontrolliert betroffene Seen regelmäßig.«

Henning wandte sich an Lena. »Dann sollten wir auf jeden Fall überprüfen, wer für den Willacher See zuständig war, Wasserproben genommen und untersucht hat. Es wird kein Zufall gewesen sein, dass der Täter ausgerechnet diesen Ort zu dieser Zeit ausgewählt hat.« Lena nickte zustimmend, zog umgehend das Handy aus der Hosentasche und informierte Olaf und Maike, sich schnellstmöglich mit dem Amt in Verbindung zu setzen.

Die Kriminaltechniker waren unterdessen dabei, Spuren aus der Umgebung zu sammeln. Immer wieder hörte Lena das vertraute Klicken von Kameras in der Ferne und konnte beobachten, wie Beweismittel fein säuberlich in Kunststofftüten verpackt wurden.

»Wir haben gehört, dass Simone Baumgartners Papiere am Ufer gefunden wurden«, sagte Henning, nachdem Lena das Handy wieder eingesteckt hatte.

PHM Friedemann nickte eindringlich. »Ja, ja. Die liegen gleich dort, neben dem Stamm.«

Auch auf dem Ausweis der toten Frau waren Blutspritzer. Wache, freundliche Augen blickten Lena entgegen. Daneben lag eine kleine schwarze Umhängetasche. Während der Inhalt aus Schlüssel, Geldbörse und Taschentüchern achtlos ins nebenstehende Gebüsch geworfen worden war, war der Ausweis selbst ordentlich an den Baumstamm gelehnt worden. Als sollte er als Blickfang dienen, im Zentrum der Aufmerksamkeit stehen.

»Sicherzustellen, dass derjenige, der Frau Baumgartner findet, sofort weiß, um wen es sich handelt, schien dem Täter wichtig zu sein. Warum sonst hätte er sich damit solche Mühe machen sollen? Den Rest hat er auch einfach achtlos ausgekippt.« Lena schüttelte den Kopf.

»Als hätte es ihm nicht gereicht, sie so fürchterlich zur Schau zu stellen, er wollte, dass jeder weiß, wer sie ist.« Henning, der sich hingehockt und die Gegenstände näher betrachtet hatte, stand nun wieder auf. »Lass uns das Opfer anschauen«, sagte er zu ihr, und Lena dankte PHM Friedemann für seine Einweisung und sagte ihm, dass sie sich an ihn wenden würden, sollten sich weitere Fragen ergeben.

Zu zweit gingen sie nun auf den Steg, bemüht, den zahlreichen Blutspuren auszuweichen, doch die Masse machte es schier unmöglich.

Simone Baumgartner hing mit dem Kopf voran über dem Wasser. Ein Seil war an ihren Füßen befestigt, die Arme waren hinter ihrem Rücken verschnürt und an die Fußgelenke gebunden. Wie ein zusammengeschnürtes Paket hing sie da. Das verklebte Haar bedeckte das Gesicht beinahe vollständig. Auf dem linken Schulterblatt leuchtete ein buntes Schmetterlingstattoo. Die Farben waren intensiv und frisch, als wäre es vor nicht allzu langer Zeit gestochen worden. In dem blauen Flügel stand der Name Felix und im rosafarbenen Nele.

Tattoo und Rücken wirkten unversehrt, doch die blasse Haut des Brust-, Bauch- und Oberschenkelbereichs der Frau war an zahlreichen Stellen mit Wunden übersät. Nur wenige Blutspritzer waren daran zu finden, ganz im Gegensatz zu ihrem Hals, dem Haar und vermutlich auch dem Gesicht.

Henning deutete auf ihren Hals. »Siehst du das?« Er lehnte sich vor. »Er hat ihr die Kehle durchgeschnitten.«

Sie waren nur wenige Zentimeter vom Körper der Frau entfernt. Hätten sie den Arm ausgestreckt, hätten sie sie berühren können.

Lena schauderte, als sie vor ihrem inneren Auge sah, wie der Täter genau das getan haben musste, als er die Frau zu sich auf den Steg gezogen und ihr bei lebendigem Leib in den Hals geschnitten hatte. Verbluten ließ er sie. Ausbluten, wie ein Tier.

Das flaue Gefühl im Magen wandelte sich in beißende Übelkeit.

»Er hat sie getötet, als sie schon am Baum hing«, schlussfolgerte auch Henning. »Kannst du die Wunde am Hals erkennen? Da schimmert irgendwas.« Er winkte sie zu sich, und Lena hockte sich neben ihn, den Oberkörper aufs Wasser hinausgelehnt.

In diesem Moment traf eine Windböe auf den toten Körper der Frau, fuhr durch ihre Haare und wirbelte sie auf. Zwei riesige leere Augen starrten Lena entgegen. Sie erschrak, taumelte nach vorne und verlor beinahe den Halt. In letzter Sekunde griff Henning nach ihrem Arm und zog sie zurück auf den Steg.

»Hast du das gesehen?«, keuchte sie und deutete auf den Kopf der Frau. »Ihre Augen … er hat irgendwas mit ihren Augen gemacht.«

Der Wind hatte das Haar aufgebauscht, sodass es nun einen besseren Blick auf das Gesicht der Toten freigab.

Lena hörte, wie Henning scharf die Luft einsog. »Sieht aus, als hätte er ihre Augenlider an der Stirn fixiert. Mit Klebeband. Warum das auch noch?«

Lena raffte sich stöhnend auf. »Er wollte, dass sie etwas sieht. Oder jemanden.«

»Vielleicht wollte auch jemand gesehen werden, bei dem, was er tat.«

Sie schluckte die Übelkeit hinunter und schloss kurz die Augen. Lena dachte an ihre neue Wohnung, die leuchtenden Balkonblumen und Jessy, die mittlerweile sicher aufgewacht war. All das kam ihr jetzt vor wie eine andere Welt, ein anderes Leben. Fast unwirklich.

Für den Moment hatte sie genug gesehen. Dicht gefolgt von Henning ging sie zum Ufer zurück, den schaukelnden Körper der Frau immer im Augenwinkel.

»Er hat sie erniedrigt, gefoltert und entwürdigt«, sagte sie gedankenverloren, während sie die Böschung hinaufstieg.

»Ja, und er hat sich Mühe dabei gegeben. Das sieht nicht nach einer Zufallstat aus, das ist persönlich.« Henning blieb kurz stehen und hielt Lena am Arm fest. »Gehts wieder?«

Sie nickte und wischte sich das dunkle Haar aus dem Gesicht. »Das war nur der Schreck. Dieser Blick in ihren Augen, die blanke Todesangst.« Sie schauderte.

»Brauchst du einen Moment?«, fragte Henning leise.

»Nein, nein«, winkte sie ab. »Wir haben zu tun, der Kerl darf nicht länger frei rumlaufen. Mir wird schlecht beim Gedanken daran.« Ihr Blick blieb an einem Krankenwagen hängen, auf dessen Einstiegsstufen ein junges Mädchen saß. Neben ihr stand ein etwa gleichaltriger Junge – vermutlich das Paar, das den Leichnam am Morgen entdeckt hatte. Trotz der Wärme hatte das Mädchen eine Decke um die Schultern gelegt bekommen. Sie wirkte unruhig, wie sie mit der Wasserflasche in ihrer Hand spielte.

»Ich würde mich gerne kurz mit den beiden unterhalten«, sagte Lena, und Henning, der ihrem Blick gefolgt war, nickte.

»Gut, dann schaue ich mir mal die Konstruktion am Baum an. Irgendwie muss der Kerl die Frau ja hochgezogen haben.«

Lena ließ ihren Partner zurück und lief zwischen zahlreichen Einsatzkräften hindurch auf den Krankenwagen zu. Kurz bevor sie ihn erreichte, fuhr ein schwarzer Leichenwagen ans Ufer heran und wurde von einem Polizisten winkend eingewiesen. Sie blieb stehen, beobachtete, wie zwei Bestatter ausstiegen und eine Bahre, auf der ein schwarzer Leichensack lag, herauszogen. Beides trugen sie schließlich zum Ufer hinunter.

Das war es also gewesen, dachte Lena. Alles, was von der Frau, der Mutter, Ehefrau, Freundin, der Kollegin geblieben war, würde in diesem dunklen Sack landen. Sie war aus dem Leben gerissen worden, innerhalb eines einzigen Augenblicks. Ihrer Würde beraubt, gefoltert und entmenschlicht. Während die Namen ihrer Kinder noch immer auf ihrer Schulter leuchteten. Lena stellte sich vor, wie diese erst kürzlich mit ihren kleinen Fingern darübergefahren waren und sich daran erfreut hatten.

Sie senkte den Blick und bemühte sich, die schweren Gedanken abzuschütteln, als PHM Friedemann sie plötzlich von hinten ansprach. Sie fuhr herum.

»Ich wollte Sie nicht erschrecken«, sagte er und zog seinen Notizblock hervor.

»Ich war nur in Gedanken.«

Friedemann riss einen Zettel vom Block und reichte ihn ihr. »Die Personalien des Mädchens und des Jungens, die den Leichnam gefunden haben. Sie wollen sicher mit ihnen sprechen.«

Lena überflog die Daten und nickte. »Ich bin gerade auf dem Weg dahin. Danke.«

Als sie sich wieder dem Krankenwagen zuwandte, war der Junge mit einem Handy am Ohr zur Seite getreten. Das Mädchen saß allein auf den Stufen und beobachtete Lenas Ankommen mit Sorgenfalten auf der Stirn. Sie sah jünger aus, als sie mit ihren sechzehn Jahren tatsächlich war und blickte aus geröteten und verquollenen Augen auf.

»Hi, mein Name ist Lena Freyenberg, ich bin von der Kriminalpolizei. Du bist Elisa, richtig? Hast du was dagegen, wenn ich mich für einen Moment zu dir setze?«

Das Mädchen schüttelte den Kopf, rutschte ein Stück zur Seite und klammerte sich an ihre Wasserflasche wie an einen Rettungsring.

»Ist das dein Freund?«, fragte Lena und warf einen schnellen Blick auf den Zettel mit den Personalien. „Tom?“ Sie deutete auf den Jungen, der sich während seines Telefonats ein Stück entfernte. Elisa nickte lediglich, ein Gespräch schien schwierig zu werden. Lena gab ihr einen Moment, sich an die Situation zu gewöhnen und wartete geduldig, bis das nervöse Klappern der Fingernägel gegen die Plastikflasche aufgehört hatte und das Mädchen zu ihr rübersah.

»Weißt du«, begann Lena nun, »als ich in deinem Alter war, war ich zum ersten Mal so richtig verliebt, mit Schmetterlingen im Bauch und schlaflosen Nächten und einem Dauergrinsen im Gesicht.« Sie schielte zu der Jugendlichen. Noch immer klammerte sie sich an die Flasche, doch ihre Gesichtszüge wirkten etwas entspannter. »Wir haben uns damals von zu Hause fortgeschlichen und die halbe Nacht auf dem Parkdeck des Einkaufszentrums gesessen und in die Sterne geguckt.

Das klingt nicht romantisch, aber damals war es der schönste Ort auf Erden für mich.«

»Wir treffen uns schon den ganzen Sommer am See«, sagte das Mädchen endlich, wenn auch ganz leise.

»Dann seid ihr also fast jeden Tag hier?«

Sie nickte. »Meistens drüben, am Sandstrand. Aber manchmal … Wir kriegen doch jetzt keinen Ärger, oder?«

Lena zog die Augenbrauen fragend zusammen. »Ärger? Wofür denn?«

»Weil doch Badeverbot ist. Der Alte hat uns gestern schon angeschrien, dabei machen wir doch gar nichts. Wir waren nur mit unseren Boards ein bisschen auf dem See. Wir hatten heute später Schule und wollten einfach … ich meine, wir haben doch nur …« Sie ließ das Gesicht in die Handflächen sinken und schluchzte.

Lena streichelte ihr behutsam über den Rücken. »Schon gut. Niemand bekommt jetzt Ärger«, sagte sie, während ihre Gedanken begannen, um die Worte des Mädchens zu kreisen.

Der Alte …

Als sie sich beruhigt hatte, setzte Lena das Gespräch fort. »Es gibt also jemanden, der es nicht gerne sieht, wenn ihr hier seid?«

Elisa nickte. »Der sieht es nie gerne, auch nicht, wenn wir eigentlich baden dürfen. Der schreit immer rum. Wegen dem Müll, den andere liegen lassen oder dem Lärm, den sie manchmal machen. Wir haben so was aber noch nie gemacht. Wir wollten einfach ein bisschen zusammen sein.«

»Das verstehe ich gut«, sagte Lena. Die ersten Sommer mit einem Freund, die warme Sonne auf der Haut, neugierige Berührungen und zarte Küsse - sie konnte sich sehr gut in das junge Paar hineinversetzen. In diesem Alter war man dankbar für jede private Minute.

»Weißt du, oder weiß dein Freund denn, wie der Mann heißt, der hier scheinbar Kontrolle läuft?«

Sie schüttelte den Kopf.

»In Ordnung, kein Problem. Kannst du mir beschreiben, von wo aus ihr heute Morgen aufs Wasser gegangen seid und wo eure Route entlangführte, bis ihr hier am Ufer angekommen seid?«

Das Mädchen knetete die Hände im Schoß. »Auf der anderen Seite des Sees, gleich neben dem Badestrand, kommt man ganz gut ins Wasser, ohne dass es gleich so tief runtergeht. Da sind wir losgefahren. Und dann immer am Ufer lang.«

»Gegen oder mit dem Uhrzeigersinn?«

Elisa überlegte. »Gegen. Ja, genau, wir sind dort hinten raufgekommen und wollten einmal rumfahren.« Sie zeigte in die entsprechende Richtung.

»Ich weiß, dass die folgenden Fragen jetzt unangenehm sein können, sag mir einfach, wenn es dir zu viel wird, dann machen wir eine Pause, okay?« Lena beobachtete sie eingehend. Als wüsste sie, was nun gleich kommen würde, klammerten sich die Finger des Mädchens wieder um den Flaschenhals.

»Ihr seid dort unten beim Badestrand losgefahren. Wie lange braucht man bis zu dieser Stelle hier?«

»Vielleicht eine Viertelstunde, oder ein bisschen länger.« Sie verzog nachdenklich das Gesicht. »Ich weiß nicht genau.«

»Keine Sorge, du machst das prima. Deine Antworten helfen mir sehr.« Lena lächelte ihr aufmunternd zu, bevor sich ihr Blick wieder verfinsterte. »Kannst du dich noch erinnern, ab wann ihr den Körper der Frau sehen konntet?«

Das Mädchen nickte hektisch. »Das weiß ich noch ganz genau. Gleich, als wir dort rumfuhren.« Sie stand auf, deutete in die entsprechende Richtung, und Lena erhob sich ebenfalls kurz. Ihr Blick fiel auf eine schmale Landzunge, die die Bucht mit dem Fundort der Leiche linker Hand vom See abschirmte. Kurz versicherte sie sich, ob Elisa das meinte, und fuhr nach der Bestätigung mit ihren Fragen fort.

»Okay, das ist jetzt ganz besonders wichtig, bitte versuch dich an so viele Details wie möglich zu erinnern. Ihr seid also dort um die Ecke gekommen. Konntet dann die Bucht und den Steg sehen? Wie sah das aus? Was fiel euch zuerst auf?«

»Die Frau«, sagte das Mädchen umgehend. »Also, na ja, anfangs dachten wir, da hängt ein Sack oder so. Wir wussten ja nicht ...« Sie zuckte mit den Schultern, biss sich auf die Lippe.

»War jemand auf dem Steg? Oder in der Nähe? Konntet ihr etwas sehen, oder habt ihr vielleicht was gehört? Ein wegfahrendes Auto oder so?«

Sie verneinte umgehend. »Es war so schrecklich still hier. Da war gar nichts, absolut nichts.«

»Verstehe. Ab wann wusstet ihr, dass es sich um einen menschlichen Körper handelt?«

Das Gesicht des Mädchens rötete sich, als würde sie sich schon im Vorfeld für die Worte schämen, die ihr gleich über die Lippen kommen würden. »Ich wollte gar nicht näher ran, das war alles so merkwürdig und unheimlich. Aber Tom war neugierig und paddelte weiter am Ufer entlang und zum Steg rüber. Da haben wir dann gesehen, dass an dem Bündel Haare sind, Arme, Beine und Blut ... da war überall Blut.« Plötzlich schlug sie sich die Hände vors Gesicht und schluchzte verzweifelt auf. Lena legte ihr tröstend eine Hand auf den Rücken und gab ihr einen Moment, sich zu sammeln. Der Anblick der Toten musste sie zutiefst erschüttert haben. Selbst sie, als erfahrene Ermittlerin, hatte schlucken müssen, als sie am Steg stand und die Szenerie betrachtete. Wie musste es da für zwei so junge Menschen sein, die solche Grausamkeiten nur aus Filmen kannten?

Als das Mädchen den Kopf wieder hob, waren ihre Augen feuerrot. »Entschuldigung.«

»Überhaupt kein Problem.«

»Ich kann mich dann kaum noch an etwas erinnern. Ich glaube, das Ruder war mir aus der Hand gerutscht, und plötzlich ist alles ganz hektisch geworden. Wir sind ein Stück weiter oben an Land gegangen, zwischen den Bäumen und Sträuchern.« Sie sah hinab auf ihre nackten Beine. Lena folgte ihrem Blick und sah, dass die Haut von Kratz- und Schürfwunden übersät war.

»Wer von euch hat den Notruf abgesetzt?«

»Tom, ich konnte nicht sprechen, es war schrecklich. Dann haben wir einfach hier gewartet.« Das Mädchen zitterte am ganzen Körper, und Lena beschloss, dass es für den Moment genug war.

»Okay, das genügt erst mal. Ich danke dir für deine Offenheit. Das war nicht einfach, ich weiß. Wenn du jemanden zum Reden brauchst, kann ich dir Hilfe besorgen.«

Sie schüttelte den Kopf. »Ich will jetzt einfach nur nach Hause.«

»Sicher. Ruf uns dennoch an, wenn du doch etwas brauchst, oder wenn dir und Tom noch etwas einfällt. Ganz egal, was es ist.« Sie gab ihr eine Visitenkarte, bedankte sich noch ein letztes Mal und stand auf, als sie Henning in der Ferne auftauchen sah.

Auf halben Weg zum Auto trafen sie sich.

»Am Baum hängt eine Art Flaschenzug, selbst gebaut. Damit hat er kaum Mühe gehabt, die Frau hinaufzuziehen.«

»Das klingt genauso organisiert und geplant wie alles andere. Die Kleine hat mir übrigens erzählt, dass es hier einen älteren Mann gibt, der junge Pärchen von den Badestellen verscheucht.«

»Den sollten wir uns auf jeden Fall mal anschauen, aber vorher würde ich gerne auf die andere Seite des Sees fahren und hören, ob dem Kioskbesitzer vom offiziellen Badestrand irgendwas Verdächtiges aufgefallen ist. Irgendwer muss doch was gesehen haben …«

Der Inhaber des Kiosks war ein untersetzter, kahlköpfiger Mann mittleren Alters, der einen Schnauzbart trug und aufgrund seiner geringen Körpergröße eine Fußbank nutzen musste, um an den Inhalt seiner Regale zu kommen. »Nennen Sie mich doch Bobo. Alle nennen mich Bobo, das können sogar die Kleinsten schon aussprechen. Onkel Bobo vom Willacher See«, sagte er mit strahlenden Augen und einem einladenden Lächeln, nachdem Henning sich und Lena vorgestellt hatte.

»Gut, Bobo, Sie haben sicher schon mitbekommen, dass auf der anderen Seite des Sees ein ordentlicher Polizeiauflauf ist.«

Bobo nickte und lehnte sich über den Tresen. »Haben wieder ein paar Jugendliche gezündelt? Ich hab den Kids schon so oft gesagt, sie sollen die Lagerfeuerstelle hinten am Grillplatz nutzen. Aber wenn es erlaubt ist, ist es ja nicht mehr cool, nicht wahr?« Er ließ seine buschigen Augenbrauen tanzen und grinste. »Hoffe, da ist nichts Schlimmeres passiert.«

»Ich fürchte schon, aber um einen Brand geht es nicht«, erwiderte Lena. »Heute Morgen wurde dort hinten an einer kleinen Badebucht der Leichnam einer Frau gefunden.«

Bobos sommerlich gebräuntes Gesicht wurde augenblicklich aschfahl. »Eine Tote? Hier bei uns am See? Ist sie ertrunken?«

»Nein.«

»Also ein Mord!«, wetterte er. »Wer macht denn so was?«

»Das wollen wir herausfinden«, sagte Henning. »Ist Ihnen am vergangenen Wochenende, ganz besonders aber in den gestrigen Abend- und Nachtstunden irgendetwas Ungewöhnliches aufgefallen? Bevorzugt am gegenüberliegenden Ufer?«

Bobo zuckte mit den Schultern. »Ach, hier war doch kaum was los! Bestes Wetter, aber seitdem das Gesundheitsamt wieder einmal Badeverbot verhängt hat, bleiben die Gäste weg. Jedes Jahr der gleiche Mist und immer in der Saison. Was denken die eigentlich, wovon ich den Winter über leben soll, wenn ich im Sommer kaum Einnahmen habe? Die stellen ihre blöden Schilder hier auf und das wars. Kann ich eben zusehen, wo ich bleibe!« Bobos Faust donnerte mit unerwarteter Heftigkeit auf den Tresen.

Henning sah aus dem Augenwinkel Lena zusammenzucken. Sie blinzelte zu ihm rüber. Der freundliche kleine Eis- und Pommesverkäufer schien eine Menge Frust zu schieben.

»Ihren Ärger kann ich gut verstehen«, sagte Lena einfühlsam. »Das heißt, Sie waren gestern Abend nicht lange hier?«

»Nicht länger als üblich. Kann mir ja die wenigen Verkäufe nicht auch noch entgehen lassen. Aber sonntags ist sowieso nicht lange was los. Die Ferienzeit ist zu Ende, die Kids müssen wieder in die Schule, und die paar, die hier im Dunkeln rumtigern, kommen nicht zum Eisessen her.«

»Wofür, meinen Sie, kommen die denn her?«, fragte Henning, obwohl er es sich denken konnte. Doch Bobo wirkte redselig, und womöglich versteckte sich in einer seiner Aussagen ein Hinweis auf jemanden, der als Zeuge infrage kommen könnte.

»Na, das wissen Sie doch. Was Jugendliche eben abends im Dunkeln am See so machen. Entweder sind's Pärchen, die wollen sowieso nicht gestört werden, oder es sind welche, die hier rumrandalieren. Davon gibts auch mehr als genug. Kann deswegen ja aber nicht hinterm Tresen schlafen, hab ja auch Familie zu Hause.« Bobo trat zu Henning und Lena nach vorne und deutete auf eine kleine, kaum sichtbare Überwachungskamera, die den Eingangsbereich des Kiosks ausleuchtete. »Die sind hier nachts schon mal eingestiegen, aber seit ich das Ding habe, ist endlich Ruhe. Mit mir können sie das nicht machen, da versteh ich keinen Spaß.«

Der Kioskeingang lag abseits vom Badestrand und somit auch nicht im Sichtbereich des gegenüberliegenden Ufers. Lediglich die Sitzplätze vor dem Kiosk sowie der Parkplatz schienen im Fokus der Kamera zu sein.

»Ist das die einzige Überwachungskamera auf dem Gelände?«, fragte Lena.

Bobo winkte ab. »Wo denken Sie hin! Die sind mir schon mal durchs Eisverkaufsfenster gestiegen und haben hier alles zerwühlt.«

Henning, der auf dem Weg zum Kiosk besagtes Fenster direkt gesehen und gedanklich abgespeichert hatte, ging hinaus und um die Hausecke herum. Lena und Bobo folgten ihm umgehend. »Sehen Sie, da oben hängt auch eine. Jetzt überlegen die Kids zweimal, ob sich das lohnt.«

Hennings Blick wanderte von der Kamera am Fenster hinunter, über das kurze Rasenstück davor, runter zum Sandstrand, auf den See hinaus und blieb am gegenüberliegenden Ufer hängen. Das war nicht exakt die Stelle, an der sie den Leichnam von Simone Baumgartner gefunden hatten, aber es war ein Anfang.

»Bobo, wir benötigen alle Aufnahmen dieser Kamera und sicherheitshalber auch der Kamera aus dem Eingangsbereich des Kiosks. Wie lange werden die Daten gespeichert?«

»Nach vierundzwanzig Stunden werden sie automatisch überspielt. Ich kann Ihnen also höchstens Material ab gestern Mittag zur Verfügung stellen.«

»Besser als nichts«, sagte Henning und ließ sich von Bobo in ein kleines Hinterzimmer führen, in dem ein alter PC stand. Lena war ihnen gefolgt und wartete im Türrahmen auf ihn. Während Henning die entsprechenden Aufnahmen auf seinen USB-Stick zog, sagte sie: »Bevor ich es vergesse - kennen Sie zufällig jemanden, der vor allem an den abgelegenen Badestellen Kontrollgänge läuft und bevorzugt Jugendliche verscheucht? Scheint ein älterer Mann zu sein und …«

Bobo schnaufte. »Der olle Schubert. Hat der etwa was damit zu tun?«

»Wir würden uns nur gerne mit ihm unterhalten, da er offenbar öfter in der Nähe des Fundorts unterwegs ist.«

Ein boshaftes Lachen drang aus Bobos Kehle. Anscheinend waren besagter Schubert und er nicht die besten Freunde. »Da haben Sie um diese Tageszeit kein Glück mehr. Artur kriecht gegen Mittag aus seiner Hütte, schleicht hier durch die Wälder und kehrt erst abends zurück. Am besten klingeln Sie ihn früh morgens aus dem Bett. Dann isser wenigstens noch nüchtern.« Bobo schüttelte den Kopf. »Ein unangenehmer Geselle, das kann ich Ihnen sagen. Wenn Sie trotzdem mit ihm reden wollen, finden Sie ihn am Ende der Straße Waldhain, Nummer drei. Auf dem Grundstück steht nur eine alte Holzhütte, eine richtige Bruchbude. Es ist weitläufig, Sie können es trotzdem nicht verfehlen. Der Kerl hat alles zugemüllt mit dem Krimskrams, den er so auf seinen Streifzügen findet.«

Henning blickte über die Schulter und sah, dass Lena sich in einem kleinen Notizbuch die neuen Informationen notierte.

Als sein Datentransfer abgeschlossen war, bedankten sie sich bei Bobo für seine Kooperationsbereitschaft und liefen über einen schmalen Kiesweg zurück zum Parkplatz, auf dem ihr Wagen stand.

»Was hältst du von ihm?«, fragte Henning, als sie am Auto angekommen waren. Lena lehnte sich gegen die Fahrertür und hielt das Gesicht in die warme Spätsommersonne. Ihr dunkles Haar schimmerte im Sonnenlicht. Henning zwang sich, sie nicht zu lange anzustarren.

»Er scheint ein temperamentvoller, aber sympathischer Mann zu sein. Ich hatte nicht das Gefühl, dass er irgendwelche Informationen zurückgehalten hat, ganz im Gegenteil.«

»Ja, da bin ich ganz bei dir. Mal sehen, was wir auf den Aufnahmen hier finden. Ich schicke sie gleich an Boris weiter. Der soll sie mal im

Sekundentakt durchgehen. Vielleicht sieht man doch was, auch wenn ich nicht unbedingt daran glaube. Der Kamerawinkel passt nicht.«

»Wer weiß«, sagte Lena, streckte sich und gähnte.

»Müde?«, fragte er.

»Hätte ich gestern Abend schon gewusst, was mich heute erwartet, wäre ich nicht erst gegen zwei Uhr morgens ins Bett gefallen. Und auf die Flasche Wein hätte ich dann auch verzichtet«, sagte sie lachend.

Henning mochte es, wenn sie lachte. Im Gegensatz zu ihren hoch konzentrierten Momenten, in denen sie oft angestrengt und nachdenklich in die Luft starrte und dabei auf ihrer Unterlippe herumkaute, wirkte ihr Lachen frei und unbeschwert. Richtig leicht. Angenehm. Wie das laue Lüftchen, das vom Wasser zu ihnen herüberwehte und die Hitze der Mittagssonne augenblicklich abschwächte.

»Manchmal ist es eben doch gut, dass man nicht in die Zukunft schauen kann. So konntest du deinen letzten Urlaubstag wenigstens genießen«, sagte er und ging zum Kofferraum, um seine Laptoptasche herauszuholen. Als er anschließend auf den Beifahrersitz rutschte, war Lenas Lächeln längst vergangen. Ihr Blick ruhte in der Ferne auf dem See. Sie seufzte, während er den Laptop startete, der auf seinen Knien ruhte.

»Ich schlage vor, dass wir uns einen Besuch bei besagtem Artur Schubert für morgen früh aufsparen und erst mal zum Haus des Opfers fahren. Wird Zeit, dass wir mit dem Ehemann sprechen, bevor er es in den Nachrichten hört.« Henning blinzelte zu Lena hinüber, die sich ihm zugewandt hatte. Mit seinen Worten war auch der letzte Rest von Leichtigkeit aus ihren Augen verschwunden.

»Das hasse ich am meisten an diesem Job«, sagte sie und startete seufzend den Motor.

Kapitel 3

DAS hübsche Einfamilienhaus der Familie Baumgartner stand mitten in einem noblen Wohnviertel. Mit seinem weißen Gartenzaun und der knorrigen Eiche im Vorgarten, an der eine Schaukel im Wind schwang, wirkte es, als hätte es jemand direkt aus einem Werbekatalog genommen und in die Welt gesetzt. Die schweren, mit Blüten verzierten Vorhänge an den bodentiefen Fenstern taten ihr Übriges.

Henning pfiff leise durch die Zähne.

»Was?«, fragte Lena.

»Weißt du, was so eine Immobilie in dieser Gegend kostet? Ich schätze, Minimum eine Million …«

Lena öffnete das kleine Gartentor, und Henning folgte ihr auf den gepflasterten Gartenweg. Links und rechts standen ordentlich gestutzte Büsche und Sträucher. Selbst der Rasen sah aus, als hätte ihn jemand mit Lineal und Nagelschere gekürzt.

»Vielleicht haben sie es geerbt. Oder sie wohnen zur Miete. Wenn Herr Baumgartner Bauingenieur ist, nagt die Familie mit Sicherheit nicht am Hungertuch, aber steinreich werden sie auch nicht sein«, gab Lena zu bedenken.

»Zumal Simone Baumgartner seit der Geburt der Kinder nur noch halbtags als Steuerberaterin gearbeitet hat«, fügte Henning leiser hinzu, bevor er klingelte. Es dauerte nur wenige Sekunden, bis ein Mann mit lichtem Haar und aschfahler Haut ihnen die Tür öffnete.

»Herr Baumgartner? Ich bin Lena Freyenberg, das ist mein Kollege Henning Gerlach. Wir sind von der Kriminalpolizei. Dürfen wir reinkommen?«, begann Lena.

»Haben Sie meine Moni gefunden? Geht es ihr gut?« Die Stimme des Mannes klang rau, sein Rücken wirkte gekrümmt. Er trug ein verwaschenes Shirt, das halb über dem Bund der Jogginghose hing. Sein Gesicht war unrasiert, es gab ein kratzendes Geräusch, als er sich mit den Händen über die Wangen fuhr.

»Wir würden das wirklich gerne drinnen mit Ihnen besprechen«, sagte Henning so ruhig wie möglich. Lutz Baumgartners Augen weiteten sich. Hätte er noch blasser werden können, wäre er es in diesem Moment geworden. Hektisch irrte sein Blick von Lena zu Henning und wieder zurück, als würde er schon jetzt nach Antworten auf die Fragen suchen, die unweigerlich in Kürze in ihm toben würden. Dann trat er einen Schritt zurück und schlurfte wortlos durchs Haus. Henning und Lena folgten ihm durch eine modern eingerichtete Eingangshalle und hinüber in den Wintergarten. In einem Korbsessel ließ Simone Baumgartners Mann sich nieder. »Sagen Sie es mir einfach.« Er stützte die Unterarme auf den Oberschenkeln ab. »Ich muss es hören, sonst …« Lutz Baumgartner presste die Kiefer fest aufeinander und wappnete sich für das, was nun kommen würde.

Henning beobachtete aus dem Augenwinkel, wie Lena die gleiche Position des offensichtlich gebrochenen Mannes einnahm und sich zu ihm lehnte. »Es tut uns sehr leid, Ihnen mitteilen zu müssen, dass wir Ihre Frau heute Morgen tot aufgefunden haben.«

»Mein Gott, nein, nein … das … das kann nicht sein«, stöhnte der Mann und vergrub das Gesicht in den Händen.

Lena gab ihm einen Moment Zeit. Ohne Frage war das das Schwerste an ihrem Job: Jedes Mal aufs Neue fühlte sie sich hilflos, hin- und hergerissen zwischen dem Mitleid, das sie für den Hinterbliebenen empfand und der Professionalität, die von ihr verlangte, Ruhe und Fassung zu wahren.

Als die erste Welle von Verzweiflung über den Mann hinweggeschwappt war, hob er seinen Blick wieder. »Wo haben Sie sie gefunden?«

»Am Willacher See.« Henning räusperte sich leise. »Derzeit müssen wir davon ausgehen, dass es sich um ein Tötungsdelikt handelt.«

»Sie wurde ermordet?« Die Stimme des Mannes bebte. Er schüttelte vehement den Kopf. »Wer … ich meine … wie? Wieso? Wer könnte meiner Moni …« Schon sank sein Kopf wieder in die Handflächen, und er schluchzte laut auf.

Lenas Gesicht verzog sich schmerzerfüllt, als sie zu Henning herübersah.

»Ich hole ihm erst mal ein Glas Wasser«, sagte dieser leise und erhob sich. Auf der Suche nach der Küche nutzte er die Gelegenheit, sich im Haus etwas umzusehen. Er wollte ein Gefühl für das Zusammenleben bekommen - und vor allem für die Rolle, die Frau Baumgartner dabei gespielt hatte. Ohne Zweifel wirkte Herr Baumgartner sichtlich mitgenommen und verzweifelt, aber Henning hatte schon viel gesehen. Er wusste, dass er sich nicht vom ersten Eindruck täuschen lassen durfte.

Auf den ersten Blick wirkte das Haus samt Familienleben, das darin stattgefunden haben musste, perfekt. Überall hingen Fotos der Kinder. Münder mit großen Zahnlücken grinsten ihm entgegen. Sowohl im Wohnzimmer als auch in der schneeweißen Hochglanzküche, deren Möbel aussahen, als würden sie aus einem viktorianischen Museum stammen, gab es Ecken für die Kinder. Spieltische, Truhen mit Spielzeug, Malbücher. Die Kinder schienen Mittelpunkt des Lebens gewesen zu sein. Nichts deutete auf Schwierigkeiten hin. Auch in den vorangegangenen, ersten Befragungen der Polizei war nichts Außergewöhnliches aufgefallen, wie Henning den Unterlagen entnommen hatte, die Überstädter ihm gemailt hatte. Wer also hatte sich ausgerechnet Simone Baumgartner ausgesucht? Und warum? War es ein Kunde aus dem Steuerbüro? Jemand, der ihretwegen nun in Schwierigkeiten mit dem Finanzamt steckte? Nicht unwahrscheinlich, fand Henning und zog das Handy aus der Hosentasche.

»Claus?« Er sprach leise, als sich sein Kollege Claus Steiner, die gute Seele des Kommissariats, meldete, und er erklärte ihm die Situation. Überstädter hatte das Team jedoch mittlerweile eingeweiht. »Ziemlich heftiger Fall, was?«, fragte Claus, und Henning brummte zustimmend. »Du, tu mir bitte einen Gefallen, und stell mithilfe von Karen bis heute Nachmittag alles zusammen, was du sowohl über die Baufirma des Mannes als auch das Steuerbüro, in dem Frau Baumgartner gearbeitet hat, herausfinden kannst. Mitarbeiter, Kundenstamm … Ist irgendjemand aktenkundig? Gibt es irgendwelche Gerichtsbeschlüsse? Egal was! Wenn wir hier fertig sind, werden Lena und ich uns vor Ort einen Eindruck verschaffen. Wir treffen uns dann später alle auf dem Revier zur Besprechung.«

Nachdem er das Gespräch beendet hatte, holte Henning ein Glas Wasser für Herrn Baumgartner und ging zurück in den Wintergarten. Schon vom Flur aus konnte er hören, wie Lena mit beruhigender Stimme auf den Mann einredete, der zumindest aufgehört hatte zu schluchzen und ihr bereitwillig antwortete.

»Dann sind Ihre Kinder heute in der Kita und der Schule?«, fragte sie gerade, als Henning sich wieder zu ihnen setzte. Dankend nahm Herr Baumgartner das Wasser entgegen.

»Sie sind beide bei meinen Eltern, die sind mit ihnen rausgefahren, damit sie auf andere Gedanken kommen. Vor allem die Kleine versteht das alles noch gar nicht. Mami ist im Urlaub, hab ich ihr gesagt.« Er schüttelte mit wässrigen Augen den Kopf. »Wie soll ich ihr das bloß erklären? Sie ist ein absolutes Mama-Kind. Moni hatte sich nach Felix so sehr noch eine Tochter gewünscht …«

Lena nickte behutsam. »Wir können Ihnen gerne jemanden zur Seite stellen, der Sie und ihre Familie in dieser schweren Zeit begleitet.«

Erst nickte Herr Baumgartner, dann schüttelte er den Kopf und raufte sich schließlich die Haare. »Ich weiß nicht …«

»Lassen Sie sich Zeit, das müssen Sie nicht jetzt entscheiden.« Henning lehnte sich wieder in Richtung des Mannes, der in seinem Korbsessel klein und gebrechlich wirkte.

»Sagen Sie mir bitte … hat meine Moni, hat sie sehr gelitten?«

Lena tauschte einen Blick mit Henning. Dass sie diesem verzweifelten Mann in seiner Trauer die Details des Mordes ersparen würden, stand außer Frage.

»Wir stecken mitten in den Ermittlungen und können Ihnen leider noch nicht allzu viel sagen, aber wir gehen momentan davon aus, dass Ihre Frau bis gestern Nacht an einem unbekannten Ort festgehalten wurde, bevor der Täter sie zum Willacher See brachte.«

»Hat er sie ertränkt?« Das Kinn des Mannes zitterte. Er rieb sich über die Augen.

»Nein. Sie hing an einem Baum. Ersten Ermittlungen zufolge starb sie an einem Kehlenschnitt. Der Tod wird schnell eingetreten sein.« Henning senkte den Blick.

»Was? Wer … wer tut denn so was? Hat dieses Schwein sie gequält?« Die Verzweiflung des Mannes schlug in blanke Wut um. Vor allem in der ersten Zeit nach der Todesnachricht eines Angehörigen konnte das im permanenten Wechsel geschehen.

»Dazu können wir noch keine weiteren Angaben machen, aber ich verspreche Ihnen, dass wir Sie über alle neuen Erkenntnisse umgehend informieren werden«, antwortete Lena, und augenblicklich verrauchte Baumgartners Wut und machte einem erneuten Schluchzen Platz, das aus seiner Kehle drang.

»Ich weiß, dass es sehr schwer für Sie ist«, begann Henning, »aber wir müssen Ihnen ein paar Fragen stellen, um denjenigen, der Ihrer Frau das angetan hat, schnellstmöglich fassen zu können.«

Baumgartner blickte auf, schluckte schwer und runzelte die Stirn. »Dann erklären Sie mir aber bitte erst mal eine Sache.« Er sah zwischen Henning und Lena hin und her. »Wäre es nicht sinnvoller gewesen, nach jemandem zu suchen, der noch lebt? Da haben sie mich mit sinnlosen Fragen abgespeist. Ob es Streit in der Familie gab, ob es möglich sein könnte, dass Simone einfach etwas Freiraum für sich braucht. So ein Blödsinn! All die Tage war sie in den Fängen eines Perversen. Und sie könnte jetzt noch leben, wenn Sie sich von Anfang an auf eine entsprechende Suche konzentriert hätten.« Er sprang auf und tigerte vor Henning und Lena auf und ab. Riesige Schweißflecke zeichneten sich auf dem grauen Shirt unter seinen Armen und auf dem Rücken ab.

»Ich kann Ihre Verzweiflung absolut verstehen.« Lena stand ebenfalls auf und versuchte, Herrn Baumgartner zu beruhigen.

»Wütend bin ich! Sie hätten Ihre Arbeit machen sollen! Ein Mensch und sein Fahrrad lösen sich doch nicht einfach in Luft auf.«

Dass Simone Baumgartner samt ihrem weinroten Damenrad verschwunden war, hatte Henning bereits in den Akten gelesen. Es fiel ihm nicht leicht, lieber hätte er dem Mann die Möglichkeit gegeben, sich kurz zu sammeln, aber er musste die Gelegenheit nutzen, denn er wusste, dass Angehörige vor Wut recht redselig werden konnten. »Sie war also auf dem Weg vom Kindergarten zum Steuerbüro, richtig?«

»Fünf Kilometer! Mehr sind es nicht. Fünf verdammte Kilometer, die sie seit drei Jahren jeden Tag zur gleichen Zeit fährt.« Herr Baumgartner sank erschöpft in den Korbstuhl zurück.

»Dann war an diesem Morgen des letzten Freitags also nichts anders als sonst? Simone wirkte nicht abgelenkt, übellaunig oder gestresst?« Lena zog ihr kleines Notizbuch aus der Tasche.

»Nein, überhaupt nicht. Nichts war anders, gar nichts. Alles war wie immer. Wir haben gefrühstückt, uns über den geplanten Klassenausflug unseres Großen unterhalten, um sieben habe ich dann Felix zur Schule gebracht, und Simone fuhr mit Nele dreißig Minuten später zur Kita. Das liegt beides auf unseren Arbeitswegen, wir haben es nie anders gemacht.«

Henning nickte, öffnete eine Landkarte auf seinem Handy und gab sowohl die Adresse der Kita Krabbelfuß als auch die des Steuerbüros Weigert ein. Mehrere Routen wurden für die fünf Kilometer Distanz vorgeschlagen.

»Wissen Sie, welchen Weg Ihre Frau immer genommen hat?«

Lutz Baumgartner warf einen Blick auf die Karte. »Bei gutem Wetter und wenn sie nicht in Eile ist, fährt sie durch die Unterführung dort hinten und an diesem kleinen Waldstück entlang. Ist ein paar Minuten länger, aber Simone liebt die Natur. Wenn es regnet und schnell gehen muss, fährt sie hier lang - auch durch die Unterführung und dann direkt durch die Fußgängerzone.« Er fuhr mit dem Finger auf der Karte entlang.

Henning entging nicht, dass er immer noch in der Gegenwart von seiner Frau sprach. Nicht unüblich, so kurz nach dieser Schocknachricht. Ein Täter jedoch sprach oft unbewusst direkt in der Vergangenheit vom Opfer, da er bei dessen Tod anwesend gewesen und es daher realer für ihn war. »Und letzten Freitag? Wissen Sie, ob sie es eilig hatte?«

Herr Baumgartner schüttelte den Kopf. »Überhaupt nicht. Sie hatte gar keine Termine an dem Tag, wollte nur ein paar Aufträge abarbeiten und Nele dann schon am frühen Nachmittag wieder abholen.«

»Mit Ihrer Tochter werden wir auch sprechen müssen«, kündigte Henning an.

»Muss das wirklich sein?«, fragte Lutz Baumgartner und sah hilflos von Henning zu Lena. Offensichtlich hatte er einen besseren Draht zu ihr, was Henning nicht wunderte. Sie hatte einen sehr empathischen und beruhigenden Umgang mit Opferfamilien, ohne sich selbst zu sehr von den Emotionen mitreißen zu lassen. Vermutlich strahlte sie genau die Sicherheit und Ruhe aus, die der Witwer gerade benötigte.

»Sie werden natürlich dabei sein. Kinder sind sehr aufmerksam, vor allem in Bezug auf ihre Eltern. Sie beobachten und bemerken mehr, als wir denken. Vielleicht ist Nele an jenem Freitagmorgen etwas aufgefallen, oder sie hat etwas gesehen, womöglich auch gehört. Wir wollen nur auf Nummer sicher gehen, dass uns wirklich kein Detail entgeht.«

»Gut, ich verstehe. Aber bitte lassen Sie mich meinen Kindern erst in Ruhe erklären, dass ihre Mutter …« Er sprach es nicht aus, presste stattdessen nur die Lippen aufeinander, bis sie ebenso blass wie seine Haut waren.

»Natürlich.« Henning beobachtete, wie der Ehemann sein Wasserglas in einem Zug leerte. »Sie haben es gleich geschafft, Herr Baumgartner. Eine letzte Frage: Wissen Sie, ob Simone irgendwelche Feinde gehabt hat? Jemanden, mit dem sie Streit hatte? Der sie oder Ihre Familie nicht mochte? Es kann aus dem privaten Umfeld sein, aus dem beruflichen, auch gut möglich, dass es jemand aus der Vergangenheit ist …«

Sofort, als Henning die Frage gestellt hatte, hatte der Mann begonnen, inbrünstig den Kopf zu schütteln. »Niemals, nein, auf gar keinen Fall«, sagte er mit fester Stimme. »Wir haben wundervolle Freunde, Nachbarn, selbst Kollegen. Ich kann mich nicht erinnern, dass Moni jemals mit irgendwem Streit gehabt hätte. Jeder mochte sie auf Anhieb. Fragen Sie in den umliegenden Häusern nach, in der Kita, der Schule, meinetwegen auch in unseren Firmen - sie werden keine Menschenseele finden, da bin ich mir sicher. Man kann sie einfach nur lieben, sie ist so ein warmherziger Mensch.« Diesmal fiel Herrn Baumgartner selbst auf, dass er in der Gegenwart gesprochen hatte. »Sie war …«, korrigierte er sich mit bebender Stimme, und augenblicklich schossen ihm Tränen in die Augen.

»Okay, ich denke, für den Moment ist das alles«, sagte Lena behutsam. »Können wir irgendjemanden für Sie anrufen?«

Der Mann schnäuzte sich die Nase. »Mein Bruder wohnt mit seiner Familie gleich die Straße runter, ich denke ... ich rufe ihn selbst an ...«

»In Ordnung, vielen Dank für Ihre Zeit, und noch einmal unser herzlichstes Beileid.« Henning zog eine Visitenkarte aus der Tasche. »Melden Sie sich bitte jederzeit bei uns, wenn Ihnen doch noch etwas einfällt.«

Mit zitternder Hand nahm der Witwer die Karte entgegen.

»Bleiben Sie ruhig sitzen, wir finden selbst hinaus«, sagte Lena, und Henning legte dem Mann zum Abschied und Trost kurz die Hand auf die Schulter.

Als sie im Auto saßen, startete Lena den Motor nicht sofort. Stattdessen drehte sie sich zu Henning und runzelte die Stirn. »Wie passt solch ein grausamer, entwürdigender Mord an einer Frau wie Simone Baumgartner mit dem zusammen, was wir dort drinnen über sie gehört und gesehen haben?« Sie schüttelte ungläubig den Kopf. »Sie war kein Zufallsopfer. Das war persönlich, der Täter wusste, wen er auswählt. Er hat das gezielt getan - nur warum?«

Hennings Blick glitt aus dem Fenster und in den Bilderbuchgarten des Einfamilienhauses hinüber. Alles war so perfekt. Alles, bis auf das, was jetzt geschehen war.

»Vielleicht hat es was mit dieser Vollkommenheit zu tun, die sofort auf einen einprasselt, sobald man durch dieses Gartentor dort geht.«

»Wie meinst du das?«

»Alles ist perfekt«, antwortete Henning nachdenklich. »Zu perfekt? Ich meine, gibt es das wirklich, dass ein Mensch von allen nur gemocht und geliebt wird? Nicht, dass irgendwas rechtfertigen würde, was Simone angetan wurde, aber ich meine ja nur - es wirkt zu glatt. Dieses Haus, diese Gegend, diese Familie.«

»Ich glaube nicht, dass der Mann was damit zu tun hat«, sagte Lena. »Sein Schmerz war körperlich spürbar.«

»Nein, das glaube ich auch nicht. Aber ich könnte mir vorstellen, dass Simone ihren Mörder kannte. Zumindest hat er sie gekannt, wie hätte er sonst von ihrem so strikt geregelten Tagesablauf wissen können?«

»Er hätte sie über längere Zeit beobachten können«, gab Lena zu bedenken.

»Ja, aber in Kombination mit der Schwere der Tat? Der Erniedrigung und Zurschaustellung des Opfers?« Er hielt plötzlich inne, überlegte einen Moment, bevor er fortfuhr. »Es sei denn, der Fokus lag auf der Inszenierung und nicht auf dem Opfer. Wenn es ihm um die Tat an sich ging, um die Präsentation des Leichnams, aus welchem Grund auch immer, könnte Simone Baumgartner auch ein Zufallsopfer gewesen sein. Das wiederum würde erklären, warum Tat und Lebenssituation so gar nicht zusammenpassen.«

»Stimmt, du hast recht. Das sollten wir im Hinterkopf behalten. Ich würde mir jetzt gerne erst mal den Weg zwischen Kita und Steuerbüro ansehen. Ist dir vorhin, bei der Beschreibung des Mannes, was aufgefallen?«, fragte sie und zog ihr Handy hervor, um die Karte aufzurufen, die auch Henning vorhin benutzt hatte.

»Du meinst, dass es zwei verschiedene Wege sind? Zwei Möglichkeiten, von denen der Täter nicht hätte wissen können, welche sie an diesem Tag wählt?«

»Ja, auch.« Lena zoomte in die Karte hinein. »Aber bis zur Unterführung hier ist es ein und derselbe Weg. Unabhängig von ihrer Entscheidung an einem bestimmten Tag ist sie also das kurze Stück von der Kita bis zur Unterführung jeden Tag gefahren. Wie weit ist das?« Sie legte den Kopf schief. »Fünfhundert Meter vielleicht?«

»Stimmt. Dann fahren wir jetzt erst zur Kita, hören uns dort mal um, gucken uns danach diesen Fahrradweg an, und im Anschluss fahren wir auch gleich noch im Steuerbüro vorbei. Ich will wenigstens einen ersten Eindruck davon bekommen, ob wir da vielleicht ein Motiv finden können.«

Lena startete den Motor, und während sie den Wagen aus der Parklücke lenkte, rief Henning noch schnell in der Gerichtsmedizin an. Simone Baumgartners Leichnam war bereits angekommen, vor dem nächsten Morgen waren jedoch keine Obduktionsergebnisse zu erwarten. Bis dahin mussten sie also mit der unklaren Faktenlage arbeiten, die sie bisher hatten.

Die Kita *Krabbelfuß* war ein L-förmiger ebenerdiger Bau, an den ein parkähnliches Gelände angrenzte, auf dem sich ein großer Spielplatz befand.

Lena und Henning mussten klingeln, bevor sie ins Gebäude gelassen wurden.

»Ist ja wie in einem Hochsicherheitstrakt«, sagte Lena stirnrunzelnd, und Henning schmunzelte.

»Nicht wirklich. Diese Summer stellen sicher, dass keins der Kids einfach durch die Türen marschiert und im Nirgendwo verschwindet. Hab mal ein Auge auf so viele kleine Krabben gleichzeitig. Irgendeine entwischt dir immer.«

Lena wollte gerade antworten, als ihnen die Tür geöffnet wurde. Eine hochgewachsene Frau mittleren Alters sah fragend zwischen ihnen hin und her. »Kann ich etwas für Sie tun?«

Fast zeitgleich, als hätten sie das tatsächlich geprobt, zogen beide ihre Ausweise. »Kriminalpolizei. Es geht um den Fall Baumgartner. Wir sind auf der Suche nach jemandem, der letzten Freitag mit ihr Kontakt hatte. Ihre Tochter Nele besucht eine Ihrer Gruppen.«

Augenblicklich presste sich die Frau eine Hand auf die Brust, als müsste sie um Atem ringen. Auf einem Schild, das an ihrem Shirt klemmte, stand ihr Name, Conny.

»Ach du meine Güte. Ich habe davon gehört, ich meine, jeder hat das. Wie sollte es anders sein?« Sie lachte nervös und unpassend und trat zur Seite, um Lena, dicht gefolgt von Henning, hineinzulassen. »Ist denn etwas Schlimmes geschehen?«, fragte Conny nun, und ihre Augen weiteten sich.

»Wir würden wirklich gerne mit jemandem sprechen …«

»… der mit ihr Kontakt hatte, ich weiß schon. Entschuldigen Sie bitte.« Conny führte sie einen Gang hinunter. Lautes Kinderlachen und wildes Gekreische drangen zu ihnen auf den Flur heraus.

In einer bunten Garderobe blieben sie stehen. »Warten Sie bitte einen Moment, ich hole meine Kollegin.«

Während Henning an der Tür verharrte, sah Lena sich um. Zahlreiche kleine Jacken, Hosen und Gummistiefel hingen und standen in dem beengten Vorraum. An schmalen Fächern über wadenhohen Sitzbänken klebten Tieraufkleber mit den Namen der Kinder. Leon, Emily, Maximilian, Luise, Mia … Nele. Lena stoppte an der Garderobe von Nele Baumgartner und warf einen Blick in das Fach. Ein Merkzettel über die Infektionskrankheit Scharlach. Vermutlich hatte es kürzlich einige Fälle unter den Kindern gegeben. Ansonsten war das Fach leer. An einem Haken, der offensichtlich den gekringelten Schwanz eines Löwen darstellen sollte, hing ein Beutel mit einer sandigen Strumpfhose und einem fleckigen Shirt.

»Was gefunden?«, fragte Henning und lehnte sich gegen die Wand.

»Nichts, was für uns relevant wäre.« Lena drehte sich einmal um die eigene Achse, und ihr Blick fiel auf eine Wand voller Kinderzeichnungen und Fotos eines Sommerfestes. Die lachenden Gesichter und leuchtenden Augen, die Unbeschwertheit der Kinder, die zwischen Planschbecken und Sandkisten herumsprangen, entlockten ihr ein Lächeln. Auch die kleine Nele strahlte ihr auf einem Foto entgegen und hielt ein Ausmalbild mit ihrem Namen in die Kamera. Vermutlich vom Spielen war ihr Haar ganz zerzaust. Stolz präsentierte sie ihre Zahnlücke, während sie die Augen zusammengepresst hatte. Frech sah sie aus mit ihren Grasflecken am Knie und den offenen Schnürsenkeln. *Frech und unbeschwert*, dachte Lena, und eine tiefe Traurigkeit überfiel sie plötzlich. *Alles wird sich jetzt für dich ändern, Kleines.*

»Wirklich alles in Ordnung?«

Sie zuckte zusammen und wirbelte herum, als sie Hennings Hand auf ihrer Schulter spürte.

»Sieh sie dir an, Henning. Ein glückliches kleines Mädchen, dessen einzige Sorge zwei fehlende Schneidezähne und ein Fleck am Hosenbein waren. Und nun?«

Henning nickte. »Grausame Vorstellung, was sich jetzt für die Kinder ändern wird. Fälle, in denen Kinder involviert sind - auf welche Art auch immer - gehen mir richtig an die Nieren. Vor allem, seit ich einen Neffen und eine Nichte habe.«

»Du hast mir nie erzählt, dass du Onkel bist.«

»Weil es so alt klingt. Ich bin lieber der coole Henning.«

Lena lächelte leicht. »Der coole Onkel Henning, verstehe«, sagte sie, doch da öffnete sich schon eine Tür. Aus dem Gruppenraum kam eine wesentlich älter wirkende, beinahe großmütterlich erscheinende Frau zu ihnen. Das braune Haar trug sie hochgesteckt, das Schild auf ihrer Brust verriet ihren Namen: Rita.

»Rita Kallmeyer«, stellte sie sich vor und schüttelte ihnen die Hand. »Was kann ich für Sie tun?«

Henning stellte Lena und sich kurz vor. »Sie leiten die Gruppe, in die auch Nele Baumgartner geht?«

Frau Kallmeyer nickte. »Ja, ich betreue die Kleine, seit sie vor drei Jahren zu uns gekommen ist.«

»Dann kennen Sie sicher auch Ihre Mutter gut - Simone Baumgartner?« Lena beobachtete, wie sich augenblicklich ein Schatten über das Gesicht der Erzieherin legte.

»Natürlich. Frau Baumgartner ist eine so freundliche und hilfsbereite Person. Wir haben noch nie Probleme miteinander gehabt. Ich war ganz erschrocken, als ich am Freitag erfuhr, dass sie wohl verschwunden ist.«

In diesem Moment kam ein junger Mann den Flur entlang.

»Herr Riechel«, begrüßte Rita Kallmeyer ihn lächelnd. »Der Julius hat mir schon erzählt, dass er heute Mittagskind ist. Ganz stolz war er.« Die beiden unterhielten sich kurz, und als der Mann im Gruppenraum verschwunden war, fragte Lena nach einem ruhigeren Ort für ein kurzes Gespräch über den vergangenen Freitag. Frau Kallmeyer führte sie in eine Art Mitarbeiterzimmer oder Aufenthaltsraum und bat sie, an einem runden Tisch in der Raummitte Platz zu nehmen.

»Sie sagten eben, dass Sie erschrocken waren, zu erfahren, dass Simone Baumgartner verschwunden ist«, wiederholte Henning, und Lena sah, wie er durch die digitale Akte auf seinem Handy scrollte. »Das ging ja ziemlich schnell, dass Sie davon gehört haben.«

Rita nickte. »Dass was nicht stimmt, habe ich sofort bemerkt. Wenn Sie so viele Jahre in einer Einrichtung wie dieser arbeiten, mit all diesen bezaubernden Kindern und ihren Eltern zu tun haben, dann bemerken Sie recht schnell die Eigenarten der einzelnen Familien. Es gibt Eltern, die immer unpünktlich kommen, Mütter, die schon draußen am Zaun den Namen ihres Kindes rufen, Väter, die mit Anzug und Krawatte durch die Tür spazieren und sich ohne Zögern in den Dreck knien, um ihre Sprösslinge in die Arme zu schließen. Man prägt sich diese Menschen und ihre Gewohnheiten ein, das kann man gar nicht umgehen. Und Simone … ja, Simone ist eine Mutter, wie jedes Kind sie sich nur wünschen kann. Sie bringt Nele jeden Morgen zur gleichen Zeit vorbei, und ich kann die Uhr danach stellen, wann sie am frühen Nachmittag wieder in der Tür steht, um sie abzuholen. Einmal musste sie länger arbeiten - einmal, in all den Jahren - und hat uns sofort angerufen, dass sie sich um etwa dreißig Minuten verspätet. Aber letzten Freitag«, Rita Kallmeyer senkte den Blick und verschränkte ihre Finger ineinander, »letzten Freitag war alles komisch. Gegen Mittag rief uns der Herr Baumgartner ganz aufgebracht an und wollte wissen, ob Nele da ist. Natürlich war sie bei uns, wir hätten uns sonst schon bei den Eltern gemeldet. Wir fragen immer nach, wenn Kinder unangemeldet fehlen. Es kann ja auch mal was passiert sein.«

Lena nickte. »Und da haben Sie erfahren, dass Simone Baumgartner verschwunden ist?«

Rita nickte eindringlich. »Genau. Herr Baumgartner war völlig aufgelöst, seine Frau wäre nicht im Büro erschienen, sagte er. Erst als er Nele am späten Nachmittag abholte, erzählte er, dass sie wohl verschwunden ist. Er hätte schon die Polizei informiert. Da hab ich vielleicht eine Gänsehaut bekommen, das kann ich Ihnen sagen.« Wie zur Bestätigung strich sie sich einmal über die Arme, als würde sie frösteln.

»Frau Kallmeyer, können Sie sich daran erinnern, ob Simone Baumgartner an jenem Freitagmorgen, als sie Nele herbrachte, irgendwie anders wirkte als sonst? Vielleicht abgelenkter, hektischer oder etwas in der Art?«, fragte Henning.

»Ganz und gar nicht, nein, überhaupt nicht. Wir haben uns sogar noch über einen Wandertag Ende September unterhalten. Sie möchte uns begleiten. Das tut sie oft, backt dann immer im Voraus kleine

Muffins und packt Snacktüten mit frischem Obst für die Kinder. So eine gute Frau!«

»Dann war also alles wie immer? Nichts deutete darauf hin, dass etwas nicht in Ordnung war? Ein längerer Abschied von ihrer Tochter vielleicht …«, gab Lena als Gedankenanstoß.

»Nein. Nele steht immer am Fenster, wenn ihre Mutter mit dem Fahrrad zur Arbeit weiterfährt, und sie winkt ihr beim Vorbeifahren noch einmal. Das war auch letzten Freitag so. Danach sind wir basteln gegangen.«

»Können Sie uns besagtes Fenster einmal zeigen?«, bat Henning, und gemeinsam gingen sie zurück Richtung Gruppenraum, durchquerten diesen einmal und blieben in einem weitläufigen Waschraum stehen. Das Fenster war schmal und befand sich ungefähr auf Kopfhöhe eines Erwachsenen. Die Kinder mussten auf die darunterstehende Sitzbank klettern, um einen Blick nach draußen werfen zu können.

»Sie finden Simone doch, nicht wahr?«, fragte Rita Kallmeyer auf dem Weg zurück in die Garderobe.

»Ich fürchte, das haben wir bereits«, sagte Henning. »Es tut mir sehr leid …«

»Oh nein!« Die Erzieherin schlug sich eine Hand vor die Brust, taumelte rückwärts und krallte sich im letzten Moment am Regal fest.

»Vorsicht!« Lena griff nach ihrem Arm und half ihr dabei, sich zu setzen.

»Was ist denn nur passiert?«, fragte Rita atemlos.

»Dazu können wir leider noch keine Angaben machen«, sagte Lena und zog eine Visitenkarte aus der Tasche. »Die Ermittlungen laufen auf Hochtouren. Wenn Ihnen doch noch etwas einfällt - jemand, der in der Nähe der Kita war und sonst nie hier rumläuft, oder auch etwas, was Simone Baumgartner oder ihre Tochter gesagt oder getan haben, dann melden Sie sich bitte bei uns.«

»Natürlich«, sagte Frau Kallmeyer und ließ sich von Lena wieder aufhelfen. »Die armen Kinder«, murmelte sie nach einer kurzen Verabschiedung, als sie zurück in den Gruppenraum ging.

Der Fahrradweg, der vom Waschraumfenster bis zum Ende der Straße einsehbar war, führte direkt durch ein angrenzendes Wohngebiet. Umgeben von zahlreichen Einfamilienhäusern schien es nahezu unmöglich, dass eine Frau und ihr Fahrrad am helllichten Tag hier verschwanden. Jemand hätte etwas gesehen oder gehört. Gegen acht Uhr an einem Freitagmorgen fuhren Menschen zur Arbeit, Kinder gingen in die Schule, andere wurden von ihren Eltern zur Kita gebracht. Manche mussten einkaufen, andere zum Arzt.

Nein, dort in dieser Straße konnte Simone noch nicht verschwunden sein. »Was der Täter dem Opfer angetan hat, war ihm offensichtlich wichtig. Er hat sich Mühe gegeben, alles zu inszenieren, diesen Moment der Auffindesituation am See perfekt vorzubereiten. Der hat nichts dem Zufall überlassen. Ich glaube nicht, dass er die Gefahr eingegangen wäre, entdeckt oder in seinem Vorhaben gar unterbrochen zu werden. Hier in dieser Straße ist die Gefahr einfach zu groß«, sprach Henning seine Gedanken laut aus.

Sie saßen im Wagen und rollten im Schritttempo neben dem Fahrradweg entlang, den Simone Baumgartner Tage zuvor genommen hatte. Er führte sie direkt aus dem Wohnviertel hinaus, durch eine ruhiger gelegene Gasse und auf die Unterführung zu. Dort parkte Lena den Wagen auf einem Grünstreifen. Links und rechts erstreckten sich Hänge hinauf zu einer abgelegenen Straße, die über der Unterführung entlanglief.

»Er könnte dort oben geparkt, sich hier hinter den Büschen versteckt und sie dann überwältigt haben.« Henning sah an der mit Graffiti besprühten Mauerwand empor. »Aber dann hätte er sie bewusstlos den Hang hinaufschleppen müssen. Und um das Fahrrad zu holen, hätte er zurückkommen müssen.« Er drehte sich zu Lena um, die mit verschränkten Armen die Gegend inspizierte. »Zu viel Zeit, zu aufwendig.«

»Vielleicht hat er sie auch in der Unterführung angegriffen. Es ist dunkel und sichtgeschützt dort unten. Aber ein Schrei von ihr würde nicht einfach im Nirgendwo verebben. Hier unten hallt es, es wäre doppelt so laut. Wenn er sie hier überwältigt hat, dann musste er sie gleichzeitig auch am Schreien hindern, um keine Aufmerksamkeit auf sich zu ziehen.« Lena lief in den dunklen Gang hinein. Es roch feucht und muffig. Irgendwo tropfte etwas. Obwohl der Ausgang nur wenige Meter entfernt war, fühlte sie sich beim Gedanken daran, was sich hier unten abgespielt haben könnte, selbst hilflos und angreifbar.

Sie liefen auf die andere Seite, die der, auf der ihr Auto parkte, fast bis auf den letzten Grashalm am Wegesrand glich. Selbst von dort konnten sie erkennen, wie der Fahrradweg sich in der Ferne teilte. Links führte er direkt in ein weiteres Wohngebiet, rechts an der Landstraße vorbei und in die Natur hinaus.

Ohne weitere Erkenntnisse gingen sie zurück zu ihrem Fahrzeug und erreichten wenige Minuten später das Steuerbüro Weigert. Kaum als solches zu erkennen, lag es in einem urigen alten Fachwerkhaus mitten in einem Wohnviertel. Lediglich das unscheinbar wirkende Schild neben der Klingel deutete auf das Steuerbüro hin. Henning hatte den Finger noch nicht von der Klingel genommen, da wurde ihnen schon die Tür geöffnet.

Bettina Weigert, eine Frau mittleren Alters, die sich als Chefin des Steuerbüros vorstellte, stand im Türrahmen und sah hektisch zwischen Henning und Lena hin und her. »Kommen Sie wegen Simone?«, fragte sie, noch bevor die Ermittler auch nur einen Fuß über die Schwelle setzen konnten.

Lena nickte. »Das tun wir. Freyenberg mein Name, das ist mein Kollege Gerlach. Können wir uns kurz mit Ihnen unterhalten?«

»Sicher.« Die Frau führte sie in eine beengte Kaffeeküche, in der sie sich an einem Tisch niederließen. Bettina Weigert wirkte unruhig, öffnete und schloss ihre übergroße Strickjacke wiederholt und verschränkte letztlich die Arme vor der Brust. Ihr linkes Augenlid zuckte unter dem breiten Rahmen der Brille unentwegt.

»Schön haben Sie es hier«, sagte Lena, um der Frau etwas von ihrer Anspannung zu nehmen.

»Ja, nicht wahr? Und meine Wohnung ist direkt obendrüber«, antwortete die Inhaberin kurz angebunden.

»Das ist sicher gut, wenn man mal was vergessen hat, aber auch schlecht, weil man nie richtig Feierabend machen kann, oder?« Lena lächelte, und Bettina Weigert zwang sich, es zu erwidern, doch so richtig gelang es ihr nicht.

»Sie wissen ja, warum wir hier sind«, leitete Henning das Gespräch nun behutsam in die entsprechende Richtung und lehnte sich über den Tisch zu ihr. »Sie waren also letzten Freitag auch hier, als Simone Baumgartner ihre Arbeit hätte beginnen müssen?«

Frau Weigert nickte. »Simone hat einen Schlüssel. Sie schließt morgens auf, darauf kann ich mich verlassen. Ich fange meist erst am späten Vormittag an, bleibe dafür bis in den Abend hier unten. Wir sind ja nur zu dritt, da teilen wir uns den Tag gut ein.« Sie knetete ihre Hände auf dem Schoß. »Ich pflege meine kranke Mutter, sie wohnt auch bei uns. Freitag hatte ich alle Hände voll zu tun, und als es gegen elf Uhr plötzlich im Büro Sturm klingelte, bin ich direkt nervös geworden. Ich kann die Klingel bis oben hören, was praktisch ist, falls mal niemand da ist, wissen Sie? Ich wusste sofort, dass was nicht stimmt, und als ich runterkam, war das Büro noch zu. Die Rollläden waren noch runtergelassen, die Tür verschlossen. Ich hab sofort bei Simone angerufen. Mein erster Gedanke war, dass irgendwas mit den Kindern ist. Aber sie ging nicht ans Handy. Also rief ich dann Lutz direkt an. Und der sagte mir, dass er sie zuletzt beim Frühstück gesehen habe. Sie wollte wohl kurz nach seinem Aufbruch mit Nele zur Kita fahren.« So kurz angebunden sie auch anfangs gewirkt hatte, so sehr schienen die Worte nun aus ihr herauszuwollen. Frau Weigert seufzte. »Na ja, und dann ist er wohl nach Hause gefahren, und dort war sie auch nicht. Er kam dann noch her, und wir sind zusammen ihren Arbeitsweg abgefahren, hätte doch auch sein können, dass sie irgendwo verunglückt liegt. Aber keine Spur von ihr, nirgendwo. Das ganze Wochenende hab ich gehofft, dass sie heute Morgen ganz normal im Büro auftaucht. Aber jetzt, wo Sie hier sind …« Sie schüttelte den Kopf.

»Leider müssen wir Ihnen sagen, dass wir Frau Baumgartner heute Morgen tot aufgefunden haben.«

»Nein!«, entfuhr es Bettina Weigert. »Bitte nicht, das darf nicht sein!« Tränen quollen aus ihren Augen. »Was ist mit ihr geschehen?«, schluchzte sie.

»Das versuchen wir herauszufinden, müssen derzeit aber von einem Gewaltverbrechen ausgehen. Es tut mir sehr leid«, antwortete Lena behutsam und reichte der Frau eine Taschentuchbox, die auf dem Regal neben ihr stand.

»Wissen Sie zufällig, ob Simone Konflikte mit einem ihrer Kunden hatte?«, fragte Henning und beobachtete die schockierte Frau aufmerksam.

Sie schluckte verkrampft. »Sie meinen, es war jemand von uns?«

»Das wissen wir nicht. Wir müssen nur jede Möglichkeit in Erwägung ziehen«, erklärte er mit ruhiger Stimme.

»Wir haben tolle Kunden. Natürlich gibt es auch mal Diskussionen - es geht oft um viel Geld. Aber ich kann mich an nichts Ernsthaftes erinnern. Wir kriegen sogar Weihnachten kleine Präsentkörbe. Manchmal denken unsere Stammkunden auch an unsere Geburtstage. Dass jemand von ihnen so was tun könnte … nein.« Sie schüttelte den Kopf.

Lena reichte ihr eine Visitenkarte. »Manchmal fallen einem erst in einer ruhigen Minute Ungereimtheiten ein. Sollte das der Fall sein, melden Sie sich bitte bei uns. Egal wie klein und unwichtig Ihnen Ihr Gedanke erscheinen mag.«

»Das mache ich auf jeden Fall«, versprach die Steuerberaterin. Mittlerweile zuckte auch ihr rechtes Augenlid.

Als Lena und Henning von ihr zur Tür gebracht wurden, klammerte sie sich hilfesuchend an den Türgriff. »Ich kann das gar nicht glauben«, murmelte sie.

»Was meinen Sie?« Henning drehte sich noch einmal zu ihr um.

»Simone, unsere liebe Simone. Wer könnte ihr etwas Böses wollen? Das muss ein Irrtum gewesen sein, ein Zufall. Wie es immer ist, nicht wahr? Zur falschen Zeit am falschen Ort, richtig?«

Vielleicht hoffte sie auf eine erlösende Zustimmung, auf Worte, die ihren Schmerz und ihren Schock für den Bruchteil einer Sekunde abmildern würden. Lena tauschte einen Blick mit Henning. Unauffällig nickte er ihr zu.

»Vermutlich«, antwortete Lena der Frau daraufhin leise. Die offensichtliche Lüge kam ihr nur schwer über die Lippen, doch Bettina Weigert bekam davon nichts mit.

»Ich werde gleich den Lutz anrufen«, sagte sie.

»Tun Sie das. Es hilft, sich in solchen Zeiten gegenseitig zu unterstützen«, sagte Henning, bevor er sich in Lenas Begleitung auf den Rückweg zum Auto machte.

Henning gähnte und rieb sich über die Augen. Am Nachmittag waren sie zurück ins Büro gekommen. Überstädter hatte sie praktisch an der Bürotür abgefangen und sich über alle bisherigen Erkenntnisse informieren lassen. Ohne sie zu kommentieren, hatte er lediglich hin und wieder genickt oder grimmig gebrummt. Schon beim letzten Fall hatte Überstädters Chef ihm im Nacken gesessen, und dieser neue Fall wirkte schon jetzt nicht weniger kompliziert. Und bisher hatten sie kaum Ansatzpunkte.

Zur ausführlichen Besprechung sollte sich das gesamte Team am späten Nachmittag im Besprechungsraum einfinden. Bis dahin tippten Lena und er vorläufige Berichte und wurden von Maike mit Kaffee versorgt.

Jedes Mal, wenn er von einem Außeneinsatz zurückkam, der seinen Körper mit kribbeligem Adrenalin gefüllt hatte, spürte Henning anschließend, wie die Anspannung ihm von den Schultern glitt. Es war nur eine Momentaufnahme. Der Täter war immer noch dort draußen, und niemand wusste, was sein Motiv war und ob er erneut zuschlagen würde. Die Zeit saß ihnen im Nacken. Dennoch, für einen kurzen Moment lehnte Henning sich nun zurück und schloss die Augen.

Als er sie wieder öffnete, sah er direkt in Lenas freundliches Gesicht. Sie blickte an ihrem Bildschirm vorbei und zu ihm herüber. »Noch mehr Kaffee?«, fragte sie und griff nach der Kanne, ohne seine Antwort abzuwarten. Henning nickte, und während Lena seine Tasse füllte, sagte sie: »Maike scheint sich gut integriert zu haben. Sie weiß zumindest, was man braucht, wenn man von draußen kommt. Im Besprechungsraum ist auch schon alles vorbereitet.« Sie setzte sich wieder auf ihren Platz.

»Ja, sie passt hier echt toll rein.« Henning lachte leise. »Nicht nur wegen des Kaffees.« Er nahm einen Schluck – aromatisch und kräftig, genau wie er ihn mochte.

Wieder sah Lena ihn an. Ein Schmunzeln lag auf ihren Lippen, doch in ihren Augen spiegelte sich das nicht.

»Was?«, fragte er.

»Gar nichts«, antwortete sie und tat so, als müsste sie sich ganz plötzlich mit dem Zettelkram auf ihrem Schreibtisch beschäftigen.

»Komm schon, was bedeutet dieser Blick?«

»Welcher denn?«, fragte sie ganz unschuldig und blinzelte erneut zu ihm herüber.

»Da! Dieses Schmunzeln!«

Sie zuckte mit den Schultern. »Ach ...« Sie grinste. »Es ist nur wegen Maike, weißt du? Wir waren kaum wieder zurück, da stand sie schon hier im Büro und zählte deine Kaffeevorliebe auf.« Sie räusperte sich, bevor sie Maike Mückenhaupts Stimme imitierte, ohne dabei abfällig zu klingen: »Henning, ein Käffchen ohne Milch, aber mit einem Teelöffel Zucker, nicht gerührt?«

Nun war er es, der lachen musste. »Nett, nicht wahr?«

»Ja, ist sie wirklich. Und nach meinem Eindruck bringt sie Stimmung hier rein. Besonders gut scheint ihre Laune zu sein, wenn du in der Nähe bist.« Wieder schlich sich ein Schmunzeln auf ihre Lippen, und Henning lachte laut auf. Als er sie wieder ansah, war ihr Schmunzeln bereits erloschen.

»Ach, Quatsch. Wir haben den gleichen Arbeitsweg, von daher haben wir wohl das ein oder andere Gespräch mehr geführt als die anderen, aber das wars auch schon.«

»Ich werde dich dran erinnern.« Lena kroch zurück hinter ihren Bildschirm, und nun war Henning es, der sich schräg über seinen Tisch lehnte, um sie wieder im Blick zu haben. Sie sah keineswegs bedrückt aus, eher im Gegenteil. Bis auf das für sie ungewohnte Lächeln, das ihre Augen nicht erreichte, schien es sie wirklich nicht zu stören, wenn er tatsächlich ein Interesse an Maike hegen würde, das über die Arbeit hinausging. Das allerdings störte ihn auf einmal. Nicht, dass zwischen ihm und Lena je mehr als ein gesundes Arbeitsverhältnis bestanden hätte, aber er konnte auch nicht leugnen, dass er sie vom ersten Augenblick an mochte. Ihre Cleverness, ihr Engagement, ihr Einfühlungsvermögen - sie war eine Partnerin, auf die er sich verlassen konnte. Vermutlich war sie aufgrund ihrer unkomplizierten und zugleich offenen Art auch die einzige Partnerin, mit der er sich hätte anfreunden können, nach der Sache mit Anna.

Er hatte Lena nie von Anna erzählt, seiner Ex-Partnerin, beruflich wie privat, und er hatte ihr auch nie davon erzählt, dass er sich, nachdem diese Sache beendet war, geschworen hatte, die Arbeit nie mehr mit seinem Privatleben zu vermischen. Zumindest war das sein Plan gewesen, bis Lena ins Team kam … Henning schüttelte diesen Gedanken schnell ab.

»Jetzt bist du es aber, der ziemlich komisch guckt«, sagte Lena. »Ich hab nur Spaß gemacht, bezüglich Maike meine ich. Bloß, um mal kurz Luft zu holen zwischen all diesen furchtbaren Bildern, die sich heute wieder in meinen Kopf gebrannt haben.« Sie deutete auf ihren Bildschirm. Nach dem langen Tag und all der Grausamkeit, die ihnen mit voller Wucht begegnet war, genoss auch Henning eigentlich jeden Moment von Leichtigkeit in den Pausen. Ein Scherz hier, ein Necken dort, er war der Letzte, der eine kleine Ablenkung ausschlagen würde. Dass er jetzt auf einmal so verklemmt reagiert hatte und es vor Lena nicht verbergen konnte, ärgerte ihn am meisten. »Schon gut, nicht dein Fehler.« Er räusperte sich, um Zeit zu schinden. »Dieses Thema ist …«

In diesem Moment wurde die Tür aufgestoßen. »Seid ihr so weit?«, fragte Claus und deutete kopfnickend den Flur hinunter, Richtung Besprechungsraum.

Hennings Blick traf auf Lenas. »Klar«, sagte er und stand auf, ohne sie aus den Augen zu lassen. »Dann wollen wir mal.« Er nahm seine Unterlagen und schaltete den PC aus.

Als sie in den Besprechungsraum kamen, war der Rest vom Team bereits da. Überstädter hatte seinen üblichen Platz an der Seite eingenommen, während die anderen um den runden Tisch herum saßen - die Notizbücher offen vor ihnen aufgeschlagen, die Kugelschreiber einsatzbereit in den Händen.

Lena ließ ihren Blick über die Kollegen gleiten. Maike saß ganz in der Nähe der Tür. Neben ihr saß Olaf, die Arme auf dem Bauch verschränkt, den Blick starr in Richtung Fenster gerichtet.

Schlecht gelaunt, wie immer, dachte Lena bei seinem Anblick. Das halblange schwarze Haar hing ihm strähnig ins Gesicht und ließ ihn noch düsterer und unfreundlicher wirken, als er so schon war. Mit ihm war Lena bisher am wenigsten warm geworden, doch sie wusste, dass Henning zumindest auf die Zusammenarbeit mit Olaf schwor. Der miesepetrige Kollege hatte eine Vorliebe fürs Backoffice, konnte sich stundenlang hinter seinem PC verkriechen und in mühevoller Kleinarbeit Recherchen und Ermittlungen durchführen. Lena selbst zog es eher nach draußen, auf die Straße und mitten hinein ins Geschehen. Soweit sie wusste, ging es Henning genauso, weshalb er froh war, jemanden wie Olaf im Team zu haben, der das komplette Gegenteil war. Vielleicht steckte hinter dieser übellaunigen Fassade auch ein netter Kerl, den er bewusst nicht raushängen ließ. Aus welchem Grund auch immer. Wenn sich irgendwann ein Gespräch mit ihm ergeben würde, war Lena zumindest nicht abgeneigt. Zwar konnte sie Arbeit und Privates gut trennen, doch bei Olaf fiel ihr selbst das schwer. Genau wie in diesem Moment, als Olaf sich ein Stück von seinem Schokoriegel in den Mund schob, während er die ausgedruckten Tatortfotos inspizierte.

»Olaf, komm schon. Das muss jetzt echt nicht sein«, sagte Henning sofort, der es zum Glück auch bemerkt hatte. Olaf brummelte etwas Unverständliches und steckte den Rest des Riegels in seine Hosentasche. Dass ausgerechnet Olaf mit Maike eine so flippige und spritzige junge Partnerin an die Seite gestellt bekommen hatte, hätte wohl niemand erwartet. Aber Olaf konnte Maikes gute Laune auf jeden Fall gebrauchen, vielleicht würde ja ein wenig davon auf ihn abfärben.

Neben ihm saß Claus. Der junge Familienvater war Lena bereits während ihres ersten Falles als Frohnatur und Sonnenschein des Reviers vorgestellt worden, und bisher hatte es keinen Tag gegeben, an dem er diesem Bild nicht auch entsprochen hätte. Claus trug immer ein Lächeln auf den Lippen, war hilfsbereit, zuvorkommend und verfügte über eine gesunde Prise Humor, den er hin und wieder einstreuen konnte, ohne aber die Ernsthaftigkeit seiner Arbeit damit infrage zu stellen. Zudem war Claus überaus stylish gekleidet, was man von Olaf nicht gerade behaupten konnte.

Als Claus' Blick auf Lenas traf, hatte er gerade sein Handy auf den Tisch neben die Kaffeetasse gelegt. »Ich habs auf lautlos gestellt«, sagte er, während seine Wangen vor Aufregung rot anliefen. »Aber bei

Melli kanns jeden Moment losgehen, und ich will die Geburt nicht verpassen.«

»Klar, kein Problem. Flitz einfach los, wenns so weit ist«, sagte Lena grinsend. Sie hatte die zuckersüßen Fotos von Claus' Erstgeborenem auf seinem Schreibtisch gesehen. Nun folgte eine kleine Prinzessin.

Auch Karen, Claus' Partnerin, die neben ihm saß, war Mutter zweier Kinder. Von dem Bilderbuchleben, das Claus führte, konnte bei Karen jedoch keine Rede sein. Die zierliche blonde Frau Ende zwanzig war alleinerziehend, und ihr Ex-Mann zahlte keinen Unterhalt, sodass das Geld bei der kleinen Familie stets knapp war. Karen lebte zudem seit der Scheidung wieder bei ihrer Mutter, und an so manchen Tagen kam sie mit tiefen Augenringen und sichtbarer Erschöpfung aufs Revier. Doch in der Zusammenarbeit ließ sie sich davon nichts anmerken, ganz im Gegenteil. Lena schätzte Karens Engagement und Zielstrebigkeit ganz besonders.

Damit war das Team komplett - nun, nicht ganz, wie sich in diesem Moment zeigte. Boris kam durch die Tür gestürmt. »Sorry«, murmelte er mit seinem typischen osteuropäischen Akzent und rutschte auf einen Stuhl neben Karen. Boris war als ITler fürs Team unerlässlich. Mit einem einsamen, dunklen Büro im Keller, an dessen Tür diverse unlustige ITler-Sprüche klebten, erfüllte er vollständig das Klischee dieser Berufsgruppe. Doch auch wenn Boris gerne zurückgezogen arbeitete und sich stundenlang in seinem Technikuniversum verkriechen konnte, so hatte Lena doch das Gefühl, dass der bärenhafte Typ mit Bart und kurzgeschorenem Haar auch eine emotionale, vielleicht sogar weiche Seite hatte.

»Gut, dann lasst uns anfangen«, sagte Henning und begann damit, Lenas und seinen Tag zu rekonstruieren. Er nahm die Kollegen mit zum Fundort des Leichnams, zum Strandkiosk, zum Wohnhaus der Baumgartners, zur Kita Krabbelfuß, zum vermeintlichen Entführungsort von Simone Baumgartner und letztlich noch zum Steuerbüro Weigert.

»Wir gehen also davon aus, dass der Täter das Opfer auf irgendeine Art und Weise gekannt hat. Die Auswahl fand bewusst statt. Die Inszenierung der Tat am Fundort spricht außerdem für eine sehr organisierte Vorgehensweise. Er wusste, was er tat, und er wusste, warum er es tat. Keine Handlungen im Affekt, alles akribisch geplant.« Henning gab das Wort an Lena weiter.

Sie stand auf. »Genau, zudem müssen wir davon ausgehen, dass er Simone von Freitagmorgen bis Sonntagabend festgehalten hat. Ihr Körper weist unzählige kleinere Verletzungen auf, die auf Folter hindeuten. Gestorben ist sie vermutlich an einem Kehlenschnitt, die Obduktionsergebnisse stehen aber noch aus. Auffällig war, dass der Täter dem Opfer die Augen mit Panzertape an der Stirn fixiert hat. Dass sie seine Handlungen sieht oder dass sie ihn ansieht, scheint demzufolge für ihn einen hohen Stellenwert zu haben.«

»Also suchen wir nach jemandem, der ein geringes Selbstwertgefühl hat«, schlussfolgerte Maike.

»Oder das Gegenteil ist der Fall«, sagte Olaf und lehnte sich nach vorne. »Vielleicht ist es auch jemand, der gerne einen auf dicke Hose macht.«

»Im Moment können wir nichts ausschließen, alles ist möglich.« Henning nickte beiden zu.

»Ich finde die Vorgehensweise zu präzise für jemanden, der das zum ersten Mal gemacht haben soll«, gab Maike zu bedenken, und Karen schaltete sich augenblicklich ein. »Sehe ich auch so und hab deshalb vorhin gleich mal die ungeklärten Mordfälle der letzten Jahre geprüft, konnte allerdings nirgendwo Parallelen erkennen.«

Überstädter, der die ganze Zeit schweigend den Worten der einzelnen Teammitglieder gelauscht hatte, lehnte sich nun nach vorne. Sein Stuhl knarzte. »Irgendwelche Hinweise auf ein persönliches Motiv?«

»Das Ausmaß an Wut deutet auf eine persönliche Komponente hin. Wir haben jedoch im Umfeld von Simone Baumgartner vorerst keinen Hinweis auf ein Motiv gefunden. Der Ehemann zeigte echt wirkende Schockreaktionen, augenscheinlich also erst mal kein Hinweis darauf, dass er etwas damit zu tun hat. Die Familie ist sozial integriert und lebt gut situiert in einem noblen Wohnviertel. Weder im familiären Umfeld noch in der Kita der Tochter oder dem Steuerbüro, in dem Simone gearbeitet hat, gab es an jenem Freitag beziehungsweise an den Tagen davor Besonderheiten, die auf ein Motiv für diese Tat hindeuten könnten«, antwortete Lena, und Überstädter nickte gedankenverloren.

Nun meldete sich Claus zu Wort: »Karen und ich haben uns in der Zwischenzeit über die Firma des Mannes erkundigt. Auf den ersten Blick ist da alles sauber. Er ist vor allem im Industrie- und Gewerbebau tätig, weshalb es doch recht unwahrscheinlich wäre, dass es mit einem möglichen Kunden zu solchen Schwierigkeiten kommen würde, die Konsequenzen ausgerechnet für Herrn Baumgartners Familie hätten.«

Henning nickte gedankenverloren. »Das war auch mein erster Eindruck vom Mann und auch von der Chefin des Steuerbüros, mit der wir gesprochen haben - alles passt zu diesem perfekten Bild, das diese kleine Familie abgegeben haben muss. Ich hab vorhin aber schon zu Lena gesagt, dass es mir zu perfekt erscheint.«

»Womöglich hatten Simone oder ihr Mann irgendwelche Leichen im Keller, von denen wir noch nichts wissen«, sagte Claus und warf einen Blick auf sein Handy.

»Olaf, du machst doch so was gerne - durchleuchte die Familie Baumgartner doch bitte mal bis ins kleinste Detail. Familiengeschichten, beruflicher Werdegang - alles, was du finden kannst«, bat Henning und ließ sich wieder auf seinen Stuhl fallen.

»Klar, kein Thema.« Olaf schrieb eine kurze Notiz auf den weißen Block vor sich.

Henning wirkt so erschöpft, dachte Lena, als sie ihren Partner betrachtete. Ob er sich mit diesem neuen, schweren Fall übernahm? Sie hatte Sorge, dass die Spuren des letzten Falles noch nicht ausreichend verblasst waren. Henning wäre allerdings der Letzte, der das zugeben würde.

»Übrigens«, fuhr Olaf fort, »haben Maike und ich heute Vormittag dem Gesundheitsamt einen Besuch abgestattet.«

Augenblicklich richtete Henning sich wieder auf. »Stimmt. Und? Was herausgefunden wegen der Blaualgen und Wasserproben?«

»Diese Blaualgen entstehen durch sogenannte Cyanobakterien und sind in den Sommermonaten wohl keine Seltenheit. Letzte Woche hat ein gewisser Artur Schubert einen Algenfund am Westufer gemeldet.«

Lena sah zu Henning hinunter. »Artur Schubert? Das ist doch der Mann, der die Jugendlichen von den Badestellen verscheucht.«

»Was für ein Zufall«, sagte Henning sarkastisch und kaute auf der Rückseite seines Kugelschreibers. »Den befragen wir übrigens gleich morgen früh.«

»Jedenfalls«, setzte Maike hinzu, »haben zwei Mitarbeiterinnen vom Gesundheitsamt daraufhin Wasserproben genommen, die den Algenbefall auch bestätigten. Die Mitarbeiterinnen selbst haben aber ein Alibi und kommen als Täterinnen definitiv nicht infrage.«

Henning nickte. »Und wer hatte alles Zugriff auf die Wasserproben sowie die dazugehörigen Ergebnisse?«

»Genau genommen jeder, der im Gesundheitsamt arbeitet. Aber wenn es danach geht, könnte sich auch jeder Einwohner darüber informiert haben. Die Warnung steht seit Ende letzter Woche auf der Website des Amtes, und einen Artikel im Wochenblatt gabs auch. Dazu die Warnhinweise vor Ort …«

»Das hilft uns leider gar nicht weiter«, murmelte Henning und kratzte sich am Hinterkopf. »Nun gut. Sonst noch irgendwelche Erkenntnisse?«

»Ich sitze noch an den Aufnahmen der Überwachungskameras vom See-Kiosk«, sagte Boris, der ITler. »Aber bisher bin ich noch nicht mal in den Abendstunden gelandet. Nichts Besonderes so weit.«

»Gib uns Bescheid, sobald du was hast.« Henning nahm sein Notizbuch. Auch die anderen schienen seine Geste als Ende der Besprechung zu deuten.

»Claus, kannst du mich morgen früh zu besagtem Artur Schubert begleiten? Dem guten Mann würde ich gerne mal auf den Zahn fühlen.«

»Klar, kein Problem«, antwortete Claus und nickte Henning zu.

»Und du, Karen, fährst bitte mit Lena in die Gerichtsmedizin zur Obduktion von Simone Baumgartners Leichnam.«

Lena tauschte einen Blick mit Karen und lächelte ihr zu. Sie freute sich, die junge Kollegin am morgigen Tag an ihrer Seite zu haben.

Anschließend verließen sie nacheinander den Besprechungsraum.

»Morgen brauche ich mehr Hinweise auf den Mann, nach dem wir suchen«, zischte Überstädter in Lenas und Hennings Richtung, bevor er mit polterndem Schritt den Flur hinuntereilte.

Lena atmete angespannt aus und folgte Henning zurück in ihr Büro.

Kapitel 4

SIE kann es nicht verstecken. Schon als ich sie das erste Mal sah, ist es mir aufgefallen. Wie sie geht. Wie sie spricht. Wie sie sich kratzt, zappelt und unruhig durch die Haare fährt. Nein, sie ist keine gute Schauspielerin. Auch jetzt nicht, während sie an der Bushaltestelle sitzt und die Hände in den Jackentaschen vergraben hat. Ich bin ihnen bis hierher gefolgt. Langsam sind sie gelaufen, der Junge immer einen Schritt vor ihr, das Mädchen im Kinderwagen. Unentwegt haben sie gebrabbelt, die Kinder. Die Frau hat es nicht interessiert. Ihr Blick klebte am Handybildschirm, oder sie hielt ihn, wie auch jetzt noch, fest die Straße hinunter gerichtet.

Sie schnieft und wischt sich über die Nase, wirkt zittrig, als sie dem Mädchen eine Saftflasche gibt. Ich kann sehen, wie der Junge um sie herumspringt. Er zupft an ihrer Jacke, tippt sie an der Schulter an. Sie sagt irgendetwas. Ich verstehe es nicht. Der Kleine schon. Mit gesenktem Kopf setzt er sich auf die Bank neben sie. Plötzlich streckt die Frau den Rücken durch, bevor sie aufspringt. Der Junge folgt ihr, doch sie herrscht ihn an. Bis zu mir herüber kann ich es hören. Die Dunkelheit schluckt ihre Worte diesmal nicht. Während sie zu dem Mann geht, bleibt der Junge mit dem Mädchen zurück. Er beobachtet die Mutter, eine Hand hängt im Kinderwagen. Er tut nur so, als würde er die Kleine beschäftigen. Stattdessen beobachtet er sie, sieht alles. Und er weiß Bescheid.

Ich wusste immer Bescheid. Wusste, wann ich still zu sein hatte, wann ich keine Fragen zu stellen hatte, wann ich die Klappe zu halten hatte. Jeder Atemzug zu laut, zu störend.

»Du kannst sie nicht davor schützen, sie stecken schon mittendrin«, zischt die Stimme in meinem Kopf.

»Ich kann es versuchen«, antworte ich. Ein Mann, auf dem Gehweg neben mir, starrt mich an. Ich starre zurück, bis er fort ist. Dann

nehme ich die Frau wieder ins Visier. Sie steht bei dem Fremden. Sie reden. Der Junge kaut an den Fingernägeln.

Meine waren blutig, heruntergefressen bis auf die Haut.

»Es ist zu spät«, höre ich die Worte in meinem Kopf dröhnen.

»Noch nicht«, presse ich hervor, und meine Hände ballen sich zu Fäusten.

Am nächsten Morgen wartete Lena vor der Gerichtsmedizin auf Karen. Sie hatte eine schlaflose Nacht hinter sich, in der die Bilder des am Baum hängenden, leblosen Körpers von Simone Baumgartner sie verfolgten. Wieder und wieder ging sie die bisherigen Erkenntnisse durch - Entführung, Folter, Kehlenschnitt, und das alles bei einer fürsorglichen Mutter, einer liebenden Ehefrau und einer angesehenen Nachbarin und Freundin. Egal, welche Leichen Simone oder auch ihr Mann Lutz womöglich wirklich im Keller hatten, nichts rechtfertigte, was ihr und damit der gesamten Familie geschehen war. Es musste ein qualvoller Tod gewesen sein, dort draußen, einsam und hilflos über dem See hängend …

Lena schüttelte die Gedanken ab, als sie Karen um die Ecke eilen sah, wobei sie schon beinahe hetzte. Hochrot glühten ihre Wangen, und Schweiß perlte der jungen Kollegin von der Oberlippe.

»Entschuldige die Verspätung«, rief sie schon von Weitem, kramte in ihrer Handtasche nach einer Haarbürste und versuchte auf den letzten Metern, ihr zerzaustes Haar in Form zu bringen. »Meine Kleine ist krank, Magen-Darm-Virus. Wir haben die Nacht auf der Toilette verbracht.«

Lena wich automatisch einen Schritt zurück, und Karen lachte. »Nein, ich hab nichts. Keine Sorge. Sind wir sehr spät?«

Lena warf einen Blick auf ihre Armbanduhr. Zehn Minuten nach neun, das würde Dr. Triebald wohl verzeihen können.

»Du hättest doch zu Hause bleiben können«, sagte Lena, während sie hineingingen.

Karen winkte ab. »Meine Mutter ist doch da.«

Der Gerichtsmediziner stand mit seiner Assistentin am Kopfende des Obduktionstisches und sah auf, als Lena und Karen hereinkamen. Sein weißer Kittel hatte die gleiche Farbe wie sein kurzes, stoppeliges Haar. Lena hatte ihn noch nie lächeln sehen. Das mochte an ihren anfänglichen Schwierigkeiten mit dem Pathologen liegen, doch die hatten sie eigentlich mit Ende des letzten Falls aus der Welt geschafft. Vielleicht lag es auch einfach nur an seinem Job. Sich fast täglich mit menschlichen Überresten beschäftigen zu müssen, die zum Teil furchtbar zugerichtet waren, schien nicht viel Raum für Freude im

Leben zu lassen. Schließlich lag das Böse immer genau vor Dr. Triebalds Nase.

»Wir haben schon in der Früh angefangen. Die innere Leichenschau steht noch aus, aber ich kann Ihnen gerne schon meine Erkenntnisse aus der äußeren Besichtigung mitteilen«, sagte der Pathologe und winkte die beiden Frauen zu sich heran.

Lena betrachtete schweigend den blassen, von zahlreichen Wunden übersäten Körper des Opfers. Die tiefe Schnittwunde am Hals klaffte regelrecht auf.

Dr. Triebald drückte unterdessen auf den Knopf eines kleinen Diktiergerätes, das an der Brusttasche seines Kittels hing. »Freyenberg und Hofreiter von der Kriminalpolizei sind anwesend. Zusammenfassung der Leichenschau: Als sichere Todeszeichen sind rötlich bis bläulich verfärbte Totenflecken sowohl im rechten und linkten Schulter- und Halsbereich als auch zum Teil an den äußersten Enden der oberen Extremitäten zu erkennen. Diese deuten darauf hin, dass das Opfer hängend gestorben ist. Zum Zeitpunkt der Einlieferung des Leichnams waren die Totenflecken noch nicht vollständig ausgeprägt, wodurch sich ableiten lässt, dass die Frau weniger als sechzehn Stunden tot war. Mittlerweile sind sie voll ausgeprägt. Die Leichenstarre hatte beim Auffinden bereits eingesetzt und ist jetzt voll ausgeprägt. Noch ist keine Lösung der Muskeln erkennbar.« Dr. Triebald drehte sich beiseite, räusperte sich lautstark und fuhr anschließend fort: »Es befinden sich zahlreiche oberflächliche Verletzungen am Körper der Verstorbenen, vor allem die Oberschenkel und Armbeugen zeigen Spuren von Verbrennungen, Größe und Form nach zu urteilen herbeigeführt durch die Glut von Zigaretten. An den Hand- und Fußgelenken sind deutlich sichtbare Hautabschürfungen zu sehen, die als Fesselspuren zu deuten sind. Zusätzlich gibt es sowohl am Bauch als auch im Gesicht Schnittwunden mit Perforation der Epidermis, in seltenen Fällen bis zur Dermis. Weitere Schnittwunden, zum Teil mit Perforation der Dermis, finden sich an Handinnenflächen und Unterarmen und sind als Abwehrverletzungen zu deuten. Ebenfalls am Bauch und den Schienbeinen lassen sich längliche Rötungen in Form von Striemen erkennen. Am Hals der Toten befinden sich zwei Schnitte, die sich etwa mittig treffen. Halsvene und Luftröhre sind durchtrennt. Diese Verletzungen waren todesursächlich. Anhand der Blutanhaftungen an Hals, Gesicht und Haaren, aber nicht am Körper ist davon auszugehen, dass sich die Frau bereits in der kopfüber hängenden Position befand, während ihr die Schnittwunden am Hals zugefügt wurden.« Der Pathologe knipste das Aufnahmegerät aus und ließ die Hand sinken.

Karen hatte die Arme vor der Brust verschränkt. Auch wenn die zierliche junge Polizistin auf den ersten Blick leicht einzuschüchtern wirkte, war davon in den Hallen der Gerichtsmedizin nichts zu spüren.

»Dass Täter ihre Opfer auf mehrere Arten foltern, ist sehr selten, gibt aber einen Hinweis darauf, dass er das Opfer damit nicht ernsthaft verletzen, sondern nur quälen wollte«, sagte sie leise, mehr zu sich selbst.

»Frau Freyenberg, kommen Sie auch einmal hier hoch zu uns, ich möchte Ihnen etwas zeigen«, sagte Dr. Triebald, und Lena gesellte sich zu ihm, seiner Assistentin und Karen, die alle am Kopfende des Obduktionstisches standen. Kaum war sie auf Höhe des Pathologen angekommen, beugte sie sich zum Körper der Frau hinunter. »Was ist das denn?« In der klaffenden Halswunde steckte eine längliche Scherbe. Nur ihr oberstes Ende war zu erkennen.

»Damit habe ich extra auf Sie gewartet.« Behutsam zog der Gerichtsmediziner die Scherbe heraus. »Die einzige Wunde an der Rückseite des Körpers, im unteren rechten Nackenbereich, stammt von dieser gut fünfzehn Zentimeter langen Spiegelscherbe. Der Täter hat sie mit solch einer Wucht hineingestoßen, dass sie auf der anderen Seite wieder austrat.« Um das zu beweisen, hob Dr. Triebald mithilfe der Assistentin den Körper der Frau kurz an und drehte ihn auf die Seite.

Lena atmete hörbar aus. So viel Brutalität hatte sie selten gesehen.

»Aber der Stich selbst war nicht die Todesursache. Ein Schnitt war es«, erkannte sie und blickte erwartungsvoll auf.

»Zwei Schnitte«, korrigierte der Arzt. »Die Wundränder sind sehr glatt und klaffen auseinander. Das spricht für einen scharfen Gegenstand. Gut möglich, dass die Spiegelscherbe auch für die

Halsschnitte genutzt wurde. Der Täter musste jedoch zweimal ansetzen.«

»Weil er nicht genügend Kraft hatte?«, fragte Karen, und Lena schüttelte den Kopf.

»Das glaube ich nicht. Er muss kräftig sein, sonst hätte er die ganze Tat nicht durchführen können. Ich denke eher, dass es darauf hindeutet, wie ungeübt er in dieser Art von Brutalität ist.«

»Das Opfer hat sich gewehrt, auch das könnte den Täter in seinem Ablauf gestört haben«, gab der Arzt zu bedenken und drehte die Handinnenflächen sichtbar nach oben, sodass Lena und Karen die Abwehrverletzungen an Händen und Unterarmen sehen konnten.

»Aufgefunden wurde Frau Baumgartner jedoch mit Händen und Füßen hinter dem Rücken zusammengeschnürt«, gab Lena zu bedenken.

»Was erklären würde, wieso keine Blutanhaftungen an den Unterarmen und Händen zu sehen sind.« Dr. Triebald nickte.

»Vielleicht waren ihre Arme anfangs nicht an die Füße gebunden, und sie konnte sich wehren und den Täter dadurch in seinem Vorhaben behindern. Daraufhin hat er die Hände auf den Rücken geschnürt und noch einmal angesetzt«, sagte Lena mit belegter Stimme, als sie Simone Baumgartners Todeskampf vor ihrem geistigen Auge sah.

»Wurde die Spiegelscherbe post mortem in die Wunde gestoßen?«, fragte Karen.

Dr. Triebald schüttelte den Kopf. »Den Wundrändern und Bluteinströmungen zufolge hat sie noch gelebt. Vermutlich hat er es in einem Atemzug getan - erst die beiden Halsschnitte, dann den Stich in die Wunde. Ich schicke die Scherbe sowie die Klebestreifen von den Augenlidern in die Forensik. Mal sehen, was sich finden lässt.«

»Halten Sie uns bitte auf dem Laufenden, auch zu weiteren Obduktionsbefunden«, antwortete Lena, dankte dem Pathologen für seine Zeit und folgte Karen nach draußen. Dort wurden die beiden Frauen von den warmen Strahlen der Spätsommersonne eingehüllt, und sie sogen die schwere, doch zugleich frische Luft sehnsüchtig ein, als könnte der Sauerstoff, der durch ihren Körper rauschte, den Wahnsinn vom Obduktionstisch mit sich forttragen. Erst das schrille

Handyklingeln aus Lenas Hosentasche ließ sie zurück ins Hier und Jetzt kehren.

Henning staunte nicht schlecht, als er im Auto saß und auf Claus wartete, die Beifahrertür jedoch von Maike aufgezogen wurde.

»Na, Claus hat sich aber verändert«, begrüßte er die neue Kollegin freundlich. Sie trug ihre wilden Rastalocken an diesem Tag gebändigt am Hinterkopf zu einem Knäuel zusammengesteckt und strahlte ihn an.

»Tja, Babys scheinen sich für Außeneinsätze nicht die Bohne zu interessieren«, antwortete Maike und schnallte sich an.

»Was? Echt wahr? Ist der Zwerg schon da?« Augenblicklich spürte Henning die Freude für Claus kribbelig durch seinen eigenen Körper fahren. Er mochte seinen Kollegen unglaublich gerne, ging in seiner Freizeit sogar hin und wieder mit ihm bouldern.

»Also dem tiefen, schmerzerfüllten Stöhnen im Hintergrund konnte ich entnehmen, dass es zumindest nicht mehr lange dauern kann. Heute Morgen im Badezimmer ist wohl die Fruchtblase bei seiner Frau geplatzt, und seitdem sind sie in der Klinik«, antwortete Maike und ließ das Fenster ein Stück hinunter. »War ein bisschen durch den Wind, der Gute. Ich glaube, er wollte eigentlich dich anrufen.«

Henning grinste amüsiert. »Nun gut, dann also wir zwei.« Er zog das Handy hervor und öffnete das Nachrichtenfenster. »Wart mal, ich schreib Claus nur kurz«, sagte er und tippte: *Drücke die Daumen, dass alles schnell über die Bühne geht. Meld dich, wenn die Kleine da ist, ja? Und nicht die Nerven verlieren! ;) Gruß, Henning*

Er steckte das Handy wieder weg und fuhr los. »So, jetzt zu uns. Dein erster Außeneinsatz, hm?«

Sie nickte. »Nur in diesem Dezernat. Ich sehe vielleicht aus wie ein Grünschnabel, aber lass dich bloß nicht täuschen.« Sie zwinkerte ihm zu und reckte das Kinn ein wenig empor.

Henning hatte die Adresse zu Artur Schuberts kleiner Holzhütte ins Navi eingegeben und verfolgte die Route, die sie in weniger als zehn Minuten zurücklegen würden, zumindest, wenn der Verkehr mitspielte. Das ließ sich nie so genau vorhersehen.

Er blinzelte zu seiner neuen Kollegin hinüber. Zwar wusste er, dass sie eine Weile nach einer passenden neuen Arbeitsstelle gesucht hatte, bevor sie in seinem Team gelandet war, doch er hatte sich immer gefragt, warum sie ausgerechnet so weit weg von zu Hause einen beruflichen Neuanfang hatte wagen wollen. Henning nutzte deshalb die Möglichkeit, die sich ihm jetzt bot. »Was hat dich eigentlich zu uns hier hoch verschlagen? Ich meine, bis runter nach Köln ist es doch ein ganzes Stück. War keine Stelle in der Umgebung frei?«

Maike wandte sich von ihm ab und sah aus dem Fenster. »Weiß nicht«, antwortete sie auf einmal ungewohnt kühl.

»Alles in Ordnung?« Henning bemühte sich, den Verkehr ebenso im Blick zu behalten wie seine neue Kollegin, die offensichtlich gerade irgendetwas irritiert hatte. Hatte er etwas Falsches gesagt? Er wollte doch nur nett sein. Zwar boten sich die beiden Seitenstraßen auf ihrem gemeinsamen Arbeitsweg für einen kurzen Small Talk gut an, doch wirklich private Themen hatten sie bisher nicht besprochen. Das mochte aber auch gut an ihm selbst gelegen haben. Seit der Sache mit Anna vermied er solche Gespräche mit seinen Kollegen, egal wie unwichtig sie zu sein schienen. Arbeits- und Privatleben hatten in seiner Welt einfach nichts mehr miteinander zu tun. Wenn Maike das ähnlich handhabte, war seine Frage ihr gegenüber nicht sehr fair gewesen. Das hätte er vielleicht vorher abklären sollen.

Als sie sich ihm nach zähen Minuten des Schweigens wieder zuwandte, wirkten ihre Wangen ein wenig farbloser als üblich. Auch das strahlende Lächeln, das sonst ihr ganzes Gesicht überzog, erreichte jetzt nicht einmal mehr ihre Augen. »Ich möchte nicht darüber reden.«

»Okay, tut mir leid, ich wusste ja nicht …«

»Ich möchte gar nicht darüber reden, kein einziges Wort. Wirklich, Henning. Ich mag dich, du bist ein netter Kerl und mein Revier-Liebling. Aber es gibt Dinge, die ich auch mit dir nicht teilen möchte.«

Henning schluckte die Fragen hinunter, die ihm augenblicklich auf der Zunge lagen. Stattdessen bemühte er sich, die Situation wieder zu drehen. »Ich bin also dein Revier-Liebling«, wiederholte er und grinste.

Selbst für ihn war spürbar, wie die Anspannung von Maikes Schultern fiel. »Möglich«, sagte sie nur schelmisch grinsend.

»Wie hab ich das geschafft? Ist es mein Charme, mein durchtrainierter Body, mein …«, scherzte er, als sie ihn unterbrach.

»Nun bilde dir mal nichts ein. Es ist deine unkomplizierte Kaffee-Vorliebe, die mir als Neuling und damit offensichtlich Kaffee-Beauftragte, einiges an Arbeit erspart. Nicht so bei Olaf, der am liebsten eigens gepflanzte Kaffeebohnen hätte, die ich ihm noch mit einem Seidentuch polieren möge, bevor sie gemahlen werden. Ach, und die Temperatur des Kaffees nicht zu vergessen. Gerade warm genug, dass er sich sein kostbares Zünglein nicht verbrennt, aber auf keinen Fall lauwarm, das würde die Aromen im Abgang zu sehr beeinträchtigen.« Sie verdrehte genervt die Augen, und Henning lachte schallend los.

»Ich sehe schon, ihr versteht euch blendend.«

»Absolut«, gab Maike grinsend zurück und deutete aufs Navi. »Sieht so aus, als wären wir gleich da.«

Dem Punkt auf der Karte nach zu urteilen, hatte Maike damit recht, doch zwei Straßen weiter zweifelte Henning daran, dass sie richtig gefahren waren. Sie hatten das letzte Wohnviertel längst hinter sich gelassen und folgten nun einem engen Schotterweg durch dicht bewachsenen Wald.

»Hier wohnt doch kein Mensch«, stellte auch Maike fest und runzelte die Stirn.

»Aber der Willacher See liegt linker Hand neben uns, das passt eigentlich. Vielleicht … ach, sieh mal, da vorne!« Wie aus dem Nichts tauchte hinter dichtem Blattwerk ein schiefer Holzzaun auf. Sie parkten ein Stück entfernt und beäugten das Grundstück.

»Was wissen wir schon alles über Artur Schubert?«, fragte Maike, und Henning löste seinen Gurt.

»Nicht viel. Er soll am See Kontrollgänge machen, Jugendliche verscheuchen, schlechte Laune verbreiten. Bobo vom Kiosk gegenüber meinte, er wäre ein richtiger Griesgram.«

»Ach, das sind mir die Liebsten.« Maike stieg grinsend aus, um das schulterhohe Holztor anzusteuern. Sie hatte offensichtlich schnell und problemlos zu ihrem fröhlichen Naturell zurückgefunden. Die unerwartete Distanz ihm gegenüber beschäftigte Henning jedoch weiter. Was sie wohl vor ihm verbarg?

Je näher sie dem Grundstück kamen, desto lauter wurde das eindringliche und alles andere als freundlich klingende Bellen eines Hundes direkt hinterm Zaun. Ein Schäferhund sprang am Tor auf und ab, die bleckenden Zähne mit Speichelfäden überzogen. Henning hatte eigentlich einen guten Draht zu Hunden, doch er befürchtete, dass nicht mal eine frische Bockwurst diesen aggressiven Gesellen milde stimmen würde. Maike suchte unterdessen nach einer Klingel, fand jedoch keine.

Henning konnte eine unscheinbare kleine Hütte am hinteren Ende des Grundstücks erkennen, während der Rest sowohl verwildert als auch zugemüllt war. Von ungenutztem Baumaterial bis zu alten Waschmaschinen und Autoreifen war alles zu finden. Zum Teil bereits mit Gras überwuchert.

»Herkules, verdammt noch mal!«, donnerte auf einmal die Stimme eines alten Mannes aus Richtung der Hütte zu ihnen herüber. Kurz darauf wurde die Tür mit solch einer Wucht aufgestoßen, dass der Schäferhund vor Hennings Augen sichtlich zusammenzuckte und sich augenblicklich auf den Boden warf. Das aggressive Bellen war einem leisen Winseln gewichen.

Ein kleiner Mann mit lichtem Haar, grauem Bart und humpelndem Schritt kam nur mit Unterwäsche bekleidet aufs Tor zu.

»Verschwinde«, zischte er seinem Hund zu, der, ohne einen weiteren Ton von sich zu geben, mit eingezogenem Schwanz zwischen Waschmaschine und Reifenhaufen verschwand. Henning wollte sich nicht ausmalen, was der Alte dem Tier bereits angetan hatte, dass es so auf seine Ansprache reagierte.

»Was wollen Sie?«, herrschte er jetzt auch Henning und Maike an.

»Artur Schubert? Kriminalpolizei«, erklärte Maike. »Mückenhaupt mein Name, das ist mein Kollege Gerlach. Wir möchten uns gerne mit Ihnen unterhalten.«

»Unterhalten?«, fragte der Alte und gab einen Blick auf seinen zahnlosen Mund frei. Ein Speichelfaden hing an seinem Kinn. »Ich hab nichts zu sagen.«

»Sicher haben Sie vom Fund der Leiche am gestrigen Morgen gehört. Der Fundort liegt doch gleich dort hinten, nicht weit von hier.« Henning lehnte sich gegen das Tor. »Sie haben doch alles im Blick hier am See, nicht wahr?«

»Wer hat Ihnen denn so einen Blödsinn erzählt?« Der Mann kratzte sich am Bart. Auf seinem weißen Unterhemd waren nicht identifizierbare gelbliche Flecken zu erkennen. Die wenigen Haare, die er hatte, standen ihm kreuz und quer zu Berge.

»Hören Sie, wir wollen uns nur mit Ihnen unterhalten. Darüber, ob sie etwas gesehen oder gehört haben. Als Fachmann für diese Gegend hier …«, versuchte Henning es auf diese Tour.

»Ich will mich aber nicht mit Ihnen unterhalten, also verschwinden Sie.« Der Alte drehte um und schlurfte in löchrigen Schuhen zurück durch sein Müll-Labyrinth, als Maike einmal vors Tor hämmerte.

»Herr Schubert, wir haben mehrere Quellen, die Sie häufig in der Nähe des Leichenfundorts gesehen haben, weshalb wir davon ausgehen müssen, dass Sie über relevantes Wissen zur Tat, dem Täter oder dem Tathergang verfügen. Sie können gerne wieder in Ihre Hütte verschwinden, aber glauben Sie mir ruhig, dass wir dann in zwei Stunden wieder hier stehen werden, und zwar mit einem offiziellen Durchsuchungsbefehl für jeden Millimeter Ihres Grundstücks. Dann geht es nicht mehr nur um ein Gespräch.«

Abrupt blieb der alte Mann stehen, und Henning zog anerkennend die Augenbrauen nach oben. So viel Durchsetzungsvermögen hatte er Maike gar nicht zugetraut. Dass nicht jedes ihrer Worte der Wahrheit entsprach, schien zumindest der alte Schubert nicht zu bemerken.

»Na, dann fragen Sie halt«, brummte er, während er zurück an den Zaun kam. »Aber ich lasse Sie nicht rein.«

»Kein Problem«, antwortete Henning. »Also, von dem Leichenfund haben Sie gehört?«

»Na klar. War ja nicht auszuhalten, dieser Lärm von all den Gaffern. Ging den ganzen Tag so.«

»Waren Sie selbst denn gar nicht neugierig?«, fragte Maike, die nun wieder einen ruhigeren Ton anschlug.

»Nö, interessiert mich auch nicht.«

»Komisch«, antwortete Henning. »Soweit ich weiß, inspizieren Sie diese Seite des Sees tagtäglich besonders intensiv.«

»Einer muss doch für Ordnung sorgen. Wissen Sie, was diese ganzen Gören hier anrichten? Die hinterlassen nur Müll, zerstören zum Teil ganze Uferbereiche. Denen bringt man heutzutage ja keine Manieren mehr bei!«, wetterte er, und Spucke spritzte von seinen Lippen.

»Herr Schubert, wo waren Sie denn in der Nacht von Sonntag auf Montag?«, fragte Henning, der einen Schritt zurückgewichen war.

»Nachts schlafe ich, was'n sonst?« Der Alte schüttelte den Kopf, als hätte Henning nichts Dümmeres fragen können.

»Haben Sie eventuell am Abend zuvor etwas gehört oder gesehen? Ist Ihnen jemand am See aufgefallen, der Ihnen fremd war oder sich komisch verhalten hat?« Maike hatte einen kleinen Notizblock hervorgeholt.

»Hier war nichts. Traut sich auch keiner mehr nachts her, Herkules schlägt beim kleinsten Geräusch an, und so schnell wie ich's Tor aufmach' und ihn rauslass', können die Idioten gar nicht abhauen.« Er kicherte zahnlos und gehässig und rieb sich dabei über die nackten Arme. Dabei fielen Henning einige merkwürdige Kratzer auf der Haut des Alten auf.

»Wo haben Sie die denn her?« Er deutete auf die offensichtlich frischen Wunden.

»Gestrüpp. Bin mit'm Fahrrad weggerutscht«, erklärte Artur Schubert und winkte unbeeindruckt ab.

»Wann war das?«, erkundigte Maike sich.

Der alte Mann kratzte sich am Kopf. »Was weiß ich. Samstag, Sonntag, vielleicht auch schon am Freitag.« Er zuckte mit den Schultern.

»Sind Sie jeden Tag mit Ihrem Fahrrad in der Gegend unterwegs?«

»Jeden Tag, ob Regen oder Sonne. Herkules ist auch immer dabei.«

Immerhin, dachte Henning bei sich. *Dann bekommt das arme Tier wenigstens ordentlich Auslauf.*

»Und Ihnen ist wirklich nichts aufgefallen? Gar nichts Ungewöhnliches?«

»Das sagte ich doch schon«, antwortete er genervt. »Da war nichts. Und wegen der Blaualgen wars die letzten Tage sowieso ruhiger hier. Gott sei Dank. Ging ja ausnahmsweise mal schnell, dass die vom Amt hier angetanzt sind und alles gesperrt haben.«

Dass Artur Schubert beim Gesundheitsamt angerufen hatte, wussten sie ja bereits, das machte ihn vielleicht auch verdächtig, aber so, wie er sich den Rücken hielt, wie er humpelte, wie gebrechlich er trotz seiner unfreundlichen Art wirkte, schien er nicht in der körperlichen Verfassung, einem Menschen diese Dinge anzutun, die Simone Baumgartner angetan worden waren.

Henning schielte an dem Mann vorbei. Sein Blick blieb an der Holzhütte im Hintergrund hängen. Die Gelegenheit, jemanden unbeobachtet festzuhalten, hätte er definitiv. Aber für die Tat selbst hätte er ganz sicher einen Komplizen gebraucht.

Während Maike sich mit dem alten Schubert über seinen gewohnten Tagesablauf unterhielt, vibrierte Hennings Handy. Überstädters Name prangte beinahe aufdringlich auf dem Display. Er ging ein paar Schritte zur Seite.

»Gerlach«, meldete er sich.

»Überstädter hier. Schon was rausgefunden?« Die Stimme seines Vorgesetzten klang atemlos, fast hektisch. Überstädter war meist übellaunig, doch irgendwas war an diesem Morgen anders.

»Nein, bisher keine Ansatzpunkte, die ihn verdächtig machen würden. Klar, er lässt uns natürlich nicht in seine kleine Bruchbude, aber das hab ich auch nicht wirklich erwartet. Er ist ein mürrischer alter Griesgram, aber ich glaub nicht, dass er's war«, fasste Henning seinen bisherigen Eindruck von Schubert zusammen.

»Gut, dann sehen Sie zu, dass sie schnellstmöglich zurück ins Büro kommen. Teamsitzung in zehn Minuten.«

»Aber wir …«, wollte Henning ansetzen und erklären, dass es fast unmöglich war, in zehn Minuten zurück auf dem Revier zu sein.

»Beeilen Sie sich. Wir haben eine Nachricht vom Täter erhalten.«

»Nein, bitte ... bitte nicht, ahhhhh! Ich habe nicht ... ich ... bitte, hören Sie auf, oh Gott, nein, bitte nicht! Ahhhhhh! Ich liebe ... ich ... ich ...

ahhhh, aufhören, sofort aufhören! Ich gestehe! Okay, ich gestehe - es ist meine Schuld, alles ist meine Schuld, es tut mir leid. Es tut mir so schrecklich leid. Bitte ... ahhhhh!«

Lena zuckte zusammen, als der letzte Schrei markerschütternd aus dem Lautsprecher drang. Boris schaltete die Aufnahme aus und drehte sich zum Team um. Überstädter stand der Schweiß auf der Stirn. Lenas Herz raste.

»Was, zum Teufel, war das denn?«, fragte sie, obwohl sie es ahnte. Das Flehen, das Wimmern, die herzzerreißenden Schreie und das vor Schmerz verzerrte Stöhnen ...

»Heute Morgen hat Lutz Baumgartner einen Umschlag in seinem Briefkasten gefunden. Darin enthalten waren ein USB-Stick mit dieser kurzen Audioaufnahme und diese Karte, oder wie auch immer Sie es nennen wollen.« Überstädter schob den Umschlag, der zum Schutz anhaftender Spuren in einer Klarsichthülle steckte, in Hennings Richtung. Ein aufklappbares Stück Papier steckte daneben, auf dem ein mit Computer oder Schreibmaschine getippter Satz stand. Henning las vor:

»Herzlichen Glückwunsch zum Tod eurer Mutter!«

Sofort drehte er den Umschlag in seinen Händen. Sein Blick schoss nach oben. »Adressiert an die Kinder der Baumgartners?«, fragte er, obwohl die Antwort auf der Hand lag. Auch Lena konnte jetzt die Namen in der Adresse lesen: Nele und Felix Baumgartner.

Überstädter nickte und fuhr sich übers Gesicht. »Laut Poststempel wurde der Brief gestern Nachmittag im Briefzentrum Nord-West bearbeitet.«

»Ich hab dort direkt angerufen - die konnten mir keine Auskunft darüber geben, woher der Brief genau kam. Alles, was in einen Briefkasten gesteckt wird, wird erst später zentral abgestempelt. Es lässt sich also nicht nachverfolgen, wo genau der Brief eingeworfen wurde«, erklärte Olaf.

»Verdammt, was ist das bloß für ein kranker Kerl?«, fluchte Henning und setzte sich.

»Zumindest einer, dem es um eine Botschaft geht. Die Inszenierung am See war nicht genug, er musste auf Nummer sicher gehen, dass seine Botschaft auch wirklich ankommt«, dachte Lena laut.

»An die Kinder? Das ist ja grausam!«, warf Maike ein.

»Ja, wieso nur an die Kinder? Warum nicht auch an den Mann? Es wird ihm doch wohl nicht insgeheim um die beiden Kleinen gehen«, gab Karen zu bedenken, die bisher schweigsam im Türrahmen gestanden hatte.

Lena fiel auf, dass sie ziemlich blass um die Nase war. »Alles gut bei dir?«, fragte sie besorgt.

»Ich hab mir nur gerade vorgestellt, wie Sina und Michelle auf eine solche Aufnahme von mir reagiert hätten. Das würde sie für den Rest ihres Lebens traumatisieren.«

Lena nickte. »Vielleicht wollte er das? Vielleicht straft er nicht Simone, er straft die Kinder?«

»Und das Schuldgeständnis des Opfers?«, warf Henning ein. »Kannst du es noch mal abspielen?«

Boris ließ die Aufnahme erneut laufen und drehte die Lautsprecher so hoch, dass zuerst nur ein monotones Rauschen zu hören war. Dann plötzlich begann Simones Flehen. Immer wieder wurden ihre Worte von Pausen unterbrochen, als wäre sie abgelenkt, als könnte sie in dieser Zeit nicht sprechen. In den meisten Fällen folgte kurz darauf ein Schmerzensschrei.

»Er foltert sie nebenbei«, sagte Henning, und Maike schlug sich die Hand vor den Mund. »Um Himmels willen«, keuchte sie, während auch Simone vor Schmerz und Verzweiflung keuchte und stöhnte.

»Stopp, geh noch mal ein Stück zurück«, bat Lena, und Boris befolgte ihren Wunsch. Er ließ die letzten Sekunden erneut ablaufen. »Habt ihr das gehört? Sie sagt: Ich habe nicht …, dann wird sie unterbrochen, fleht wieder, setzt dazu an, zu sagen, dass sie irgendjemanden oder irgendetwas liebt, wird wieder unterbrochen, schreit. Erst dann gesteht sie.«

Henning sah zu Lena herüber. »Als würde sie gar nicht gestehen wollen.«

»... oder können«, ergänzte Karen. »Vielleicht zwingt der Täter sie durch die Folter dazu. Lena und ich haben vorhin die Spuren am Körper des Opfers in der Gerichtsmedizin gesehen. Es gibt unzählige davon. Verbrennungen, Blutergüsse, Schnitte. Nichts davon sollte wirklich Schaden anrichten, es sollte nur wehtun.«

»Das könnte erklären, wieso er verschiedene Foltermethoden angewandt hat. Er wollte unbedingt etwas aus Simone Baumgartner herauskriegen, und dazu war ihm jedes Mittel recht«, sagte Henning und drehte sich zu Olaf um. »Schon was rausgefunden über die Familiengeschichte der Baumgartners?«

Olaf schüttelte den Kopf. »Da Maike kurzfristig mit dir im Außendienst war, hab ich erst mal die Kundenkartei des Steuerbüros von ihr übernommen und alle Namen durchs System laufen lassen. Da ist nichts rausgekommen, auch nicht bei den Auftraggebern der Baufirma von Herrn Baumgartner.«

»Mach das bitte als Nächstes, Olaf. Such nach Freunden, Feinden, Verwandten, Bekannten - und konzentrier dich dabei auf Simone Baumgartner. Irgendeinen Grund muss es für dieses Schuldgeständnis geben, egal ob es der Wahrheit entspricht oder vom Täter erzwungen wurde. Hat sie vielleicht mit irgendjemandem noch eine Rechnung offen? Schuldet sie jemandem etwas? Wenn jemand was findet, dann du.« Henning stand auf und klopfte Olaf auf den Rücken.

»Herr Pawlow«, wandte Überstädter sich an Boris. »Ich will, dass Sie diese Audiospur bis aufs Kleinste durchleuchten. Der Täter hat das Opfer während der Aufnahme gefoltert. Hören wir seine Stimme? Seine Schritte? Können wir irgendwas davon ableiten? Gibt es Umgebungsgeräusche, die uns verraten, wo dieser Mistkerl die Frau festgehalten hat? Egal was es ist, ich will es bis heute Nachmittag auf meinem Schreibtisch liegen haben.«

Boris nickte und klappte seinen Laptop zu.

»Gerlach, ziehen Sie sich eine Kopie von Umschlag und Brief, und geben Sie beides anschließend in die Forensik. Wenn wir Glück haben, finden wir Fingerabdrücke oder Fasern. Irgendwelche Spuren muss der Kerl doch hinterlassen haben.«

Lena hoffte inständig, dass ihr Vorgesetzter recht hatte. Aus der Erfahrung wusste sie, dass Täter, denen es nicht nur um das Opfer und die Tat an sich, sondern auch um Hinterbliebene ging, besonders gefährlich waren. Sie fühlten sich oft zu etwas berufen, bei dem sie mehr und mehr die Kontrolle verloren. Sie wollte sich nicht ausmalen, wozu das noch führen konnte.

»Und? Bist du jetzt zufrieden?« Die Stimme in seinem Kopf ist laut, zu laut.

»Sei still!«, zischt er und presst sich die Hände auf die Ohren. Das Lachen, so gehässig und widerlich, dass es ihn bis in seine Träume verfolgt, ist dennoch zu hören.

»Du bist ein Jammerlappen. Das bist du schon immer gewesen. Ein Niemand, die Schande der Familie.«

Er springt auf, tigert durchs Wohnzimmer, schlägt sich mit der Faust gegen die Stirn. »Stopp, lass das, halt deine verdammte Klappe!« Seine Muskeln krampfen, sein Hals ist trocken. Er geht zum Fenster, reißt es auf, keucht und stöhnt, schließt die Augen, seufzt, beruhigt sich wieder.

Stille. Endlich.

Simone hatte bekommen, was sie verdiente. Ihre Kinder hatten bekommen, was sie verdienten. Doch von Dankbarkeit keine Spur. Er hatte sie beobachtet, ihren Schreien, ihrem Weinen gelauscht. Undankbares Pack!

Ein Poltern aus dem Keller lässt ihn aufhorchen. Die Bodendielen unter seinen Füßen knarzen. Sofort wird ihm heiß und kalt zugleich. Ein berauschendes Gefühl. Er dreht sich zur Wand um. Sein Spiegelbild starrt ihn an. Blasse, kalte Augen. Das Gesicht zu einer Grimasse verzerrt.

»Siehst du es endlich?«, dröhnt die Stimme in seinem Kopf wieder. Er schlägt sich vor die Schläfe.

»Halts Maul!«, schreit er.

Kichern. Da ist es wieder, dieses zischende Kichern. Er hatte es schon beinahe vergessen, verdrängt, versucht zu vergessen, wie oft er es hatte hören müssen.

»Dachtest du wirklich, jetzt wird alles besser?«, fragt die Stimme, die verachtend und verurteilend zugleich klingt. Wie vertraut die Worte sind, fast ein wenig heimelig …

»Ich weiß, dass es so ist. Ich weiß, was ich tun muss!«, brüllt er seinem eigenen Spiegelbild zu.

»Hast du dich jemals richtig angesehen? Abschaum bist du. Eine Schande.«

»HALT ... DIE ... FRESSE!« Seine Faust schnellt bei jedem Wort nach vorne, trifft den Spiegel, Scherben klirren, Blut tropft.

Wieder poltert es unter seinen Füßen. Er keucht, greift nach einer Scherbe. Diesmal ... ja, diesmal werden sie alle verstehen, ganz bestimmt!

Kapitel 5

EIN Zweig knackte unter ihren Laufschuhen. Lena atmete ruhig, obwohl der Schweiß ihr über die Stirn rann. Die zurückgelegten Kilometer machten sich nun langsam mit einem leichten Brennen in ihren Waden und Oberschenkeln bemerkbar. Sie liebte dieses Gefühl, sich auspowern zu können, den Bildern in ihrem Kopf davonzulaufen, sich frei und unbeschwert zu fühlen. Zumindest für den Moment. Und endlich hatte sie zurück zu ihrer Laufroutine gefunden. In Hannover hatte die zu ihrem täglichen Ablauf gehört - kaum aus dem Bett gefallen, stieg sie in die Laufschuhe und begann den Tag damit, sich während ihres Laufs mental zu fokussieren und den Ballast der aktuellen oder vergangenen Fälle abzuwerfen. Die permanenten Umzüge und die Trennung von Nils hatten Lenas Leben jedoch ziemlich durcheinandergewirbelt. Nun war sie langsam wieder in der alten Form. Vor allem, seit sie aus dem Urlaub zurück aufs Revier gekehrt war und Simone Baumgartners Leiche am Willacher See gefunden wurde, half ihr der morgendliche Lauf, sich für den bevorstehenden Tag zu wappnen. Und das brauchte sie, denn das gesamte Team stand immer noch vor einem großen Rätsel. Fünf Tage war es nun her, dass sie den geschundenen Körper der Frau im Morgenwind über dem Wasser hatten schwingen sehen. Den Anblick würde sie wohl nie vergessen. Doch was Lena wirklich zusetzte, war, dass die Ermittlungen nicht spürbar an Fahrt aufnahmen. Sie hatten keine brauchbaren Spuren, und von einem Verdächtigen waren sie sogar meilenweit entfernt. Olaf und Maike hatten die Vergangenheit von Simone Baumgartner bis ins kleinste Detail durchleuchtet. Sie hatte sich nie etwas zuschulden kommen lassen, zumindest nichts, von dem die Ermittler wussten. Überall stießen sie nur auf wohlwollende Worte über diese junge Frau, die so brutal aus dem Leben gerissen worden war. Keine Auffälligkeiten in der Schule, keine Feinde, gar nichts.

Und auch die Obduktionsergebnisse waren eher eine Enttäuschung gewesen. Die toxikologische Untersuchung blieb ohne Befund. Tod durch Kehlenschnitt, das wussten sie bereits. Dr. Triebald hatte am Schädel des Opfers eine Verletzung entdeckt, die darauf hindeuten könnte, dass der Täter sie mit einem Schlag übermannt hatte, bevor er sie in seine Gewalt brachte. Aber leider blieben die Spuren, die zum Täter selbst führen könnten, aus. In der Forensik fanden sich nur wenige Faserspuren, keine DNA. Bloß das Fragment eines Fingerabdrucks wurde auf einem Teil des Klebebands entdeckt, mit dem er Simones Augen zwangsweise offen gehalten hatte. Jedoch wussten sie noch nicht einmal, von welchem Finger es stammte, und laut Forensik war die Spur zu schwach, um Rückschlüsse auf den Gesuchten zu ziehen. Lena hatte trotzdem darauf bestanden, den Abdruck durch die Datenbank laufen zu lassen, doch ihre Kollegen sollten recht behalten - sie bekamen kein Ergebnis. Zumindest, wenn sie einen Verdächtigen und damit eine Vergleichsspur fanden, konnte das Fragment noch einmal wichtig werden. Bis dahin war es nutzlos.

Der Kerl, den sie suchten, war organisiert und vorsichtig. Jeden seiner Schritte schien er gut überlegt und vorbereitet zu haben.

Boris hatte Tag und Nacht an den Überwachungskameraaufnahmen und dem Audiofile mit Simones Hilfeschreien gesessen. Auf dem Filmmaterial vom See war in besagter Nacht von Sonntag auf Montag, um exakt 2:34 Uhr, ein schwacher Lichtkegel auf der gegenüberliegenden Uferseite zwischen den Bäumen zu erkennen, der aber kurz darauf wieder in der Dunkelheit verebbte. Nicht erkennbar war, ob es sich dabei um Autoscheinwerfer oder eine Taschenlampe handelte, dafür war die Qualität der Aufnahmen zu schlecht, vor allem im Nachtmodus. Sie gingen trotzdem davon aus, dass diese Lichterscheinung dem Täter zuzuordnen war. Vermutlich hatte er Simone da gerade zu dem Baum geführt, an dem man sie Stunden später hängend gefunden hatte.

Auf der Audiodatei, die per Post an die Kinder der Baumgartners gegangen war, befanden sich neben Simones Flehen, ihren verzweifelten Schreien und ihrem bisher unerklärlichen Schuldgeständnis ein paar Hinweise auf den Täter. Zwar hatte er während seiner Handlungen an der Frau nicht gesprochen, doch Boris konnte die Datei so bearbeiten, dass die Hintergrundgeräusche isoliert werden konnten. Sie hörten mehrmals schwere Schritte, das peitschende Geräusch eines Gürtels, mit dem der Täter die Frau offenbar geschlagen hatte, sowie das Klirren einer Gürtelschnalle. Auch das typische Klicken der Kappe eines Sturmfeuerzeugs war zu hören und das leise Zischen der Flamme. Was sie auf der Aufnahme nicht gefunden hatten, waren Straßenlärm oder sonstige Umgebungsgeräusche.

Lena seufzte, als sie an das ernüchternde Gefühl dachte, das die Ermittlungsergebnisse mit sich brachten. Der Täter hatte so viele Spuren hinterlassen, aber keine einzige davon gab den entscheidenden Hinweis. Lediglich am Briefpapier, das dem USB-Stick beigelegen hatte, fanden sich Faserspuren des Seils, an dem Simone Baumgartner befestigt gewesen war. Während Boris gerade dabei war, herauszufinden, wo es diesen unscheinbaren USB-Stick zu kaufen gab, beschäftigte Karen sich mit dem Seil. Sie wussten bereits, dass die Marke zu einer gängigen Baumarkt-Gruppe der Region gehört hatte, jedoch seit Jahren nicht mehr im Sortiment war. Große Hoffnungen hatten sie zudem in die Spurensuche am vermeintlichen Entführungsort, dem Fahrradweg und an der Unterführung hinter der Kita gesetzt. Doch auch das erwies sich als pure Enttäuschung. Keine auffälligen Reifenspuren, keine Kampfspuren. Nach wie vor wussten sie nicht, wo genau Simone Baumgartner vom Täter überwältigt worden war, und das behinderte die Ermittlungen ungemein.

Keuchend bog Lena um die Häuserecke und nahm auf ihrem Rückweg die Abzweigung zum Park. Die letzten beiden Kilometer lief sie - wie jeden Morgen - durch dichtes Blatt- und Buschwerk, spürte den knirschenden Kies unter ihren Sohlen und hörte das Rauschen des Windes in den vollen Baumkronen über ihrem Kopf. Die engen Pfade, schmalen Schleichwege und das stetige Auf und Ab zwischen An- und Abstieg forderten sie in genau dem richtigen Maße noch einmal, bevor sie ihre tägliche Trainingseinheit beenden konnte. Voller Elan legte sie ein letztes Mal an Tempo zu. Als sie an diesem Morgen losgelaufen war, waren die Straßen und die Fußwege noch leer gewesen. Jetzt jedoch füllten sie sich zunehmend, und als Lena über einen Hügel sprintete, rannte sie beinahe in ein kleines blondes Mädchen, das ihr auf seinem pinken Rad entgegenfuhr. In letzter Sekunde wich sie aus, entschuldigte sich bei der Kleinen und nickte ihrer Mutter lächelnd zu. Doch das berauschende Gefühl des Laufs verschwand mit dieser Begegnung abrupt. Die Kleine hatte sie mit einer frechen Zahnlücke angegrinst, bevor sie an ihr vorbeigefahren war.

Sofort wurde Lena langsamer. Sie dachte an Nele Baumgartner zurück und an das Gespräch, das sie zwei Tage zuvor mit dem Mädchen hatte führen müssen. Henning hatte sie zum Haus der Familie begleitet. Die Aufregung, die der Brief des Täters in der Familie heraufbeschworen hatte, war noch immer spürbar gewesen, als Lena und Henning durch die Tür traten. An diesem Tag waren beide Kinder zu Hause gewesen, ebenso Lutz Baumgartner und ein Mann, den er als seinen Bruder Achim vorstellte. Lena hatte nie zuvor eine so junge Zeugin befragt, und doch lag es ihr am Herzen, diese Aufgabe selbst zu übernehmen, während Henning unauffällig im Hintergrund blieb und sich mit Felix unterhielt.

Nele saß auf einem kreisrunden pinken Spielteppich neben dem Sofa, eine Puppe lag vor ihr und wurde gewissenhaft neu angekleidet. Während Lena zu dem Mädchen ging, konnte sie aus dem Augenwinkel den Streifenwagen vorm Haus der Baumgartners sehen. Seit der Kontaktaufnahme des Täters stand die Familie unter Polizeischutz.

»Nele, Süße, ich hab dir doch von der Polizistin erzählt, die sich ein bisschen mit dir unterhalten möchte«, leitete Lutz Baumgartner das Gespräch ein, und Lena lächelte ihm dankbar zu. Er war unrasiert, der Bart grau, die Haut fahl. Blass wirkte er und müde, doch wann immer seine Tochter den Blick hob und ihn ansah, bemühte er sich eindrucksvoll um ein Lächeln.

Lena hockte sich zu der Kleinen auf den Teppich. »Hallo Nele«, sagte sie leise. »Schön, dich kennenzulernen. Ich bin Lena.«

Das Mädchen sah auf. »Meine Freundin heißt auch Lena«, sagte sie und grinste.

»Wirklich? Und wie heißt deine Puppe?« Lena deutete auf das Spielzeug.

»Pia«, antwortete das Mädchen prompt.

»Auch ein schöner Name«, sagte Lena und setzte sich in den Schneidersitz. »Sag mal, Nele, hat dein Papa dir verraten, worüber ich mich mit dir unterhalten möchte?«

Sie schien einen Moment zu überlegen, kaute dabei auf der Unterlippe und nickte dann eifrig. »Über Mami«, sagte sie dann. »Mami ist aber weg.«

Lena schluckte. Die Unbedarftheit des Kindes und dass sie offensichtlich noch nicht verstand, was es bedeutete, dass ihre Mutter fort war, brannte ihr in Form eines schweren Kloßes in der Kehle. »Das stimmt. Kannst du dich denn noch daran erinnern, wann du deine Mami das letzte Mal gesehen hast?«

Nele nickte und zog ihrem Püppchen eine Strickjacke über.

»Wo war das denn?«

»Hm … weiß ich nicht«, sagte sie jetzt und war offensichtlich von ihrem Spielzeug abgelenkt.

Ihr Vater beugte sich vom Sofa zu ihr hinunter. »Schätzchen, überleg mal ganz fest. Weißt du noch, als wir beim Frühstück gesessen haben und Felix sich den Käse in die Nase gesteckt hat?«

Die Kleine prustete los. »Das war so witzig«, sagte sie und kicherte.

»Und was ist dir da passiert?«, fragte Herr Baumgartner behutsam.

»Die Milch kam aus meiner Nase, weil ich gelacht hab.«

Der Vater streichelte ihr liebevoll über den Rücken. »Genau.«

»Mami hat geschimpft, weil dann alles dreckig war und hat gesagt, dass wir zu spät kommen. Wir waren aber schnell.«

»Wohin wärt ihr denn fast zu spät gekommen?«, griff Lena die Aussage auf.

»In den Kindergarten. Aber der Wind hat vor mein Rad gepustet, so!« Sie stand auf, blies ihre Wangen auf und stieß die angehaltene Luft abrupt aus. »Dann waren wir ganz schnell da.«

Lena lächelte. »Ist noch jemand bei deiner Mami und dir gewesen, als ihr mit dem Rad zum Kindergarten gefahren seid?«

Sie schüttelte den Kopf.

»Und ist deine Mami denn mit dir in den Kindergarten gegangen?«

»Neeeein«, sagte Nele scheinbar empört. »Mami fährt dann zur Arbeit, am Waschraum vorbei. Da winke ich ihr immer. Und Tante Rita ist auch dabei.«

»Wer ist denn Tante Rita?«, fragte Lena, obwohl sie es natürlich wusste.

»Meine Erzieherin. Die winkt Mami dann auch immer.«

»Weißt du noch, wann du deiner Mami das letzte Mal gewunken hast?«

Nele nickte, und augenblicklich verebbte das Strahlen auf ihrem Gesicht.

»Weißt du, ich war ja nicht dabei, aber ich würde wirklich gerne wissen, wie das war. Wie hast du deiner Mami gewunken?«

Nele zeigte es ihr instinktiv. Die kleine Hand flatterte durch die Luft.

Lena nickte anerkennend. »Und dabei hast du aus dem Fenster geschaut?«

Da nickte die Kleine wieder.

»Was hat Mami denn gemacht, als du gewunken hast?«

»Auch gewunken. Sie winkt immer, bis sie hinter diesem Baum verschwunden ist.«

Lena wusste genau, welchen Baum das Mädchen meinte. Er versperrte die Sicht vom Kindergarten auf die Straße, die aus dem Wohnviertel zur Unterführung führte.

»Nele, weißt du, was ich mich frage? Ob da noch jemand gewesen ist. Jemand, der mit deiner Mami am Waschraum vorbeigefahren ist.«

Sie schüttelte den Kopf.

»Hast du denn jemanden auf der Straße gesehen? Am Baum vielleicht?«

Wieder schüttelte sie den Kopf. Ihre anfangs so fröhlichen Worte und das strahlende Lächeln waren verschwunden. Stattdessen drehte sie sich auf einmal zu ihrem Vater, streckte die Arme in seine Richtung, und nachdem er sich zu ihr gebeugt hatte, vergrub sie das Gesicht an seiner Schulter.

»Bist du traurig?«, fragte er leise und drückte die Kleine an sich. Lena hatte nicht hören können, was das Mädchen geantwortet hatte, doch Lutz Baumgartner sagte daraufhin: »Es ist nicht schlimm, traurig zu sein, Mäuschen. Ich bin es auch. Ich bin auch so traurig.« Er schloss die Augen, als Lena den Blick abwandte und sich hochhievte.

»Es ist doch genug, oder?«, fragte Herr Baumgartner fast flehend.

»Ja.« Sie legte ihm eine Hand auf die Schulter. »Für den Moment ist es genug.« Dann streichelte sie Nele vorsichtig über den Rücken. »Das hast du wirklich toll gemacht.«

Dieses Gespräch hatte sie in den letzten Tagen und Nächten immer wieder verfolgt. Vielleicht lag es daran, dass sie noch nie eine so junge Zeugin befragt hatte. Aber vor allem lag es daran, dass die Unschuld des Kindes ihr noch einmal bewusst machte, welche Tragik über die Familie hereingebrochen war. Lutz Baumgartner hatte Henning und ihr noch anvertraut, dass die Kleine, seit sie das Audiofile mit den Schreien ihrer Mutter gehört hatte, nachts von Alpträumen geplagt wurde und wieder ins Bett machte. Felix, der Junge, hatte sich hingegen völlig zurückgezogen, das hatte auch Henning bestätigen können, der kaum ein Wort aus ihm herausbekommen hatte.

Lena wusste nicht, wie oft sie das Gespräch mit der Kleinen in ihrem Kopf durchgegangen war, doch als sie es an jenem Morgen am Ende ihrer Joggingrunde erneut tat, fühlte sie sich plötzlich unglaublich ausgelaugt. Sie drosselte ihr Tempo und beschloss, den Rest des Weges langsamen Schrittes zu gehen.

»Lena? Hey, Lena!«, hörte sie auf einmal eine bekannte Stimme und sah sich um.

»Henning?«, fragte sie und lächelte ihrem Kollegen freundlich zu. »Seit wann treibt es dich morgens in diese Gegend?«

Henning deutete zum Himmel. »Ist doch schönes Wetter, da dachte ich, ich probiere mal eine neue Route. Du hast mir gar nicht erzählt, dass du auch laufen gehst.«

Er war ebenfalls langsamer geworden und ging nun neben ihr her. Nass und verschwitzt klebten ihm die Haare in der Stirn. Das hautenge Laufshirt verbarg die Konturen seines muskulösen Oberkörpers nicht. Lena versuchte, nicht hinzuschauen.

»Hab gerade erst wieder angefangen, bin noch etwas außer Form, aber es tut gut.«

»Wir könnten ja mal zusammen laufen gehen«, schlug Henning vor. »Ich meine, nur falls du mich außerhalb der Arbeitszeit auch noch ertragen kannst.« Er lachte, und es wirkte tatsächlich ein wenig unbeholfen. Untypisch für ihn, aber Lena fand es irgendwie süß.

»Das kriege ich wohl noch gerade so hin«, sagte sie schmunzelnd. »Nein, im Ernst, gute Idee.« Als sie den Park verließen, deutete Henning auf einen gegenüberliegenden Bäcker.

»Lust auf einen Kaffee?« Er zog einen Geldschein aus dem kleinen Reißverschluss an seinem Shirt.

Lena nickte und wartete draußen, bis Henning mit zwei Coffee-to-go-Bechern zu ihr stieß. Gemeinsam überquerten sie die Straße und lehnten sich an ein Geländer mit direktem Blick auf den Fluss, der einmal quer durch die Stadt floss.

»Ich hab gestern Abend noch mit Boris gesprochen. Der USB-Stick ist einer von denen, die dir überall als Werbegeschenk nachgeschmissen werden«, sagte Henning und nahm einen Schluck von seinem Kaffee.

»Wie kann es sein, dass eine solch komplexe Tat keinerlei Spuren hinterlässt? Da war so viel Wut im Spiel. Wut macht bekanntermaßen unaufmerksam. Aber der Typ hat an alles gedacht.«

»Oder einfach Glück gehabt«, sagte Henning.

»Der hat alles verdient, nur kein Glück«, murmelte Lena und stützte die Unterarme auf der Brüstung ab. »Wir müssen unbedingt noch mal durchgehen, was Simone Baumgartner in den Tagen vor ihrem Verschwinden getan hat. Den Einzelverbindungsnachweis vom Handy hab ich schon angefordert, und Herr Baumgartner sagt, er kenne zwar ihr Passwort nicht, bringe aber nachher den Laptop aufs Revier. Boris wird das schon hinkriegen und kann dann auch jede einzelne Mail durchgehen. Irgendwas müssen wir doch übersehen.«

»Ja, ganz sicher lauert irgendwo ein Anhaltspunkt, den wir noch nicht aufgedeckt haben. Ich glaube nicht an einen Zufall, von Anfang an nicht.« Henning nahm die gleiche Position ein wie Lena, ließ kurz den Kopf hängen und sah dann zu ihr herüber. Der Wind hatte seine feuchten Haare unterdessen fast getrocknet.

»Aber Lena, mach zwischendurch auch mal 'ne Pause, ja?«

»Sagt mir der Mann, der gestern wieder bis spät abends im Büro war?« Sie lachte leise.

»Hey, woher weißt du …«

»Boris … der USB-Stick …«, half sie ihm auf die Sprünge, und er grinste schelmisch.

»Erwischt.« Seufzend nahm er einen Schluck Kaffee. »Ja, der Fall lässt mich auch nicht los. Aber ich hab eigentlich auf Maike gewartet, die noch so lange in ihren Recherchen festgehangen hat. Sie hatte mich gefragt, ob wir nach der Arbeit was essen gehen wollen und … joa.« Er zuckte mit den Schultern, vermutlich sollte es irgendwie gleichgültig aussehen, doch auf Lena wirkte es sehr gekünstelt.

»Ihr hattet ein Date?«, fragte sie leise.

»Was?« Henning lehnte sich empört zurück. »So ein Quatsch. Es war ein langer Tag, und wir hatten beide Hunger … so gesehen wäre das dann hier ja auch gerade ein Date.« Er hob seinen dampfenden Kaffeebecher. »Und das ist es ja offensichtlich nicht.« Er zwinkerte ihr zu, und Lena, die ihm leicht und unbeschwert zulächeln wollte, brachte plötzlich nicht einmal mehr ein freches Grinsen zustande. Sie wusste gar nicht, was sie auf einmal so sehr störte. Dass Henning mit ihrer neuen Kollegin essen gewesen war oder dass er es vor ihr herunterspielte? Er mochte sie anscheinend, warum konnte er es nicht einfach zugeben?

»Na, heute kein flapsiger Spruch mehr dazu?«, fragte Henning und stupste sie an. Als sein Handy klingelte, zog er es aus der Tasche, die mit Klettverschluss an seinem Oberarm befestigt war. »Moment«, sagte er und meldete sich. »Gerlach … Ja … Eigentlich so gegen neun … Was? Scheiße, verdammt noch mal … Ja, ja mach ich. Bis dann.«

Lena beobachtete, wie Henning seinen halb vollen Kaffeebecher mit einer ausholenden Armbewegung in den Mülleimer pfefferte, der neben ihm stand. Auf seiner Stirn pulsierte diese eine breite Vene, die jedes Mal dann hervortrat, wenn er unter Stress stand. »Was ist denn los?«

Er verstaute das Handy in seiner Tasche, bevor er tief Luft holte.

»Am alten Wertstoffhof wurde die Leiche einer jungen Frau gefunden.«

Kapitel 6

»WIESO lag uns denn keine Vermisstenmeldung vor?«, schimpfte Henning und schlug einmal aufs Lenkrad.

Nach dem Anruf hatten sie sich beide schnellstmöglich in ihrer jeweiligen Wohnung umgezogen, und Henning hatte Lena anschließend abgeholt, damit sie sich gemeinsam auf den Weg zum Wertstoffhof machen konnten. Das Gelände lag unweit des Willacher Sees, jedoch abgelegen und verlassen inmitten eines Waldstücks.

»Hat Überstädter was dazu gesagt?«, fragte er und blickte ungeduldig zu Lena hinüber, die sich die halbe Fahrt über vom Chef auf den neuesten Stand hatte bringen lassen.

»Nur, dass sie nicht als vermisst gemeldet wurde, erste Hinweise am Fundort aber darauf hindeuten, dass es sich um denselben Täter wie bei Simone Baumgartner handeln könnte. Mehr konnte er noch nicht sagen. Allerdings klang er auch ziemlich abgelenkt und murmelte irgendwas von Presse und so.«

Henning wischte sich über den kratzigen Dreitagebart. »Das hat uns gerade noch gefehlt. Eine große Story über einen Kerl, der Frauen foltert und anschließend ermordet.«

»Hey.« Lena legte ihm eine Hand auf den Arm. »Wir werden uns erst mal einen Überblick verschaffen, dann sehen wir weiter.«

Henning blinzelte auf ihre Hand hinab. Als sie seinen Blick bemerkte, zog sie sie umgehend wieder zurück.

»Da vorne ist es«, sagte er und deutete auf die Straße, froh, sich auf etwas anderes konzentrieren zu können.

Polizeihauptmeister Friedemann hob die Hand zum Gruß, als er sie aussteigen sah. »Nehmen Sie's nicht persönlich, aber ich hab gehofft, dass wir uns nicht so schnell wiedersehen. Das hier wird Sie aber mit Sicherheit interessieren.«

»Wieder eine weibliche Leiche an einem Baum?«, fragte Henning und tauschte einen Blick mit Lena, die einen halben Schritt hinter ihm lief und versuchte, mit PHM Friedemann mitzuhalten.

»Diesmal nicht, nein.« Er führte sie unter Absperrbändern hindurch auf das Gelände des ehemaligen Wertstoffhofs. Die bereits marode Halle, die einst zum Hof gehört haben musste, stand fensterlos und verlassen am Ende eines riesigen asphaltierten Platzes. Davor befanden sich noch einige Containerüberreste und, wie Henning mit hochgezogenen Augenbrauen feststellen musste, eine Menge Schrott und Müll.

»Wie lange hat das Unternehmen bereits geschlossen?«, fragte er.

PHM Friedemann schien zu überlegen, während er den Kopf leicht von links nach rechts schwenkte. »Vielleicht fünf Jahre? Ist schon 'ne Weile her, dass hier was los war. Aber wie Sie sehen, wird das Gelände immer noch gerne von Leuten genutzt, die keine Lust haben, ihren Schrott rechtmäßig loszuwerden. Da wird er eben einfach abgeladen. Selbst Schadstoffsammlungen haben wir hier schon gefunden. Ein Glück, dass es immer wieder aufmerksame Spaziergänger gibt, die uns über diverse Funde informieren.«

»Dann gibt es auf dem Gelände keine Überwachungskameras?«, fragte Lena und schien das Gelände abzuchecken.

»Eine alte Kamera mit schlechter Bildqualität aus völlig unbrauchbarem Winkel hängt dort oben am Hallendach.« Er winkte ab. »Wie oft ich mich darüber schon aufgeregt habe!« Er blieb neben einer alten Waschmaschine stehen. »Nach Ihnen. Der Fundort ist gleich dort hinten.«

Henning ließ Lena vor und folgte ihr über den rissigen Asphalt.

Die Kriminaltechniker waren gerade dabei, die Umgebung ausreichend zu dokumentieren, als Henning neben Lena trat.

Vor ihnen, hinter einem hüfthohen Haufen aus Schutt und zerbrochenen Ziegelsteinen, lag der halb nackte Körper einer jungen Frau. Sie lag auf der Seite, den Kopf zum Schutthaufen gewandt, vor dem ein alter Röhrenfernseher stand. In der halb zerbrochenen Scheibe spiegelte sich das Gesicht der Toten.

Henning atmete tief durch. Schon auf den ersten Blick konnte er die zahlreichen Wunden und Male am Körper der Frau erkennen. Und wieder hatte der Täter ihre Augen mit Panzertape fixiert. »Sie starrt sich die ganze Zeit selbst an«, murmelte er kopfschüttelnd.

»Die geöffneten Augen, die Foltermale am Körper … es ist dieselbe Handschrift, ohne Zweifel.« Lena kniete sich neben das Opfer und inspizierte die tiefe Halswunde. »Auch das passt. Ein Kehlenschnitt. Und sieh mal da!« Sie zog sich einen Handschuh über, um das Haar der Toten ein wenig zur Seite zu streichen. »Wieder eine Scherbe, mitten im Hals.« Unter dem Kopf und der Schulter der Frau hatte sich eine Blutlache ausgebreitet.

»Gebt uns bitte einen Moment«, bat Henning die Kollegen, und als sie alleine waren, hockte er sich neben Lena.

An der Rückseite der Oberschenkel lehnte das geöffnete Portemonnaie und gab den Blick auf ein Fach frei, in dem ein Ausweis steckte. Henning ließ sich von Lena einen Handschuh geben, streifte ihn über und nahm das Portemonnaie an sich.

»Vivienne Steinbach, vierunddreißig Jahre alt.«

Lena schüttelte den Kopf. »So jung. Und wieder so zur Schau gestellt. Wie sie hier liegt … diese Demütigung, und dann auch noch ihren Ausweis so offensichtlich an ihrem Körper zu platzieren. Als würde der Täter rufen: Schaut her, das ist sie, so heißt sie, und genau das hier hat sie verdient.« Sie stand auf und zog die Handschuhe aus. Henning tat es ihr gleich. »Ja. Und wieder die Inszenierung mit den geöffneten Augen. Was will er uns damit sagen?«

Wieder hockte er sich hin, wieder betrachtete er das junge Opfer und fixierte ihren Blick, der ihm aus dem kaputten Fernsehbildschirm entgegenstarrte. Todesangst stand ihr ins Gesicht geschrieben. Starr und eingefroren wirkten ihre Augen, der Mund war leicht geöffnet. Beinahe konnte Henning sie im Todeskampf ächzen hören.

»Oder er will gar nicht uns etwas sagen«, dachte er laut und sprang abrupt auf. »Lena, hast du gerade Zugriff auf eines der Tatortfotos vom Willacher See?«

»Klar«, sagte sie, und bereits wenige Sekunden später hielt sie ihm ihr Handy entgegen. Dicht drängte sie sich neben ihn, während sie gemeinsam auf das Display starrten. »Wenn die fixierten Augenlider keine Botschaft an uns sind, an wen dann?«, fragte sie und blickte zwischen Vivien Steinbach und dem Foto von Simone Baumgartner hin und her.

»Was, wenn es eine Botschaft für die Opfer ist?« Henning sah auf. Lena stand so nah neben ihm, dass er ihren Atem an seinem Hals spüren konnte. Instinktiv wich er einen Schritt zurück und wandte sich wieder dem Opfer zu. »Simone Baumgartner hing kopfüber an diesem Baum über dem See. Ihr Gesicht war nur knapp über der Wasseroberfläche. Vivien Steinbach hingegen liegt hier. Ihr Gesicht blickt direkt in den Bildschirm.«

»Spiegelnde Oberflächen«, schlussfolgerte Lena, und ihre Augen weiteten sich vor Erstaunen. »Ein weiteres Zeichen der Entwürdigung? Die Opfer sollen sich selbst im Tod noch ansehen?«

»Oder sich beim Sterben zusehen müssen«, sagte Henning tonlos, während er unentwegt von der Leiche neben sich angestarrt wurde.

In der beengten Wohnung des Mehrfamilienhauses, in dem Vivien Steinbach gelebt hatte, war die Luft stickig. Es roch nach Schweiß und Zigarettenqualm. Viviens Mutter, Annemarie Steinbach, lehnte am geöffneten Küchenfenster und rauchte. Sie hatte tiefe Furchen im Gesicht, die die Blässe ihrer Haut nur noch unterstrichen. Die Nachricht vom Tod ihrer einzigen Tochter hatte das nur verstärkt.

Lena und Maike saßen am Küchentisch und gaben Frau Steinbach die Zeit, die sie brauchte, um zu verdauen, was sie gerade gehört hatte. In einem Nebenzimmer weinte ein kleines Kind.

Viviens Mutter blies ein letztes Mal den Rauch nach draußen, der durch einen Windstoß dennoch in die Küche getragen wurde, und ging wortlos nach nebenan.

»Könnt ihr nicht einmal vernünftig spielen? Julian!«

Lena konnte sie stöhnen hören, als sie den Namen des Jungen noch lauter wiederholte. »Julian! Ihr seid zu laut.«

Kurz darauf kam sie zurück, murmelte etwas von »Diese Kinder!« und stellte sich umgehend wieder ans Fenster. Das Feuerzeug zischte, als sie sich eine weitere Zigarette anzündete.

Maike stand nun ebenfalls auf und stellte sich dicht neben den Fensterrahmen. »Wir wissen, dass das ein Schock für Sie ist, und wir möchten Ihnen unser tiefstes Mitgefühl aussprechen. Aber wenn Sie uns ein paar Fragen beantworten könnten, würde uns das bei unseren Ermittlungen wirklich helfen.«

»Wars 'ne Überdosis?«, fragte Frau Steinbach plötzlich, und Lena und Maike tauschten einen überraschten Blick.

»Hatte Vivien denn ein Suchtproblem?«

»Ist schon 'ne Weile her. Mit der Geburt des Großen wollte sie aufhören, gab aber mehrere Rückfälle. Seit Mia war sie clean.«

»Wissen Sie, was Ihre Tochter konsumiert hat?« Etwas klebte auf dem Küchentisch unter Lenas Hand. Sie lehnte sich zurück und legte die Hände in den Schoß.

»Dieses Zeug, das man durch die Nase zieht.«

»Kokain?«, fragte Maike, und Frau Steinbach nickte. »Momentan gehen wir allerdings nicht von einer Überdosis oder einer natürlichen Todesursache aus.«

Vivien Steinbachs Mutter sagte dazu nichts, doch die Frequenz der Zigarettenzüge erhöhte sich stark.

»Frau Steinbach, wie lange war Vivien verschwunden?« Nun stand auch Lena auf. Ihre Finger klebten noch immer.

»Vielleicht drei oder vier Tage, ich weiß nicht. Sie liefert die Kinder oft bei mir ab und ist dann einfach mal weg. Bisher kam sie aber immer wieder.«

»Und der Vater der Kinder? Wo ist der?«, fragte Maike und verschränkte die Arme vor der Brust.

Annemarie Steinbach drückte die Kippe im Aschenbecher aus. »Was weiß ich, wo der sich rumtreibt. Jedenfalls nicht dort, wo seine Kinder sind. Die waren schon lange getrennt, bevor Mia überhaupt geboren wurde. Hab ihn in den letzten zwei Jahren nur selten gesehen.«

Das schien eine sehr verzwickte Familiensituation zu sein. Eine junge Frau mit zwei Kindern, einem ehemaligen Suchtproblem und einem Kindsvater, der sich nicht für den Nachwuchs interessierte. Auch die Wohnsituation ließ zu wünschen übrig. Die Wohnung war dreckig, die Wände fleckig, und in der Spüle sowie auf der Küchenanrichte stapelten sich dreckiges Geschirr und halb vergammelte Lebensmittel.

»Können Sie uns seinen Namen nennen und wo wir ihn bestenfalls antreffen können?« Maike zog Zettel und Stift aus der Hosentasche.

»Marcel. Marcel Bonstedter«, sagte Frau Steinbach und gab seinen letzten Wohnsitz an. »Hat er etwa was damit zu tun? Hat er Vivien …«, sie stockte, und Maike hob abwehrend die Hände, um sie zu beruhigen. »Das wissen wir nicht. Wir wollen einfach nur mit ihm sprechen.«

Im Nebenzimmer knallte es plötzlich, und kurz darauf ertönte wieder der Schrei eines Kindes.

»Julian! Meine Güte!«, schrie Viviens Mutter augenblicklich. Doch der Junge reagierte nicht, und sie verdrehte die Augen, bevor sie genervt aus der Küche stürmte.

»Sie ist völlig überfordert.« Maike runzelte die Stirn. »Ich bin mir nicht einmal sicher, ob sie wirklich realisiert hat, was wir grad mit ihr besprochen haben.«

Nach einem kurzen, lautstarken Wortwechsel kam die Frau zurück. Erschöpft sah sie aus. Auf dem Arm trug sie ein kleines Mädchen, nicht älter als zwei Jahre. Sie gab dem Kind eine Flasche, in der sich eine rote Flüssigkeit befand, und setzte sich auf einen knarzenden Küchenstuhl.

»Wann haben Sie Vivien zum letzten Mal gesehen? Ich weiß, Sie sagten vorhin, Sie wüssten es nicht mehr genau. Aber bitte, versuchen Sie sich zu erinnern. Es ist sehr wichtig für uns«, bat Lena mit ruhiger Stimme und zwinkerte der Kleinen zu, die sie unentwegt angrinste. Ein süßes kleines Mädchen - und wieder ein Kind, das seine Mutter verloren hatte. Der Gedanke fraß sich schmerzvoll in Lenas Herz.

»Donnerstag vielleicht?«, überlegte die Frau laut. »Ja, ja, ich glaube, es war Donnerstag. Meine Wohnung liegt gleich im Nachbareingang. Da bin ich so oft hier, dass ich den genauen Tag schon gar nicht mehr mitbekomme.«

»Wann genau am Donnerstag?«, hakte Lena nach.

»Nachmittags. Ich sollte rüberkommen wegen der Kleinen. Vivien wollte sich mit irgendjemandem treffen, glaub ich. Das macht sie manchmal, vor allem übers Wochenende. Dann bleibt sie halt weg und feiert ein bisschen, ist ja auch noch jung.«

Nun war offensichtlich, dass Frau Steinbach nicht verstanden hatte, was ihrer Tochter zugestoßen war. Lena setzte sich der Frau Ende fünfzig gegenüber.

»Ihre Tochter wurde ermordet, Frau Steinbach. Wenn Sie irgendetwas über die Person wissen, mit der sie sich treffen wollte, oder auch über jemanden, mit dem sie Schwierigkeiten hatte, dann helfen Sie uns sehr weiter, wenn Sie uns alles erzählen.«

Langsam, ganz langsam, schien Annemarie Steinbach zu realisieren, was Lena gerade gesagt hatte. Unsicher wurde ihr Blick und der Griff um den kleinen Körper des Mädchens auf ihrem Schoß fester.

»Vivien ist überall angeeckt«, begann sie, und ihre Stimme wurde rau. »Bei Freunden, Kollegen, bei mir. Das war schon immer so.«

»Wo hat sie zuletzt gearbeitet?«, fragte Maike und hob die Flasche auf, die dem Kind aus der Hand gefallen war.

»Im Modeeck, diesem Secondhandladen im Zentrum, direkt neben dem Eiscafé. Da hatte sie einen Minijob, ein paar Stunden die Woche, nicht viel. Aber mehr weiß ich wirklich nicht. Keine Ahnung, mit wem sie sich rumgetrieben hat, wen sie getroffen hat!« Am Ende ging ihre Tonlage eine Oktave nach oben.

»Okay, das ist ein Anfang, vielen Dank für Ihre Mühe, wir wissen das sehr zu schätzen.« Lena lächelte zuversichtlich und schob Viviens Mutter ihre Visitenkarte zu. »Bitte melden Sie sich, wenn Sie sich doch an jemanden erinnern, mit dem ihre Tochter vergangenen Donnerstag unterwegs war.«

»Ich werde noch mal überlegen, aber ich bin eigentlich sicher, dass sie nichts erzählt hat.« Frau Steinbach stand auf und gab dem nun quengelnden Mädchen einen Keks.

»Manchmal fällt es einem im Nachhinein plötzlich ein. Sie können mich jederzeit anrufen.«

Als das Kind weinte und die Frau es unsanft auf dem Arm wiegte, trat Maike nach vorn. »Sollen wir jemanden für Sie anrufen, der Ihnen mit den Kindern hilft?«

Doch Annemarie Steinbach schüttelte den Kopf. »Ich krieg das schon hin«, sagte sie leise und drückte das Mädchen an sich. »Irgendwie haben wir ja immer alles hingekriegt.«

Und dann bebten ihre knochigen Schultern auf einmal, und sie begann zu schluchzen.

Henning nahm den Stift vom Whiteboard und trat nach vorne. Es war mittlerweile später Nachmittag geworden, und in den vergangenen zwei Stunden hatten er und seine Kollegen all das zusammengetragen, was sie bisher in Simone Baumgartners und Vivien Steinbachs Fall ermittelt hatten.

»Gut«, sagte er jetzt. »Lasst uns eine grobe Übersicht machen, damit wir auf einen Blick sehen, wo Gemeinsamkeiten und Unterschiede liegen.« Er setzte den Stift an. »Beide hatten Panzertape an den Augen, Folterwunden am Körper und wurden mit einem Kehlenschnitt getötet.«

»Das wissen wir noch nicht, die Obduktion von Opfer zwei ist doch erst morgen«, warf Olaf ein.

»Nenn die Frau doch bitte bei ihrem Namen, sie ist doch kein Gegenstand.« Maike schüttelte den Kopf, und Henning nickte ihr zu, dankbar für diesen Einwand. Für solche Dinge fehlte Olaf immer wieder das Feingefühl, wie oft hatte er ihn schon daran erinnern müssen, den Opfern Respekt entgegenzubringen. Und sei es nur, sich den Mund nicht mit Süßigkeiten vollzustopfen, während er Tatortfotos durchsah. Diese kleine Zurechtweisung vor versammelter Mannschaft hatte ihm gar nicht gefallen. Seitdem hatten sie kein persönliches Wort miteinander gewechselt. Vielleicht, so dachte Henning, erwischte er seinen Kollegen ja mal unter vier Augen.

»Ich notiere es trotzdem schon mal«, kam er zurück auf den Kehlenschnitt und blickte anschließend wieder in die Runde. Lena saß vorne, rechts neben ihm. Sie drehte sich zu ihm um. »Die spiegelnden Oberflächen sind eine Gemeinsamkeit - sowohl der See als auch der Fernsehbildschirm. Und auch die Spiegelscherbe im Hals.«

Henning, der am Wertstoffhof auf die Bestatter gewartet und diese zur Gerichtsmedizin für eine erste Leichenschau begleitet hatte, fiel plötzlich eine Bemerkung des zuständigen Pathologen ein. »Es scheinen nicht die gleichen Scherben gewesen zu sein. Dr. Triebald war sich noch nicht sicher, er wollte die Scherbe erst morgen während der Obduktion entfernen. Aber er sagte irgendwas von einem getönten Spiegel?«

»Die Spiegelscherbe, die in Simone Baumgartners Hals gesteckt hat, war nicht getönt«, gab Karen zu bedenken. Henning notierte das als Unterschied an der Tafel. Auch der Ablageort war ein anderer gewesen, wobei die jeweilige recht aufwendige Inszenierung wiederum eine Gemeinsamkeit darstellte.

»Beide Opfer sind Mütter gewesen, beide hatten einen Sohn und eine Tochter«, warf Maike in den Raum.

»Und beide sind übers Wochenende verschwunden und anfangs der Woche tot aufgefunden worden«, ergänzte Olaf.

Nach und nach füllte sich das Whiteboard mit Informationen.

»Aber dem Täter kann es nicht um Wohlstand oder das perfekte Leben der Opfer gegangen sein, bei Vivien Steinbach macht das keinen Sinn. Im Gegensatz zur perfekt erscheinenden Familie Baumgartner sind die Steinbachs von Problemen gebeutelt - sozialer und finanzieller Art. Da sind wir in zwei völlig gegensätzlichen Gesellschaftsschichten unterwegs.«

»Stimmt, das sollten wir definitiv im Blick behalten.« Henning machte eine kurze Notiz und ließ den Stift anschließend sinken. »Boris, du hast auf den Überwachungskameraaufnahmen vom Wertstoffhof mehrere Fahrzeuge sehen können, die das Areal entweder befahren haben oder zumindest dort am Zaun entlanggefahren sind. Eine Auflistung möglicher Fahrzeuge entsprechend deiner Analyse hab ich euch anderen vorhin per Mail geschickt.«

Boris räusperte sich kurz, bevor er das Wort ergriff. »Ich gucke mir außerdem gerade die Einzelverbindungsnachweise von Simone Baumgartners Handy an. Mit dem Mobilfunkanbieter von Vivien Steinbach steh ich auch schon in Verbindung, da sollte spätestens morgen früh alles eintreffen. Wenn ich Gemeinsamkeiten finde, gebe ich euch Bescheid.«

Henning nickte. »Gut, haben wir sonst noch was?«

Olaf meldete sich zu Wort. »Habt ihr die Steinbachs über das mögliche Eintreffen eines makabren Geschenks informiert?«

Maike verdrehte die Augen. »Du glaubst auch, wir leben hinterm Mond. Klar haben wir das. Lena hats gemacht, bevor wir gegangen sind. Sie melden sich, falls was kommen sollte.«

»Man wird ja wohl noch fragen dürfen«, sagte Olaf nur und spielte mit dem Kugelschreiber in seiner Hand.

Henning verkniff sich ein Schmunzeln. Unter Maikes Schlagfertigkeit wurde er richtig kleinlaut.

»Vivien Steinbachs Ex-Mann, Marcel Bonstedter, konnten wir heute nicht antreffen. Wir versuchen es morgen noch mal. Olaf, kannst du mal bitte im System schauen, was du über ihn so findest? Laut Lenas und Maikes Erzählungen scheint es in der Familie Steinbach schon einige Konflikte mit dem Gesetz gegeben zu haben. Mach das also am besten auch gleich für Vivien selbst, wer weiß, worauf wir dabei noch stoßen.«

Er ging zurück zum Tisch, im selben Moment klingelte sein Handy. »Hey, schaut mal, Claus ruft an.« Er nahm den Videoanruf entgegen, und das Team versammelte sich in seinem Rücken.

»Hey ho, meine Lieben«, rief Claus fröhlich in die Kamera.

»Na, möchtest du uns gute Neuigkeiten überbringen? Die können wir nämlich wirklich gebrauchen.« Lena lehnte sich gegen Hennings Schulter, um einen Blick aufs Handy werfen zu können. Auf der anderen Seite spürte er Maike, die sich ebenfalls gegen ihn drückte und freudig in die Kamera winkte.

»Die besten Neuigkeiten überhaupt hab ich für euch.« Claus schwenkte die Kamera von sich weg, und im Hintergrund tauchte ein rosa Babybettchen auf. »Wir sind zu Hause«, flüsterte er, während er das Baby, das ruhig schlief, in Großaufnahme präsentierte.

Alle im Team wussten, dass es ein paar Komplikationen bei der Geburt gegeben hatte, die Kleine jedoch gesund und munter zur Welt gekommen war. Claus hatte sich deshalb spontan eine längere Auszeit genommen. Ihn jetzt zu Hause, in seinen vier Wänden und vor Stolz beinahe platzen zu sehen, ließ Henning unwillkürlich grinsen.

»Darf ich vorstellen«, flüsterte Claus, »die zukünftige Revierchefin und unsere kleine Prinzessin Sofia.«

Ein rühriges »Ooohhh!« ging durch die Runde.

»Das hast du gut hingekriegt, Claus. Wie gehts Melli?«

Der Kollege drehte den Bildschirm wieder zu sich. »Sie hat ziemliche Schmerzen an der Narbe vom Notkaiserschnitt, aber es wird besser. Ich glaube, wenn sie könnte, würde sie Luftsprünge machen, weil ich hier bin und ihr unter die Arme greifen kann. Danke an euch alle, dass ich mich so spontan ausklinken konnte.«

»Das ist doch selbstverständlich«, sagte Karen. »Ich hab übrigens die Babysachen meiner Töchter aussortiert. Falls ihr etwas benötigt?«

»Oh, gerne. Das ist ja nett!« Claus strahlte von einem Ohr zum anderen. Henning wusste, dass er nicht auf die Sachen von Karens Töchtern angewiesen war. Im Gegensatz zu ihr musste er nicht jeden Cent dreimal umdrehen, doch seine Freude war offensichtlich ehrlich, und das schätzte er an seinem Freund und Kollegen so sehr.

»Bei euch sonst alles in Ordnung? Was macht der Willacher-See-Fall?«, fragte Claus.

»Vergiss es. Du kümmerst dich mal schön um deine Familie«, wehrte Henning grinsend ab.

»Aber wenn die Hütte brennt, dann …«

»… bist du der Letzte, den wir anrufen«, ergänzte Lena lachend.

Claus gab sich daraufhin geschlagen, nahm noch ein paar Glückwünsche entgegen und beendete aufgrund eines plötzlich schreienden Babys im Hintergrund zügig das Gespräch.

Die Team-Sitzung löste sich ebenfalls schnell auf. Während Karen und Lena, dicht gefolgt von Olaf und Boris, in ein Gespräch vertieft in den Flur hinaus verschwanden, suchte Henning seine Unterlagen zusammen. Maike lief um den Tisch herum und sammelte die Kaffeetassen ein. Als Henning nach seiner eigenen griff und sich zu Maike umdrehte, stand sie plötzlich hinter ihm, und er stieß mit dem Arm gegen sie. Der restliche Kaffee in seiner Tasse schwappte auf ihr leuchtend gelbes Blusenshirt. »Oh nein, sorry, das wollte ich echt nicht.« Er verzog entschuldigend das Gesicht und fischte einen Stapel Servietten vom Tisch.

Maike winkte ab. »Ach, was solls. Ich hab ja nur ewig nach diesem Teil gesucht, bis ich es in meiner Größe gefunden habe, und Kaffeeflecken lassen sich ja bekanntermaßen ganz einfach rauswaschen.« Ihr ironischer Unterton entging ihm nicht. Henning hielt in der Bewegung inne, bis Maike ihn verschmitzt anfunkelte. »Das war ein Scherz.«

Er lächelte erleichtert. »Na, Gott sei Dank.« Dann reichte er ihr unbeholfen ein paar Servietten, wusste nicht, ob er ihr beim Trockentupfen helfen sollte, und ihre Hände verhedderten sich, sodass sie beide lachen mussten. In diesem Moment ging die Tür auf.

»Ach, Henning, ich sollte dir noch …« Lena blieb abrupt stehen und verstummte. Ihr Blick irrte von Maike zu ihm und zurück zu Maike. Das unbeschwerte Lächeln, das auf ihren Lippen gelegen hatte, als sie hereingekommen war, verschwand augenblicklich. Henning wich instinktiv zwei Schritte zurück, und eine Serviette segelte zu Boden.

»Was wolltest du sagen?« Er kratzte sich am Hinterkopf.

Lena brachte ein schiefes Lächeln zustande. Das hatte er noch nie bei ihr gesehen, und es passte so gar nicht zu ihr.

»Überstädter will uns morgen früh in seinem Büro sprechen, gleich nach Dienstbeginn.«

Er nickte. »Alles klar. Machst du schon Feierabend?«

»Zahnarzttermin«, sagte Lena und war schon wieder halb zur Tür raus.

»Bis morgen«, rief Henning ihr hinterher, doch sie war längst verschwunden.

»Das sah wohl ein wenig verfänglich aus.« Maike kicherte. Dann sah sie auf ihr Shirt, und Henning folgte ihrem Blick. Das Rumtupfen mit den Servietten hatte so gut wie gar nicht gegen den Kaffeefleck geholfen, im Gegenteil.

»Vielleicht sollten wir das lieber mit Wasser versuchen«, schlug Henning vor.

»Wir?« Ihre Augenbrauen tanzten.

»D… du«, stammelte er und sah wieder zur Tür hinüber.

»Du magst sie«, stellte Maike nüchtern fest.

Henning lachte etwas verlegen und nahm seine Unterlagen. »Was?«

Sie stupste ihn an. »Ach, komm schon. Du weißt, was ich meine - und vor allem, wen ich meine.«

»Ich glaube, da siehst du mehr, als da ist.«

Gemeinsam gingen sie aus dem Büro und den Flur hinunter. Bevor Maike jedoch in der Büroküche verschwand, drehte sie sich noch einmal zu ihm um.

»Wenn du mich fragst, mag sie dich übrigens auch.« Und damit machte sie auf der Türschwelle kehrt und ließ ihn stirnrunzelnd zurück.

Henning blieb wie angewurzelt stehen, während Maikes Worte weiter in seinen Ohren dröhnten. Wie war sie eigentlich plötzlich darauf gekommen, dass er Lena mögen könnte und sie ihn? Natürlich mochten sie einander, aber so hatte Maike das nicht gemeint. Er war ja nicht auf den Kopf gefallen!

Nach Anna hatte er nie wieder eine Beziehung am Arbeitsplatz in Erwägung gezogen, und als Lena aufs Revier gekommen war, steckte sie mitten in einer Beziehung, die gerade den Bach hinunterging. Aber das war nun schon eine ganze Weile her, mittlerweile war auch sie Single. Dennoch … Lena wusste nichts von seiner Vergangenheit mit Anna, geschweige denn von seiner Angst, noch einmal sein Herz an eine Frau zu verlieren, die er nicht vor den Gefahren seines Jobs schützen konnte, die sogar mittendrin steckte.

Und doch hatten Maikes Worte seinen Herzschlag einen Moment beschleunigt. Konnte es sein? Dass er Lena mehr mochte, als er sich eingestand? Vielleicht. Wenn er ehrlich zu sich war, konnte er nicht abstreiten, dass sie ihm in kurzer Zeit sehr wichtig geworden war. Wichtiger, als es sein sollte?

Henning raufte sich die Haare. In diesem Moment ging die Tür zur Büroküche wieder auf.

»Du stehst ja immer noch hier«, sagte Maike grinsend und rührte in ihrem Tee.

»Wie hast du das gemeint? Dass Lena mich auch mögen würde? Hat sie mal irgendwas dergleichen gesagt?«

Maike hakte sich bei ihm unter und ging mit ihm den Flur hinunter. »Du bist blind, oder?«

»Nein, bin ich nicht … Bitte, Maike, ich meine es ernst.«

»Siehst du nicht, wie sie dich anschaut? Wie sie manchmal lächelt, wenn du redest? Wie ihr Blick dir folgt? Nein, logisch, das kannst du ja nicht sehen. Aber ich sehe es. Vielleicht weiß sie es ja selbst nicht, aber für mich sind die Zeichen eindeutig.« Vor seinem und Lenas Büro blieben sie stehen, und Maike löste sich von ihm. Sie legte den Kopf schief, als sie ihn betrachtete. »Wäre doch nichts dabei, oder findest du das komisch oder schlimm?«

Henning dachte wieder an Anna und ließ die Schultern hängen. »Keine Ahnung«, murmelte er, bevor er ins Büro verschwand.

Wieder allein stoppte er das Gedankenkarussell in seinem Kopf. Er würde für Klarheit sorgen müssen. Noch heute. Er brauchte seine Konzentration für den Fall.

»Es tut mir so leid, dass dein letzter Besuch so abrupt geendet hat.« Lena lag auf dem Sofa und drückte sich das Handy ans Ohr. Auf dem Balkon schepperte es einmal kräftig, und der Wind peitschte ums Haus - vermutlich würde der Herbst doch schneller kommen, als ihr lieb war.

Jessy, die am anderen Ende der Leitung lachte, sagte nun: »Mach dir nichts draus. Wir holen das nach. Irgendwann, wenn du ausnahmsweise mal keine mörderischen Freaks jagen musst.«

Lena grinste vor sich hin. »Wann soll das denn passieren?« Beim Gedanken an ihren aktuellen Fall verging ihr die gute Laune jedoch sofort. Stöhnend setzte sie sich auf. Wieder knallte es auf dem Balkon.

»Meine Güte, hier fegt gerade ein heftiger Sturm ums Haus. Hoffentlich überleben das unsere Blümchen.«

»Bestimmt, und sie kriegen wenigstens mal ein bisschen Wasser«, kicherte Jessy in den Hörer.

»Hey, ich hab dran gedacht … also, letzte Woche zumindest.« Lena verzog das Gesicht und griff nach der Gießkanne auf dem Fensterbrett, doch zum Sturm hatte sich tatsächlich Regen gesellt, und sie stellte die Kanne zurück. Zeitgleich donnerte es, und die nächste Sturmböe fegte einen der Keramiktöpfe von der Fensterbank, den sie noch nicht bepflanzt hatte.

»Shit!« Sie öffnete das Balkonfenster und ging hinaus, um die Scherben einzusammeln. Wenn sie es jetzt nicht tat, würde sie es mit Sicherheit vergessen und irgendwann barfuß drinnen stehen.

»Bist du jetzt weggeflogen, oder was ist los?« Jessys Stimme klang amüsiert, auch wenn Lena sie bei dem Unwetter nun nur noch leise hören konnte.

»Nee, nur ein Topf, der runtergeweht wurde.« Mit den Scherben in der Hand richtete sie sich auf und ließ ihren Blick die dunkle Straße hinuntergleiten, als etwas im Lichtkegel der Laterne ihre Aufmerksamkeit auf sich zog.

Unter der Straßenlampe stand jemand. Lena konnte nicht erkennen, ob es ein Mann oder eine Frau war. Die Silhouette rührte sich nicht, trotz des starken Regens, der auf den Menschen einprasselte.

»Bist du noch da?«, fragte Jessy.

»Da ist jemand«, antwortete Lena leise.

»Wo?«

»Unten auf der Straße. Irgendjemand steht dort unter der Laterne. Sieht aus, als ob er hier hochstarrt.« Sie schauderte.

»Erzähl keinen Mist!« Jessys Tonlage hatte sich abrupt gewandelt. »Vielleicht solltest du lieber die Polizei rufen.«

Lena musste schmunzeln. »Ich bin die Polizei, du Scherzkeks.«

»Ich finde das nicht lustig. Wer hat denn gerade erst Päckchen von einem Psychofreak geschickt bekommen?«

»Wie wahrscheinlich ist es, dass jeder unserer gesuchten Täter Kontakt zu mir aufnimmt?« Lena schüttelte über diesen Gedanken den Kopf. »Das ist unsinnig. Wahrscheinlich wartet der oder die nur auf jemanden oder so.«

»Bei dem Unwetter?«, fragte Jessy, und Lena warf die Scherben in den Eimer, der in der Ecke stand.

Als sie sich wieder aufrichtete, war die Silhouette unter der Lampe verschwunden. »Okay, er oder sie ist weg.« Sie ging nach drinnen, doch plötzlich klingelte es an ihrer Tür, und sie zuckte zusammen. Wie versteinert blieb sie im Wohnzimmer stehen.

»Du machst jetzt nicht auf!«, sagte Jessy, die das Klingeln ebenfalls gehört hatte.

»Das ist jetzt aber wirklich Blödsinn«, sagte Lena, straffte die Schultern und ging in den Flur hinaus. Doch als sie ihre Hand zum Summer führte, zitterten ihre Finger. Sie versuchte, es zu ignorieren.

»Was machst du? Leni?«, rief Jessy ungeduldig.

»Ich öffne die Tür.«

»Und wer ist es?«

»Keine Ahnung, werde ich ja gleich sehen.« Und das tat sie auch. Sie staunte nicht schlecht, als sie ihren Partner um die Ecke kommen sah. »Es ist Henning«, sagte sie erleichtert ins Handy. »Ich ruf dich wieder an, ja?«

»Alles klar, pass auf dich auf!«

»Du auch.« Sie legte auf, da war Henning schon vor ihrer Tür angekommen.

»Hast du aus dem letzten Fall nichts gelernt?«, neckte er sie und lächelte warm. »Wozu hast du eine Gegensprechanlage?«

»Warum ist heute eigentlich jeder davon überzeugt, dass es mal wieder jemand auf mich abgesehen hat?«

»Jeder?« Hennings Stirn legte sich in Falten.

Lena hob das Handy. »Das war Jessy. Ich stand eben beim Telefonieren auf dem Balkon und ... warte mal, hast du zufällig unter der Straßenlaterne gestanden und zu meiner Wohnung hochgeschaut?«

Henning schüttelte den Kopf. »Wieso sollte ich das tun, und auch noch bei dem Mistwetter da draußen? Ich bin froh, dass ich direkt vor der Tür 'nen Parkplatz gefunden habe.«

»Hm«, machte sie nur. »Ach, ich glaube, die Fantasie ist etwas mit mir durchgegangen«, beruhigte sie sich selbst und bemerkte in diesem Moment, dass sie ihn noch nicht hereingebeten hatte. »Entschuldige. Komm doch rein.«

Im Flur zog er eine Eispackung aus dem Stoffbeutel, den er in der Hand hielt. »Ich wusste nicht, was du nach dem Zahnarzt essen darfst. Eis geht immer, dachte ich.«

Sie lachte auf. »Du lädst dich also selbst zum Eisessen bei mir ein?«

Unbeholfen stand er neben ihr, das dunkelblonde Haar feucht vom Regen. Der Parkplatz war offensichtlich nicht nah genug gewesen. Ein Tropfen perlte von seiner Nasenspitze, er wischte ihn weg. »Das war vorhin so eine blöde Situation und ...«

Lena winkte ab und unterbrach ihn. »Deswegen bist du hier? Wegen dieser Sache mit Maike?«

Sie ging in die Küche und holte zwei kleine Schüsseln aus dem Schrank.

»Ich hab nicht erwähnt, worum es ging«, sagte er mit ruhiger Stimme.

»Na ja, was solltest du sonst meinen?«, verteidigte sie sich und lachte leise. Dann reichte sie ihm eine Schüssel mit Eis, und er folgte ihr ins Wohnzimmer.

»Schön hast du's hier«, sagte er und setzte sich.

Es war das erste Mal, dass er in ihrer neuen Wohnung war - und auch das erste Mal, dass sie sich in seiner Nähe plötzlich irgendwie gehemmt zeigte. Lag es an ihm? Oder an ihr selbst?

Die Situation im Besprechungsraum hatte Lena den ganzen restlichen Nachmittag beschäftigt. Sie wollte Jessy davon erzählen, hatte sich aber letztlich dagegen entschieden. Warum, wusste sie selbst nicht so genau.

Als das Löffelklirren nur noch das einzige Geräusch war, das den Raum erfüllte, ließ Lena die Schale sinken. »Ich will nicht, dass das irgendwie zwischen uns steht. Wenn du Maike magst, freue ich mich für dich.« Die Worte waren ihr schwerer über die Lippen gekommen, als sie erwartet hatte.

»Ich mag sie. Als Kollegin. Und vielleicht irgendwann als gute Freundin«, sagte Henning und sah sie eindringlich an. »Mehr nicht, und darum geht es eigentlich auch nicht. Sie ist nicht der Grund, warum ich hier bin.«

Lena schluckte. »Aber weswegen bist du dann hier?«

Henning stellte seine Schüssel auf den Tisch. »Ich hab dir noch nicht von Anna erzählt«, sagte er auf einmal leise, und Lena ließ ihren Eislöffel sinken.

»Wer ist Anna?«

»Meine Ex-Freundin. Und meine ehemalige Partnerin.« Er schluckte, bevor er weitersprach. »Und die Mutter meines Kindes, das noch vor der Geburt gestorben ist.« Leise hatte er gesprochen, ließ den Kopf nun hängen und atmete angespannt aus. »Es ist im Einsatz passiert. Sie wurde entführt. Meinetwegen.«

»Deinetwegen?«, fragte Lena und schüttelte ungläubig den Kopf.

»Na ja. Nicht direkt. Wäre ich aber schneller bei ihr gewesen an diesem Tag, dann hätte ich den Täter stellen können. Er hätte gar keine Chance gehabt, sie zu entführen. Aber ich war eben nicht schneller …« Erst jetzt sah er wieder auf, und erstmals waren seine sonst so warmen Augen dunkel und wirkten schwer. »Wir fanden sie erst drei Tage später. Sie hat überlebt, war aber schwer verletzt. Im Krankenhaus hat sie erfahren, dass sie während ihrer Gefangenschaft eine Fehlgeburt hatte. Bis dahin wusste ich nicht einmal, dass ich Vater werde. Es war solch ein … verwirrendes Gefühl. Das ist es bis heute.«

Lena konnte sehen, wie sich seine Hände ineinander verschränkten. Zittrig wirkten seine Finger. Sie legte ihre Hand auf seine. Kalt war seine Haut. »Das tut mir so schrecklich leid. Wenn ich das gewusst hätte, hätte ich niemals diese ganzen Kommentare bezüglich Maike und dir losgelassen.« Sie spürte einen Kloß in ihrem Hals, ihre Stimme war rau, und das plötzlich aufkommende Schuldgefühl ließ ihren Magen krampfen.

Henning versuchte zu lächeln, doch als seine Augen feucht wurden, wandte er sich ab. Dann räusperte er sich. »Ich hab mir daraufhin geschworen, dass ich nie mehr etwas mit einer Kollegin anfangen werde.«

Lena nickte verständnisvoll.

»Aber dann …«, fügte er hinzu, doch zeitgleich hatte sie angesetzt und sagte: »Das ist wahrscheinlich sowieso besser. Beruf und Privatleben zu trennen, meine ich.« Sie zog ihre Hand zurück.

Hennings Blick irrte unruhig über ihr Gesicht, bevor er den Kopf schüttelte, anschließend nickte und sich durch die Haare fuhr.

»Ähm, ja. Ja, schätze schon.«

»Stell dir vor, ich hätte mit Nils zusammengearbeitet und wir müssten jetzt einen solchen Fall wie unseren lösen, während wir uns gegenseitig kaum noch in die Augen schauen können.« Sie versuchte zu lachen, doch es klang irgendwie schräg.

Und Henning stimmte ebenso schräg mit ein. »Ja, da ist was dran.« Er schlug sich die Hände auf die Oberschenkel und rieb über seine Jeans.

»Also, das ist natürlich nicht mit dir und Anna zu vergleichen. Ich wollte das damit nicht ins Lächerliche ziehen, versteh mich bitte nicht falsch.«

»Keine Sorge. Ich hab dir ja auch nicht davon erzählt, um ständig die Mitleidskarte vors Gesicht gehalten zu bekommen. Ich dachte nur, da wir so eng zusammenarbeiten, wäre es angebracht.« Offensichtlich fand er langsam zurück zu seinem starken Selbst. »Also dann …« Er stand auf.

»Du willst schon wieder los?«, fragte sie und bemerkte ein unangenehmes Ziehen im Magen.

»Ja, ich wollte das nur klären, und außerdem will ich morgen früh raus, eine Runde laufen, bevor wir bei Überstädter antanzen müssen. Kann nur helfen, dort mit klarem Kopf zu sitzen.«

Lena brachte ihn zur Wohnungstür. Auf der Türschwelle blieb er stehen. »Danke für das Eis«, sagte sie leise. Ob er sie fragen würde, ob sie ihn morgen früh begleiten wollte? Ein Teil von ihr wollte das, und das machte sie nur noch nervöser.

»Bis morgen dann.« Er hob die Hand zum Gruß.

»Ach, Henning …«, hielt sie ihn zurück. Er drehte sich auf dem Treppenabsatz um.

»Ja?«

»Danke, dass du es mir erzählt hast.«

Er ließ die Hände in die Hosentaschen gleiten. »Gerne, aber nur Überstädter und Claus wissen davon, also behalt es bitte in Gegenwart anderer für dich, ja?«

Sie nickte eifrig. »Natürlich, du kannst mir vertrauen.«

»Daran habe ich keinen Zweifel.« Für einen kurzen Moment sah er sie so eindringlich an, dass die Intensität seines Blickes sie beinahe nach Luft schnappen ließ.

»Ich sollte dann wohl …«, stammelte er und deutete die Treppe hinab.

Lena schluckte. »Bis morgen, Henning«, presste sie hervor und spürte das Herz in ihrer Brust rasen.

Erst, als sie die Haustür unten ins Schloss fallen hörte, ging sie mit zittrigen Knien zurück in ihre Wohnung.

Kapitel 7

ÜBERSTÄDTERS Chefsessel knarzte. In den vergangenen Minuten, seit Lena und Henning in seinem Büro waren, hatte er detailliert und geduldig alle Erkenntnisse der aktuellen beiden Mordfälle zusammengefasst, nur um seine Rede mit den Worten: »Das reicht nicht!«, lautstark zu beenden. Nun saß er hinter seinem Schreibtisch und drehte seine dicken Daumen umeinander.

»Ich müsste lügen, wenn ich sagen würde, dass wir dicht an dem Kerl dran sind.« Henning rutschte auf seinem Stuhl herum. Lena konnte die roten Flecken an seinem Hals erkennen. Er war aufgebracht.

»Ich erwarte, dass Sie sich mehr ins Zeug legen und dass Sie vor allem zügiger arbeiten. Die Mobilfunkdaten von Simone Baumgartner hätten längst ausgewertet sein können. Wieso dauert das so lange?«

»Boris hat sich die Überwachungskameraaufnahmen, das Audiofile vom Täter und die Mobilfunkdaten der Opfer vorgenommen. Das sind unglaublich viele Daten. Und er sucht immer noch nach der Nadel im Heuhaufen, immer und immer wieder, aber es kommt eben einfach auch ständig was Neues dazu«, verteidigte Lena ihren Kollegen.

»Dann soll Kollege Beckmann sich um die Mobilfunkdaten von Vivien Steinbach kümmern, das wird er wohl hinkriegen. Wir müssen ein bisschen Gas geben, die Presse rennt mir bald die Türen ein. Was soll ich denen erzählen? Dass wir mit leeren Händen dastehen? Dann können wir bald alle nach Hause gehen. Also sehen Sie zu!« Überstädters Wangen glühten. Auf seiner Halbglatze glänzte es auffällig, und er keuchte.

Lena sah zu Henning rüber. Als Teamleiter war er derjenige, der Überstädters Frust stets ungefiltert abbekam, und es kostete ihn einiges an Kontrolle, sich seine Wut darüber nicht anmerken zu lassen.

»Ich habe übrigens Kommissarin Mückenhaupt heute Morgen angewiesen, sich die ehemalige Arbeitsstelle von Vivien Steinbach anzusehen.«

»Was?«, fragte Henning und blickte zwischen Lena und ihrem Chef hin und her. »Warum denn das?«

»Warum denn nicht?«, fragte Überstädter provokant und lehnte sich nun nach vorne. Die Hände verschränkte er auf dem Tisch. »Sie sollten Ihr Team ein bisschen im Auge haben. Es ehrt Sie ja, dass Sie und Frau Freyenberg gerne selbst vor Ort sind, aber vorwärts bringt uns das allein eben nicht. Wir müssen aber weiterkommen.« Und dann ließ Überstädter noch eine Bombe platzen: »Ich überlege, Dr. Behrens ins Ermittlerteam zu holen. Kommissar Steiner wird noch eine Weile ausfallen, und wir können nicht genug Augenpaare haben, die sich des Falls annehmen. Eine dritte Tote können wir jetzt wirklich nicht gebrauchen!«

Dr. Stefan Behrens war bereits zum Ende ihres letzten Falls ins Team geholt worden, und Lena konnte nicht behaupten, dass sie schöne Erinnerungen an die Zusammenarbeit mit dem Spezialisten für Täteranalysen hatte. Er war ein arroganter Schnösel.

»Nicht schon wieder Behrens, das geht gar nicht. Er hat Lena beim letzten Mal für eine Tatverdächtige gehalten!« Henning hob empört und abwehrend die Hände.

»Das hat sich doch aufgeklärt«, sagte Überstädter und schüttelte verständnislos den Kopf.

Lena, die die ganze Zeit geschwiegen und dem Gespräch nur gelauscht hatte, räusperte sich nun. »Wenn ich einen Vorschlag machen darf?«

»Nur zu«, sagte Überstädter und beobachtete jede ihrer Regungen.

»Wenn es darum geht, jemanden mit einer Spezialausbildung oder Profession hinzuzuziehen, die den Ermittlungen einen Mehrwert bringen, dann wäre es doch sinnvoll, wenn wir erst mal schauen, wo genau wir Unterstützung brauchen?«

Hennings Augen weiteten sich. »Sie hat recht. Das Täterprofil ist hier nicht unser Problem.«

»Hm«, brummte Überstädter. »Meinetwegen. Aber bis spätestens morgen früh will ich wissen, wen Sie im Sinn haben und mit welcher Begründung.«

Als sie das Chefbüro verließen, atmete Henning hörbar aus, als hätte er die ganze Zeit die Luft angehalten.

»Ich hasse es, das zu sagen, aber Überstädter hat recht. Wir müssen dringend vorankommen. Nur Behrens wäre eine Vollkatastrophe und würde uns vermutlich eher blockieren.«

»Hast du schon jemand anderen im Sinn?«, erkundigte sie sich und lief neben ihm den Flur hinunter.

»Noch nicht, aber spätestens morgen früh schon. Ich will den Kerl ja auch schnellstmöglich schnappen, nicht nur Überstädter.«

Lena hielt ihm die Tür auf. »Wir kriegen ihn, und wenn ich dafür die nächsten Wochen auf Schlaf verzichten muss, um 24/7 hier sein zu können. Darin bin ich ja schon ein bisschen geübt.« Sie lächelte ihn zuversichtlich an und schaffte es, dass Henning es trotz seiner schweren Gedankengänge erwiderte.

Marcel Bonstedter lehnte übermüdet an der Wand zum Garagenkomplex hinter dem Mehrfamilienhaus, in dem er lebte. Er gähnte, und die Haare standen ihm ungewaschen zu Berge. Henning hatte dreimal Sturm geklingelt, bis der Ex-Mann von Vivien Steinbach endlich die Tür geöffnet hatte. Völlig übermüdet und nur mit Unterhose bekleidet, hatte er ihnen aufgemacht, nur reinlassen wollte er ihn und Lena nicht. Fünf Minuten später trafen sie sich im Hof.

»Sie sind wegen Vivien hier, aber ich hab mit der Sache nichts zu tun«, begann er das Gespräch von selbst und steckte die Hände in die Taschen seiner ausgebeulten Jogginghose.

»Mit wem haben Sie gesprochen?«, fragte Lena und nahm die gleiche Position ein wie der Mann. Sie war gut darin, ihr Gegenüber zu spiegeln. Dadurch schaffte sie eine vertrauensvolle Atmosphäre, was auch Bonstedter unbewusst zu spüren schien. Seine verkrampfte Körperhaltung entspannte sich deutlich. »Ihre Mutter hat mich gleich angerufen und wie ’ne Blöde ins Telefon geschrien. Die hat sie nicht mehr alle.«

»Wieso hat sie denn geschrien? Was hat sie gesagt?«, fragte Henning.

»Dass ich Vivien umgebracht hätte und so was. Totaler Schwachsinn. Ich hab die schon seit Monaten nicht mehr gesehen.«

Lena runzelte die Stirn. »Seit Monaten? Haben Sie kein Umgangsrecht mit Ihren Kindern?«

Marcel Bonstedter zuckte mit den Schultern. »Die kann ich sehen, wann ich will.«

»Aber Sie wollen nicht«, schlussfolgerte Henning aus der ablehnenden Haltung des Mannes.

»Keine Ahnung«, sagte er nur und ließ den Kopf hängen. Dann gähnte er lautstark. »Dauerts noch lange?«

»Wir sind auf der Suche nach Hinweisen, die uns zum Mörder ihrer Ex-Frau führen können. Vielleicht könnten Sie da etwas Zeit erübrigen?« Lenas Blick verfinsterte sich.

»War halt 'ne lange Nacht«, gab der Mann lachend zurück. Es wirkte völlig fehl am Platz.

»Wo waren Sie denn letzte Woche Donnerstag, im Zeitraum von Mittag bis Abend?«, fragte Henning nun. Nebenan öffnete sich ein Garagentor, und ein älterer Herr nickte ihnen zu, bevor er seinen Mercedes herausfuhr.

»Vermutlich zu Hause.«

»Sie arbeiten nicht?«, fragte Lena.

Bonstedter schüttelte den Kopf und zog die Nase hoch. Dann wandte er sich zur Seite und spuckte auf den Asphalt. Anschließend rieb er sich die deutlich geröteten Augen.

»Und in der Nacht?«, setzte Lena hinzu.

»In welcher Nacht?«, fragte Bonstedter und wurde langsam unruhig. Genervt blickte er sich um.

»Donnerstagnacht, Freitagnacht … letzte Nacht?«

»Wenn Sie mir hier irgendwas anhängen wollen …«

Henning schüttelte den Kopf. »Darum gehts nicht. Aber wenn Sie wollen, dass das hier schnell vorbei ist, sollten Sie kooperieren. Es dauert sonst nur noch länger.«

Marcel Bonstedter stöhnte. »Ich bin eigentlich jeden Abend unten im *Black Loft*. Und meistens auch erst morgens oder so zurück.«

»Die Spielhalle?«, fragte Henning nach.

Bonstedter nickte. »Die Typen haben massig Kameras dort hängen. Wenn Sie mir nicht glauben, fragen Sie halt nach. Ich steh immer hinten links, an dem Automaten ganz in der Ecke. Is' mein Glücksbringer.« Er grinste breit.

»Darf ich fragen, wie Sie das finanzieren? Jede Nacht?« Lena fuhr sich durchs Haar, das durch eine Böe aufgewirbelt worden war. Henning beobachtete sie dabei, und als sie zu ihm rübersah, wandte er sich augenblicklich ab.

»Geht Sie nichts an«, sagte Marcel Bonstedter nur. Wieder schniefte er und zog kurz darauf ein Taschentuch aus der Hosentasche. Er schnäuzte sich laut. Der Blutfleck im Tuch war nicht zu übersehen. Er packte es kommentarlos wieder weg.

»Sind wir jetzt fertig?« Ungeduldig zappelte er vor ihnen herum.

»Kommen wir doch noch mal zu Ihrer Beziehung zu Vivien Steinbach«, sagte Lena, die Worte des Mannes ignorierend. »Seit wann sind Sie geschieden?«

»Seit knapp zwei Jahren«, brummte Bonstedter.

»Gab es seitdem zwischen Ihnen beiden regelmäßigen oder zumindest sporadischen Kontakt?« Henning beobachtete den Mann eindringlich, der seine Nervosität nicht mehr verbergen konnte. Es war jedoch schwer einzuschätzen, woher diese rührte.

»Nee, ich will mit der nichts mehr zu tun haben.«

»Also gab es Probleme zwischen Ihnen?«

Bonstedter stöhnte, nickte und kratzte sich am Hinterkopf.

»Wir wissen von Viviens Suchtproblematik und …«

»Ja, was und?«, fiel der Mann Lena plötzlich ins Wort. Sie betrachtete ihn einen Moment still, bevor sie unbeirrt fortfuhr.

»Ist Ihnen in den vergangenen Jahren aufgefallen, dass sie mit jemandem Probleme haben könnte? Hatte sie Schulden, gab es Ärger mit Dealern, irgendwas in der Richtung?«

Bonstedter legte kurz den Kopf in den Nacken und schloss die Augen. Dann zog er die Nase lautstark hoch und räusperte sich. »Wie oft soll ich's noch sagen, dass ich keine Ahnung habe, was sie getrieben hat? Ist mir auch egal. Mir schuldet sie noch ein paar hundert Kröten, aber um die Ecke gebracht hab ich sie deswegen trotzdem nicht. Davon krieg ich meine Kohle schließlich auch nicht zurück.«

»Herr Bonstedter«, warf Henning genervt ein, »wir sprechen hier immerhin über die Mutter Ihrer Kinder.« Henning schüttelte den Kopf. Die Ignoranz und Gefühlskälte des Mannes machten ihn fertig. Vivien Steinbachs Ex hingegen zuckte nur mit den Schultern und warf einen deutlich ungeduldigen Blick auf seine Uhr.

»Wollen Sie noch irgendwas wissen, das ich Ihnen sowieso nicht beantworten kann?«

»Für den Moment genügt es«, sagte Henning, und Marcel Bonstedter steuerte so schnell das Wohnhaus an, dass Henning es nicht schaffte, ihm noch eine Visitenkarte zu geben.

»Moment, bitte«, rief er und ging Bonstedter hinterher. Der drehte sich genervt um und nahm die Karte, die Henning ihm reichte. »Rufen Sie an, wenn Ihnen noch irgendwas einfällt. Egal ob zu Vivien, ihrem Verschwinden oder sonst was.«

Bonstedter drehte die Karte hin und her. Sein Handrücken war von kleinen weißen Narben übersät.

»Mach ich«, sagte er nur und verschwand.

Henning ging zu Lena zurück, und gemeinsam liefen sie zu ihrem Wagen.

»Wenn du mich fragst, verband Vivien Steinbach und ihren Ex mehr, als er jetzt zugeben will. Ist dir das Blut im Taschentuch aufgefallen?« Lena öffnete die Autotür und rutschte auf den Fahrersitz.

Henning ging einmal um den Wagen herum. »Ja«, sagte er, als er die Tür zuzog. »Deutlicher Hinweis auf Kokainmissbrauch. Das Schniefen, das Nasenbluten, die unerklärlichen finanziellen Mittel für seine offensichtliche Spielsucht. Dazu kommen noch Narben an den Handvenen. Vielleicht dealt er mit dem Zeug. Die beiden hatten zumindest eine gemeinsame Vergangenheit.«

Lena startete den Wagen und fuhr zurück zum Revier.

»Wenn wir Simone Baumgartner nicht zuerst gefunden hätten, hätte ich glatt vermutet, dass hier ein Drogendeal schiefgegangen ist. Irgendwas in dieser Richtung zumindest. Doch jetzt …«

»Jap, geht mir ähnlich. Und hätte es die ganzen Hinweise auf Bonstedters eigenen Drogenkonsum nicht gegeben, hätte mich sein Rumgezappel definitiv stutzig gemacht. Aber so? Der Typ hat ’ne durchzechte Nacht hinter sich, und wir haben ihn vermutlich von seinem nächsten Rausch abgehalten. Dem ist Vivien offensichtlich so egal wie sein eigener körperlicher Zustand.“

Henning stützte das Kinn auf seiner Handfläche ab, während er aus dem Beifahrerfenster sah. Häuserreihen und Landschaften zogen wie im Zeitraffer an ihm vorbei, genauso wie seine Gedanken zu diesem rätselhaften Fall.

Zurück im Kommissariat wurden sie direkt von Olaf abgefangen und in sein Büro geführt. Er hatte sich der Einzelverbindungsnachweise der Handys beider Opfer angenommen und keinen Hinweis auf gleiche Kontakte oder besorgniserregende Nachrichten gefunden. Nicht grundsätzlich auszuschließen war, dass es dennoch im Vorfeld irgendeine Form des Täterkontakts gegeben hatte, der vielleicht lediglich nicht als solcher erkennbar war. Aber für den Moment fanden sie keine Übereinstimmungen.

Mit einer kurzen Zusammenfassung des vorangegangenen Gesprächs mit Vivien Steinbachs Ex-Mann brachte Lena Olaf auf den neuesten Stand der Ermittlungen.

»Tja«, sagte Olaf und lehnte sich in seinem Schreibtischstuhl zurück, »wenn sie Kontakt zu Dealern gehabt hat, hat sie zumindest die Spuren gut verwischt. Dazu hab ich nämlich nichts gefunden.«

»Hätte sie das denn können? Also so gründlich alle Spuren verwischen? Ich meine, hätte es dann nicht zumindest irgendwelche Nachrichten mit Codewörtern oder so was geben müssen?« Lena zog die Augenbrauen fragend nach oben.

»Denke ich auch. Oder es gab einfach nichts in der Form, weil sie nicht wieder rückfällig geworden war.«

Henning erkundigte sich anschließend noch nach dem mittlerweile überprüften Laptop von Simone Baumgartner, doch auch hier musste

Olaf seine Hoffnungen dämpfen. Laut Boris fanden sich keine verdächtigen E-Mails oder sonstige Auffälligkeiten darauf. Er war ebenso blütenrein wie Simone Baumgartners ganzes Leben.

Kaum hatten sie Olafs Büro gegen Mittag verlassen, erhielt Henning noch auf dem Flur einen Anruf.

»Gerlach«, meldete er sich, und Lena blickte ihn neugierig an. »Gerichtsmedizin«, flüsterte er. Sie öffnete ihm die Bürotür, und während Henning hineinging, sagte: »Dr. Triebald, vielen Dank für Ihren Anruf. Was haben Sie herausgefunden?«, und vor seinem Schreibtisch stehen blieb, rutschte Lena auf ihren Stuhl, ließ Henning jedoch keine Sekunde aus den Augen. Er lauschte angestrengt dem Pathologen. »Okay, das ist ja interessant. Hm … Ja … Gut, und Sie meinen, das könnte im Zusammenhang stehen? … Verstehe. Alles klar … Ja, melden Sie sich jederzeit. Danke Ihnen, ciao.« Er legte auf und lehnte sich gegen die Fensterbank. »Vivien Steinbach hat eine kleine Einstichstelle am linken Oberarm, und die toxikologischen Schnelltests haben Spuren von Propofol im Blut nachweisen können.«

Lenas Augen weiteten sich vor Überraschung. »Ein Schlafmittel?«

Henning nickte. »Und jetzt pass auf: Sie wies außerdem deutlich mehr Abwehrspuren als Simone Baumgartner auf. Zwei Fingernägel sind abgebrochen, drei weitere eingerissen. An den Handinnenflächen und Unterarmen waren mehrere Blutergüsse und Schnittwunden zu finden. Die hatte Simone Baumgartner auch, aber Dr. Triebald sagte, dass sie beim ersten Opfer oberflächlicher waren.«

»Vielleicht war Vivien Steinbach schwerer zu überwältigen«, gab Lena zu bedenken, und Henning setzte sich an seinen Tisch. Er winkte Lena zu sich.

»Überwältigt hat er sie auf die gleiche Art wie unser erstes Opfer - mit einem Schlag auf den Hinterkopf, das konnte Dr. Triebald mir gerade bestätigen.« Er zog die Mappe mit den Tatortfotos vom Willacher See hervor und legte sie neben die des Wertstoffhofs. »Was fällt dir auf?« Er sah zu Lena auf, die nun neben ihm stand. Sie beugte sich herunter, zog beide Mappen zu sich und verglich die Fotos miteinander.

»Simone Baumgartner hing, verschnürt wie ein Päckchen, über dem See. Vivien Steinbach lag ohne Fesseln auf dem Wertstoffhof«, dachte sie laut.

»Wir hatten doch die Theorie, dass die offenen Augen ein Hinweis darauf sein könnten, dass die Opfer sich beim Sterben zusehen sollten?«, dachte Henning laut weiter.

»Und um sicherzugehen, dass das funktioniert, will der Täter nicht gestört werden. Er muss in Ruhe töten können, möglicherweise auch, um den Moment selbst auskosten zu können.« Lena setzte sich auf den Tisch neben ihm. »Simone konnte sich nicht wehren, die war bereits über dem See hängend gefesselt. Aber Vivien nicht. Die musste er ruhigstellen, zumindest solange, bis er ihr die Kehle durchschneiden konnte.«

Henning atmete tief durch. »Und wieso hat er Vivien dann nicht auch gefesselt? Wäre doch einfacher gewesen.«

»Ich glaube, die Seile an Simone Baumgartners Körper waren nur Mittel zum Zweck. Nur so konnte sie hängen, nur so war sie ruhig. Die haben sonst keine Bedeutung für ihn.«

Als die Tür hinter ihnen aufging, drehten sich beide ruckartig um.

»Hey, tut mir leid, dass ich euch stören muss«, sagte Maike atemlos. »Ich war im Modeeck. Ihr wisst schon, in dem Laden, in dem Vivien Steinbach gearbeitet hat. Kurz zusammengefasst kann ich euch sagen, dass Vivien seit einem Jahr einen Minijob dort hatte, den sie recht zuverlässig ausgeführt hat. Allerdings ist sie bei ihren Kollegen genauso angeeckt, wie ihre Mutter es uns im ersten Gespräch schon beschrieben hat. Sie war wohl nicht direkt unfreundlich, aber schwer zugänglich und nicht wirklich bemüht, sich ins Team zu integrieren. Abgesehen davon gab es aber wohl keine Auffälligkeiten, auch der Kundenkontakt verlief so weit ganz gut. Aber warum ich eigentlich hier bin: Auf dem Rückweg rief mich Annemarie Steinbach an, Viviens Mutter. Sie hat einen USB-Stick und eine Grußkarte im Briefkasten gefunden. Ich hab gleich alles abgeholt. Kommt ihr rüber in den Besprechungsraum?«

Boris richtete seinen Laptop gerade ein, als Henning und Lena dazukamen. Auch Olaf und Maike waren vor Ort, nur Überstädter war außer Haus in einer Besprechung, und auch Karen fehlte.

Henning nahm zunächst die Grußkarte zur Hand, die Maike auf den Tisch gelegt hatte. Trotz der Klarsichtfolie, in der sie aufgeklappt steckte, erkannte er auf den ersten Blick, dass es sich hier nicht mehr nur um ein ausgedrucktes Schreiben handelte.

»Eine richtige Karte? Langsam findet er seinen Weg, hm?«, meinte Lena und beugte sich neugierig zu ihm.

Die quadratische Grußkarte hatte die Worte »Alles Liebe!« in serifenloser Schrift auf dem Cover stehen. Drei bunte Ballons befanden sich darunter, nicht mehr und nicht weniger. Auf der rechten Innenseite stand geschrieben:

Julian & Mia, herzlichen Glückwunsch zum Tod eurer Mutter.

Henning presste die Kiefer zusammen und legte die Karte zurück auf den Tisch. Obwohl er mit einer erneuten Nachricht des Täters gerechnet hatte, spürte er, wie wütend es ihn machte, sie nun wirklich vor sich zu haben. »Dieser Mistkerl«, schimpfte er. »Nicht nur, dass er sein Vorgehen und das ganze Drumherum zu optimieren scheint. Jetzt spricht er die Kinder des Opfers auch noch mit Namen an.«

»Wieder die Kinder ...«, dachte Lena laut. »Was hat er nur mit den Kindern?«

»Sie scheinen ihm zumindest so wichtig zu sein, dass er sich über ihre Namen informiert«, gab Maike zu bedenken.

»Boris, haben wir wieder eine Audioaufnahme auf dem Stick?«, fragte Olaf mit brummiger Stimme. Der ITler nickte. »Ja, genau wie letztes Mal. Gleiche Bezeichnung - File01, mehr nicht.« Er sah in die Runde, und auf Hennings zustimmendes Nicken hin öffnete er die Datei.

»Du perverses Schwein!«, dröhnte die Stimme einer Frau durchs Kommissariat. »Ich werde ... ahhhh«, rief sie, ihre Worte von einem Schmerzensschrei jäh unterbrochen. »Mir egal, wie oft du das machst, ich sage das nicht. Ahhhhh!« Schwere Schritte waren im Hintergrund zu hören, vermutlich Schuhe auf einem Stein- oder Fliesenboden. Dann folgte ein rauschendes Geräusch und kurz darauf der nächste Schrei der Frau. »Hör auf damit, hör endlich auf. Ich kann das nicht sagen!« Jetzt brach ihre Stimme. »Bitte, hör doch auf. Ahhhh, Gott, du Arschloch. Wieso tust du das, wiesoooo?«

Henning sah zu Lena hinüber, die die Lippen aufeinanderpresste und der Aufnahme angespannt lauschte.

»Ich hab ihm das nicht angetan, ich kann nicht … ahhhh, bitte … aufhören, bitte!« Keuchen, Stöhnen, ein schmerzverzerrtes Zischen. Vivien Steinbach kämpfte in diesen Momenten um ihr Leben. Henning hörte, wie sie um Luft rang. Was auch immer der Täter währenddessen tat, er tat es bewusst, gezielt. Er wollte etwas von ihr hören, genauso, wie er es von Simone Baumgartner hatte hören wollen. Und dann, als Viviens Stimme nur noch schwach und bebend war, sagte sie schluchzend: »Ich … ich gestehe, alles ist meine Schuld.«

Damit endete die Aufnahme abrupt.

Betretenes Schweigen erfüllte den Besprechungsraum. Jeder starrte sprachlos vor sich hin, niemand wagte, diese Stille zu unterbrechen, die dem Überlebenskampf der jungen Mutter folgte. Olaf war der Erste, der es schließlich doch tat. »Es geht ihm um den Jungen, den Sohn«, sagte er mit monotoner Stimme.

»Woher hast du …?«, wollte Maike fragen, da hob Olaf die Hand. »Darf ich mal?«, fragte er an Boris gewandt, drehte den Laptop zu sich und schob den Regler zurück Richtung Anfang der Tonspur. Immer wieder stoppte er, dann schrie Vivien Steinbach erneut um ihr Leben, bevor Olaf weiter nach der Stelle suchte, die er meinte. Henning hatte es auch gehört, doch er wollte ihm jetzt nicht dazwischenfunken.

»Hier«, sagte Olaf nun, drückte auf Play und richtete sich wieder auf. »Ich hab ihm das nicht angetan, ich kann nicht … ahhhh.« Er beendete die Aufnahme wieder.

»Tatsächlich«, sagte Lena und ging hinüber zum Whiteboard. Sie nahm einen Stift. »Das heißt, die Geständnisse, die Vivien und auch Simone Baumgartner abgeben mussten, haben vermutlich irgendwas damit zu tun, was die Mütter ihren Söhnen angetan haben. Die Grußkarte verhöhnt die Kinder nicht, sie ist ernst gemeint.« Lenas Atmung beschleunigte sich. Hektisch hob und senkte sich ihr Brustkorb.

»Der Typ glaubt wirklich, dass er sie von ihrer Mutter erlöst. Aber was könnten sie getan haben?« Henning kratzte sich am Kinn, und da auch die anderen ratlos schwiegen, sagte er: »Okay, Leute. Wir haben keine Zeit zu verlieren. Boris, zieh Kopien von der Aufnahme und der Karte und schick beides in die Forensik. Olaf und Maike, alles, was ihr zu Vivien Steinbach und ihrem Ex-Mann, dem Bonstedter, findet, sollte im besten Fall heute Abend noch auf meinem Tisch liegen. Wir müssen rausfinden, wo die Verbindung zwischen den beiden Fällen liegt. Da zieht ein Kerl durch die Stadt und tötet Mütter! Lena, du und …«, er drehte sich zu ihr um, doch sie rauschte nur an ihm vorbei und ließ die Tür laut hinter sich ins Schloss fallen.

Maike runzelte die Stirn. »Was ist denn los? Soll ich ihr nachgehen?«

Henning schüttelte den Kopf. »Ähm … nein.« Er versuchte, seine Stimme zu kontrollieren, während seine Gedanken zu seiner Partnerin wanderten. Er hatte noch nie erlebt, dass sie derart die Kontrolle und Fassung verlor. Allen passierte das hin und wieder, allen, aber nicht Lena, und in diesem Moment hätte er sich am liebsten selbst dafür geohrfeigt, dass ihm ihr persönlicher Bezug zum Fall erst jetzt auffiel. Henning nahm seine Sachen und lief ihr nach.

Lenas Knie waren weich wie Gummi als sie sich auf ihren Schreibtischstuhl sinken ließ.

Die Grußkarte und die damit verbundene Erkenntnis, dass der Täter diesen unschuldigen Kindern, die für den Rest ihres Lebens durch den Verlust ihrer Mutter traumatisiert sein würden, tatsächlich auch noch gratulierte, hatte sie völlig überrumpelt.

Der Unfall, der ihre eigene Mutter und ihre Schwester aus dem Leben gerissen hatte, ereignete sich nicht lange vor ihrem Geburtstag. Und statt Glückwünschen fand sie damals Trauerkarten im Briefkasten, einige von ihnen waren sogar makabre Kombinationen gewesen. An die von ihrer Tante Ute erinnerte sie sich noch besonders: *Liebe Lena, zu deinem Geburtstag wünsche ich dir heute alles erdenklich Gute. Hab einen fantastischen Tag, gefüllt mit einer großen Party, vielen Geschenken und einer schönen Zeit mit all deinen Lieben. Natürlich sende ich dir auch viel Kraft in dieser unsagbar schweren*

Zeit. Trotz allem wünsche ich dir ein zufriedenes neues Lebensjahr. Lass dich feiern, Lenilein!

Sie ließ den Kopf in die Hände sinken und spürte, wie ihr Puls raste. Dieser Fall ging ihr an die Nieren, jetzt umso mehr. Sie musste diesen verdammten Mistkerl finden!

Lena zog den Stapel Akten zu sich.

»Die Jungs«, murmelte sie und blätterte wild durch die Seiten. »Was ist mit den Söhnen der Opfer? Was verbindet sie?« Ihre Gedanken rasten, die Fingerkuppen waren schwitzig, während sie durch die Seiten blätterte.

Ein Räuspern ließ sie aufblicken. Henning stand vor der geschlossenen Bürotür.

»Wieso sind wir da nicht gleich drauf gekommen? Es ging die ganze Zeit um die Kinder!« Lena zog ein Bild von Felix Baumgartner und eins von Julian Steinbach hervor. »Felix ist elf, Julian ist sieben. Was wissen wir noch über diese Kinder?«

Sie blickte auf. Henning war unterdessen näher gekommen.

»Nicht viel, bis jetzt.« Er sprach leise. Seine Stimme war warm und wirkte beinahe beruhigend auf Lena, deren Herz noch immer raste.

»Ich fahre zu den Steinbachs, da war ich schon mal. Und du redest mit Lutz Baumgartner, im besten Fall mit dem Jungen selbst. Wir müssen alles über sie wissen. Alles! Wenn wir rauskriegen, was den Täter an diesen Kindern reizt, können wir den nächsten Mord vielleicht verhindern und …« Sie schnappte nach Luft.

»Und zwei weiteren Kindern ersparen, ohne ihre Mutter aufwachsen zu müssen?« Henning lehnte sich gegen ihren Tisch.

Lena schluckte.

»Im besten Fall, ja«, presste sie hervor und wollte samt Unterlagen an ihm vorbeihetzen, doch er hielt sie am Arm zurück.

»Lena«, sagte er. »Es tut mir leid. Was mit deiner Mutter und deiner Schwester passiert ist, dass du ohne sie aufwachsen musstest. Ich kann verstehen, dass dich dieser Fall auf eine ganz andere Art betroffen macht.«

»Nein, kannst du nicht«, sagte sie mit trockener Stimme. Noch immer lag seine Hand auf ihrem Arm, er nahm sie nicht weg. »Vier

Kinder, Henning. Es sind mittlerweile schon vier Kinder! Und irgendein Mistkerl läuft da draußen rum und sucht sich vermutlich schon das nächste Opfer.« Ihr Körper bebte. »Ich weiß, wie sich das anfühlt. Wenn die Polizei kommt, wenn sie sagen, dass deine Mutter tot ist. Ich kenne diese Leere, diese Verzweiflung. Wie wäre es mir gegangen, wenn es kein Unfall gewesen wäre? Wenn ich diese Grußkarte bekommen und diese Schreie gehört hätte? Wenn ...« Ein Schluchzen rollte über ihre Lippen. Sie presste sich eine Hand vor den Mund.

»Hey, komm her.« Henning zog sie an sich, und obwohl sie sich in seinen Armen augenblicklich versteifte, ließ das Gefühl der Gegenwehr schnell nach, während seine Hände beruhigend über ihren Rücken streichelten.

»Ich kann dich von dem Fall abziehen, du kannst was anderes machen und ...«

Lena schniefte und löste sich aus der Umarmung. Aus der Box auf ihrem Platz fischte sie ein Taschentuch.

»Kommt nicht infrage«, murmelte sie und schnäuzte sich. »Ich will diesen Kerl schnappen. Eine bessere Motivation als meine kanns kaum geben.« Sie versuchte zu lächeln, da ihr aber immer noch Tränen aus den Augen quollen, fiel es Henning schwer, es ihr gleichzutun.

Lena sah ihren Partner an. Seine Augen waren schmerzerfüllt, als würde er das Leid spüren, das ihr das Herz so schwer machte. Konnte das sein? Nils hatte es nie gespürt. Mit ihrem Ex-Freund konnte sie auch nie über ihre Mutter, ihre Schwester oder den Unfall reden. Aber Hennings verständnisvolle, sanfte Art machte es ihr nicht schwer, ganz im Gegenteil.

Er nahm ihre Hand, umschloss sie mit seinen beiden. »Und wir werden ihn auch finden, Lena.«

»Ich weiß«, sagte sie, während sich ihre Finger kurz mit seinen verschränkten. »Das werden wir.«

Dann nahm sie ihre Sachen und machte sich endgültig auf den Weg zu den Steinbachs.

Ich sitze im Wagen, das Fenster der Beifahrerseite ist bis zur Hälfte hinuntergekurbelt. Die Frau läuft über den Parkplatz, ihre rechte Hand klammert sich um den Arm des Mädchens. Zwei Schritte hinter ihr läuft der Junge. Er sagt irgendwas. Ich kann ihn nicht verstehen, die Motorengeräusche der vorbeifahrenden Autos verschlucken seine Stimme.

Die Frau hört ihm nicht zu. Sie wühlt in ihrer Tasche, hat den Blick starr geradeaus gerichtet, steuert die Eingangstür des Supermarktes an. Als sie dahinter verschwinden, atme ich keuchend aus. Sie ist die Nächste, ohne Zweifel! Ich stelle das Radio an, leise, damit es mich nicht stört. Konzentriert sehe ich zur Ladentür hinüber, warte darauf, dass sie sich wieder öffnet, die drei herauskommen, ich erneut einen Blick auf sie werfen kann, auf meine neue Aufgabe, meine Pflicht! Es dauert lange, viel zu lange. Stickig wird es im Wagen, Schweiß steht mir auf der Stirn, ich wische ihn weg, schmiere ihn an der Hose ab. Nach einer halben Stunde werde ich ungeduldig, verfluche mich dafür, ihnen nicht gefolgt zu sein. Meine Finger verkrampfen sich ums Lenkrad. Der Hass kocht in mir, lässt mich unruhig auf dem Fahrersitz herumrutschen. Ich weiß nicht, ob ich mich in ihrer Nähe beherrschen könnte. Ich würde sie sofort haben wollen. Ich muss sie haben! Aber nicht hier, nicht heute, nicht mitten auf dem Supermarktparkplatz. Es muss einen besseren Moment geben, einen, in dem sie nur mir gehört. Darauf warte ich, er wird kommen.

Irgendwann steige ich aus dem Wagen, lehne mich gegen die Tür und stecke mir eine Kippe an. Meine Finger zittern, während ich sie zum Mund führe. Diese Aufregung ist betörend. Von Mal zu Mal nimmt sie zu, kommt schneller, eindringlicher, verlangt mehr, immer mehr. Ich kann sie kaum noch aushalten, muss mich zwingen, auf den perfekten Moment zu warten, um erneut zu tun, was das Verantwortungsgefühl von mir verlangt. Aber es dauert zu lange. Es gibt zu viele von ihnen, ich kann keine Zeit mehr verlieren, darf es nicht!

Während ich den Qualm in die Luft puste, denke ich darüber nach, mein Vorgehen anzupassen. Eine nach der anderen, das dauert zu lange! Was, wenn es nicht mehr nur eine ist? Wenn ich ...

Meine Gedanken werden unterbrochen, als sich endlich die Tür öffnet und die Frau mit den Kindern auf den Parkplatz tritt. Lachend springen die beiden vor ihr herum. Sie herrscht sie an, vorsichtig zu sein, auf die Autos zu achten. In einer Hand hält sie eine Tüte, in der anderen ihr Mobiltelefon. Kurz darauf presst sie es ans Ohr. Sie laufen in meine Richtung. Das Auto der Frau steht zwei Reihen hinter meinem. Ich versuche, die Kippe nicht fallen zu lassen, doch es ist schwer. Schwer, mich zu beherrschen. Sie ist so unfassbar nah ...

Die Kinder rennen zwischen den Autos entlang. Die Frau telefoniert, spricht laut, ist kurz angebunden.

»Das passt mir nicht gut«, sagt sie und ruft im nächsten Moment: »Luis, pass auf Svea auf, ich bin gleich da!«

Ich halte den Kopf gesenkt, blinzle trotzdem ab und zu, sehe vorsichtig auf, um sie zu beobachten. Nun bleibt sie stehen, scheint der Stimme im Hörer zu lauschen. Sie nickt, lächelt. »Donnerstag? Ja, perfekt. Da hab ich bis morgens, sechs Uhr dreißig, Dienst und danach frei. Freu mich auf den Brunch mit dir, Susi, bis dann!«

Donnerstag, sechs Uhr dreißig. Das ist das Einzige, was immer wieder in meinen Ohren dröhnt. Ich weiß, wo sie arbeitet, wo sie parkt, wie ruhig es dort an einem Morgen, um sechs Uhr ist. Ich habe alles beobachtet, sorgfältig notiert, als ich sie ausgewählt habe. Das wird mein Moment sein, der, in dem sie endlich mein ist, in dem ich tun kann, was sie verdient!

Ich schnippe die Kippe auf den Boden, während die Frau an mir vorbeieilt. Ich greife nach dem Türgriff, meine Finger krallen sich um das harte Plastik, während einer meiner Fingernägel umknickt. Ein stechender Schmerz schießt mir in die Hand, ich dränge ihn zurück.

Ich will ihr nachlaufen, will sie packen, die Wahrheit aus ihrem dreckigen Maul hören!

Keuchend stütze ich mich am Auto ab.

Bald, denke ich.

Bald gehört sie mir.

»Also, was haben wir?«, fragte Überstädter am frühen Abend, nachdem er sich mit Henning und Lena im Besprechungszimmer eingefunden hatte. Sein Blick glitt über das Whiteboard, auf dem die Falldaten zusammengetragen worden waren. Daneben hatte Lena eine Pinnwand aufgebaut, die die bloße Überschrift *Söhne* zeigte. Darunter hingen bereits jeweils ein Bild vom Opfer und dem dazugehörigen Sohn.

»Fang du an, Lena«, sagte Henning und setzte sich neben Überstädter. Ihr Chef wirkte gereizt. Nicht, dass es je wirklich anders gewesen wäre, aber in diesen Tagen wurde seine mürrische Laune noch zusätzlich von einem regelmäßigen Brummen und Seufzen begleitet. Vielleicht hatte er wieder Stress mit seiner Frau, dachte Henning bei sich. Dass Überstädter nur eine Scheinehe führte, wusste er seit Längerem, auch wenn sein Chef davon nicht den Hauch einer Ahnung hatte. Während der Razzia in einem SM-Club, der im Verdacht der Prostitution Minderjähriger stand, war er ihm sofort aufgefallen. Überstädter selbst hatte Hennings Anwesenheit nicht bemerkt, und der Prostitutionsverdacht hatte sich auch nicht bestätigt. Dennoch wusste er seitdem vom Doppelleben seines Vorgesetzten und konnte sich dessen Übellaunigkeit zumindest halbwegs erklären, auch wenn Henning fand, dass ein wenig mehr positiver Zuspruch in einem komplexen Fall wie dem aktuellen dem gesamten Team guttun würde.

Als Lena zu sprechen begann, konzentrierte er sich auf seine Partnerin. Sie hatte sich neben die Pinnwand gestellt, einen Stapel Zettel und einen Stift in der Hand. Das dunkle Haar trug sie nun zurückgebunden. Henning dachte an vorhin zurück, als sie so zerbrechlich in seinen Armen gestanden hatte. Spontan war es passiert, sowohl diese für sie so untypische Schwäche wie auch seine Reaktion darauf.

»Henning?«

Er blinzelte. »Wie bitte?«

»Herr Überstädter fragte nach den Rechercheergebnissen zu Vivien Steinbach und Marcel Bonstedter. Hast du die dabei?«

Er blätterte durch seine Unterlagen und zog einen Zettel hervor. Maike hatte sie noch reingegeben, bevor sie in den Feierabend verschwunden war.

»Ja, hier sind sie. Beide sind wohl schon öfter mit dem Gesetzt in Konflikt gekommen. Bonstedter hat 2015 zwei Jahre wegen Drogenhandels gesessen, auch gab es eine Anzeige wegen häuslicher Gewalt von Vivien Steinbach gegen ihren Ex, die wurde jedoch zurückgezogen. Sie selbst ist wegen mehrerer kleinerer Delikte aktenkundig gewesen: Diebstahl, Schwarzfahren, Besitz von Betäubungsmitteln. Nichts Wildes, wie mir scheint. Sie haben offenbar auf jeden Fall eine ungesunde Beziehung geführt. Mehrmals haben Nachbarn die Polizei gerufen wegen nächtlicher Ruhestörungen durch Streitereien. Einmal habe Bonstedter kleinere Möbelstücke aus dem Fenster geschmissen, hieß es in einem Bericht.« Henning schüttelte den Kopf und reichte das Papier an seinen Chef weiter.

»Und die Kinder?«, fragte dieser nur.

»Vivien hat eine Familienhilfe. Zweimal die Woche kommt eine Betreuerin vom Jugendamt und unterstützt die Familie im Haushalt. Es gab aber keine Hinweise auf Kindeswohlgefährdung durch Vater oder Mutter, lediglich eine deutliche Überforderung Viviens im Alltag mit den beiden. Marcel Bonstedter scheint an den Kindern ja nun kein wirkliches Interesse zu haben.«

»Alles klar. Auf jeden Fall muss beim Jugendamt nachgebohrt werden, was in der Familie los war. Vor allem auf den Jungen bezogen.«

Lena nickte. »Darum kümmere ich mich gleich morgen früh.«

Als Überstädter ihre Worte nur mit einem Grummeln quittierte, ging sie zum eigentlichen Grund des Meetings über. »Ich habe mich vorhin mit Vivien Steinbachs Mutter, Marianne, über den siebenjährigen Julian Steinbach unterhalten. Der Junge soll schüchtern und zurückhaltend sein, hat nur wenige Freunde und tut sich scheinbar schwer in sozialen Situationen. Hin und wieder kommt es wohl zu Schwierigkeiten in der Schule. Er besucht seit diesem Schuljahr die zweite Klasse einer Grundschule, ist auch dort schon durch seine ruhige Art aufgefallen, weil die es ihm wohl erschwert, Anschluss zu Gleichaltrigen zu finden. Freunde hat er in seiner Klasse keine, auch nicht wirklich Hobbys. Er spielt am liebsten mit seiner Autorennbahn. Marianne Steinbach beschreibt Julian als sehr verantwortungsbewusst gegenüber seiner kleinen Schwester Mia. Mein Eindruck war aber eher, dass ihm da zu viel Verantwortung aufgehalst wird. Auch heute, als ich dort war, war es wieder die Aufgabe des Jungen, seine Schwester ruhig zu halten und zu beschäftigen. Damit wirkte er heillos überfordert. Er ist zudem von Geburt an schwerhörig. Das Hörgerät nutzt er laut Aussage seiner Oma aber nicht gerne.«

Lena nickte Henning zu. Dieser blieb sitzen, während er nun die Ergebnisse über den Sohn von Simone Baumgartner vortrug. »Felix Baumgartner ist elf Jahre alt. Er macht Judo und spielt Fußball, jeweils im Verein. In der Schule gilt er als aufgewecktes Kind mit vielen Freunden. Mit seiner Schwester Nele streitet er zwar häufig, aber in normalem Umfang. Felix hat zwei Schildkröten und geht am Wochenende gerne mit der Familie ins Tierheim, um Hunde auszuführen. Ich hatte den Eindruck, dass der Vater furchtbar stolz ist, vor allem weil er früher selbst in der Regionalliga Nord Fußball gespielt hat. Wenn Nele die kleine Prinzessin für ihre Eltern ist, ist er der Prinz der Familie.« Henning fuhr sich übers Gesicht. Lena hatte unterdessen einige Zettel an die Pinnwand gehängt, auf denen Stichworte wie Judo, Fußball, Autorennbahn oder auch Hinweise zum Charakter der Jungs vermerkt waren.

Eine Gemeinsamkeit hatten sie nicht gefunden. Weder im Wesen der Kinder noch in ihren außerschulischen Aktivitäten. Sie besuchten nicht einmal dieselbe Schule.

»Und für nichts und wieder nichts sitze ich jetzt also hier?«, fragte Überstädter kopfschüttelnd.

»Als Nichts würde ich das nicht bezeichnen, es ist nur keine offensichtliche Verbindung zu erkennen bis jetzt. Was mich zu unserem Gespräch von heute Morgen führt.« Henning tauschte einen Blick mit Lena. Die Idee, die er Überstädter nun präsentieren wollte, war ihm spontan am Nachmittag gekommen, als sie ihre ersten Erkenntnisse über die Söhne zusammengetragen hatten. »Wir haben einen Täter, der es offensichtlich auf die Mütter von Kindern abgesehen hat, mit denen er sich auf irgendeine Art und Weise identifiziert. Wenn wir verstehen wollen, was er denkt, wie er fühlt und warum er sich gerade von diesen Kindern angesprochen fühlt, müssen wir die betroffenen Jungs und ihre Lebensumstände beleuchten. Irgendwo liegt das versteckte Puzzleteil, wir müssen nur rausfinden, wonach genau wir suchen sollen. Ich sollte Ihnen einen Vorschlag unterbreiten, wer unser Team in Claus' Abwesenheit unterstützen könnte, jemanden mit einer Profession, die uns bei den Ermittlungen von Nutzen ist. Und ich habe diese Person gefunden: meine Schwester, Verena Gerlach-Ries.«

Überstädter zog eine Augenbraue fragend nach oben, während seine Hände auf seinem runden Bauch ruhten. »Ihre Schwester?«

»Sie ist Kinder- und Jugendtherapeutin und eine Koryphäe auf ihrem Gebiet. Vor vier Jahren hat sie dabei geholfen, den Schnürsenkel-Mörder dingfest zu machen«, ergänzte Henning und fügte erklärend in Lenas Richtung hinzu: »Ein Kindermörder, der die kleinen Körper penibel drapiert in Parks ablegte und ihre Schnürsenkel in einer perfekten Schleife band. Verenas Mitarbeit verhalf der Kripo zu einem klareren Opferbild und später zur Ergreifung des Täters.«

Überstädter richtete sich auf. »Stimmt, jetzt wo Sie es sagen. Ich erinnere mich an Frau Gerlach-Ries. Ihre Arbeit hat damals wirklich für Aufsehen gesorgt.« Er stand auf, und in Hennings Richtung gewandt sagte er trocken: »Guter Vorschlag, Gerlach.«

Damit eilte er aus dem Besprechungsraum, als könne er es nicht erwarten, zum Telefon zu greifen.

Henning sah zu Lena hinüber, die ihn mit einem amüsierten Blick betrachtete. »Hat er dich gerade gelobt?«, fragte sie, und ihre Mundwinkel zuckten.

Henning sammelte seine Unterlagen zusammen. »Ich kanns selbst kaum glauben. Nicht, dass ich bei so viel Zuspruch noch überheblich werde«, scherzte er und folgte ihr grinsend zurück ins Büro.

Kapitel 8

»SCHICK habt ihrs hier.« Verena ließ ihre Augenbrauen auf und ab zucken und zwinkerte Henning zu.

»Ja, na klar. Aber meinst du die trostlosen Betonwände im Eingangsbereich oder die dreckige Raufasertapete in den Büros? Beides hat natürlich einen unwiderstehlichen Vintage-Charme.« Er knuffte seine Schwester grinsend in die Seite.

Es war das erste Mal, dass sie beruflich miteinander zu tun hatten. Überstädter hatte nicht lange gefackelt, und Henning war klar gewesen, dass Verena die Möglichkeit einer Mitarbeit an solch einem speziellen Fall nicht ausschlagen würde. Sie war mindestens so ehrgeizig wie er selbst. Schon als Kinder hatten sie alles als Wettbewerb betrachtet, und wenn es nur darum ging, wer schneller seinen Spagetti-Teller leer essen konnte. Oftmals endete das in kindlichen Streitereien, was vermutlich auch dem geringen Altersunterschied von zwei Jahren zuzuschreiben war. Henning war sich jedoch sicher, dass gerade der auch der Grund dafür war, dass sie trotz der Geschwisterrivalitäten stets eine enge Bindung zueinander gehabt hatten. Obwohl Verena die Ältere war, hatte er vor allem in ihrer Jugendzeit einen Beschützerinstinkt entwickelt, der ihr so manches Mal ein wenig auf die Nerven ging. Aber je älter sie wurden, desto ausgeglichener wurde auch ihr Verhältnis zueinander. Mittlerweile bezeichnete Henning sie längst nicht mehr nur als Schwester, sondern auch als wirklich gute Freundin und Vertraute.

Als sie an diesem Morgen durchs Kommissariat liefen, war es noch ruhig im Gebäude.

»Du kannst Claus' Platz nutzen, solange er nicht da ist«, sagte Henning und führte seine Schwester in das entsprechende Büro. »Mit Karen wirst du keine Probleme haben, sie wirkt zurückhaltend, ist aber sehr engagiert und sich für nichts zu schade.«

Verena stellte ihre Tasche ab, und ihr Blick glitt über die beiden prall gefüllten Akten, die an ihrem neuen Arbeitsplatz lagen. Henning wollte nicht noch mehr Zeit verstreichen lassen und hatte schon alles bereitgestellt, was Verena brauchen könnte.

»Wunderbar, alles da, was ich brauche. Dann kann ich mir ja sofort selbst ein Bild von den Ermittlungen machen.«

Er nickte. »Tu das, nimm dir Zeit dafür, aber nicht zu viel. Der Chef sitzt uns täglich im Nacken, und wir rennen von einer Sackgasse in die nächste.« Er seufzte, bevor er die Arme vor der Brust verschränkte und hinzufügte: »Ich glaube nicht, dass es bei zwei Akten bleiben wird.«

Seine Schwester blickte auf. »Dann sollte ich erst recht keine Zeit verlieren.« Sie ließ sich auf den Bürostuhl sinken, packte Laptop, Stiftetui und Lesebrille aus und schlug die erste Akte auf.

»Kaffee?«, fragte Henning.

Verena lächelte. »Hast du mich jemals ohne Kaffee arbeiten sehen?«

»Ich setze gleich frischen auf«, antwortete er schmunzelnd und verließ das Büro.

Auf dem Weg zur Kaffeeküche blieb er plötzlich stehen und lauschte. Hatte da nicht gerade jemand gesprochen? Henning sah sich um. Die Lichter in den restlichen Büros waren noch aus, aber … da war es wieder, dieses Geräusch, diese Stimme, die ihm nicht unbekannt war …

Die Tür der kleinen Küche war angelehnt, und dahinter konnte er es klappern hören. Er linste durch den Türspalt.

Maike.

Sie hantierte sichtlich aufgebracht mit der Kaffeekanne und versuchte, einhändig den Wasserbehälter aufzufüllen, während sie mit der anderen Hand das Handy ans Ohr presste.

»Glaubst du, ich bin wirklich so blöd?«, zischte sie mit bissiger Stimme in den Hörer. »Das würde ich nie tun.«

Henning ging einen Schritt zurück. Er wollte nicht lauschen, und doch blieb er gebannt neben der Küchentür stehen und bewegte sich keinen Millimeter vom Fleck.

»Das war was anderes«, hörte er Maike nun sagen. »Nein, wenn ichs dir doch sage, das hat er nicht gemacht!« Ihre Stimme wurde lauter, er konnte sie sogar schnaufen hören. »Das weiß er doch gar nicht … Ach, vergiss es … Ja, ja, klar. Tschüss.« Er hörte es scheppern, als hätte Maike ihr Mobiltelefon einmal quer durch den Raum gepfeffert. Kurz darauf klirrte Glas. »Verdammter Mist!«, fluchte sie, und Henning betrat kurz entschlossen die Küche.

»Guten Morgen«, begrüßte er sie und sah seine Kollegin zusammenzucken.

»Hast du mich vielleicht erschreckt! Was schleichst du hier so rum?«, maulte sie ihn an, während sie Glasscherben aufsammelte. Henning begann kommentarlos, ihr zu helfen.

»Tut mir leid«, sagte Maike kurz darauf.

»Mieser Morgen?« Er warf die Scherben in den Müll.

»Kann man so sagen. Kaffee?«, fragte sie und setzte ein Lächeln auf, das ungewohnt steif wirkte.

»Ich … ich kam zufällig gerade vorbei, als du telefoniert hast«, begann Henning, und Maikes Blick schoss nach oben. »Wenn du jemanden zum Reden brauchst …«

»Tu ich nicht.«

»Ich weiß, es geht mich nichts an, aber …«

»Es geht dich nichts an, Henning, ganz genau. Es geht dich überhaupt nichts an. Also hör auf, Fragen zu stellen oder mir hinterherzuspionieren. Ich bin nicht extra nach Norddeutschland gezogen, um hier genauso …« Sie verstummte abrupt, und beide starrten sich wortlos an.

Henning versuchte, in ihrem Blick zu erkennen, was sie verbarg. Irgendetwas hatte sie aus ihrer Heimat fortgetrieben, und es schien etwas zu sein, das sie nach wie vor sehr belastete. Ein Stalker? Ein gewalttätiger Ex-Freund?

Als Verena in diesem Moment in der Küchentür auftauchte, löste Maikes Blick sich von ihm. Innerhalb eines Augenblicks hatte sie ein strahlendes Grinsen auf dem Gesicht und begrüßte seine Schwester herzlich. Dann rauschte sie an ihr vorbei und verschwand in ihrem Büro.

»Okay, was war das denn?« Verena blickte Maike verdutzt hinterher.

»Was war was?«, brummte Henning.

»Dieser übertrieben freundliche Gruß, während hier drinnen offensichtlich dicke Luft herrscht.«

Henning verdrehte die Augen. »Manchmal nervt mich deine psychologische Spürnase.«

Seine Schwester stellte sich neben ihn. »Möchtest du darüber reden?«

Er schüttelte den Kopf. »Erst mal muss ich rausfinden, worüber es hier überhaupt etwas zu reden gäbe.« Er nahm sich eine Wasserflasche aus dem Kühlschrank und räusperte sich. »Irgendwas hat sie, aber sie macht total dicht … Aber wir haben jetzt wirklich Wichtigeres zu tun. Wenn was ist, du findest mich im Büro.« Und ohne Verena Gelegenheit für neugierige Nachfragen zu lassen, verschwand er.

»Während ich mir die Akten angeschaut habe, lag mein Fokus auf den Kindern der Opferfamilien«, erklärte Verena, als sie zu einer ersten Besprechung zu Lena und Henning ins Büro gekommen war. »Ich sehe das wie ihr. Dem Täter scheint es weniger um die Mutter als vielmehr um die Kinder zu gehen. Allerdings ist seine Art des Tötens sehr brutal. Er quält die Opfer, dann fordert er ein Schuldgeständnis ein, dann tötet er sie, erniedrigt und entwürdigt sie dabei und gratuliert anschließend den Kindern. Vermutlich haben wir es mit einem Mann zu tun, der in seiner Kindheit Misshandlungen durch die Mutter erfahren hat.« Verena sah zwischen Henning und Lena hin und her. »Das könnte alles sein. Von körperlichem Missbrauch bis hin zu psychischer Gewalt oder Vernachlässigung.«

Lena nickte. »Das könnte ich mir in der Familie des zweiten Opfers, den Steinbachs, noch vorstellen. Zwar hat mir die Betreuerin vom Jugendamt versichert, dass ihnen zu keiner Zeit der Verdacht der Kindeswohlgefährdung vorlag, aber wer weiß? Bei den Baumgartners halte ich das aber für ausgeschlossen.«

Verena seufzte. »Ich hab schon viele furchtbare Dinge gesehen, Lena. Herbeigeführt durch Eltern, denen ich es im Traum nicht zugetraut hätte.« Am liebsten wollte sie einige dieser Erinnerungen gar nicht erst wieder an die Oberfläche dringen lassen. Doch die

Schattenseiten des Lebens, mit denen sie durch ihren Beruf als Kinder- und Jugendtherapeutin immer wieder konfrontiert wurde, ließen sie gleichzeitig umso intensiver spüren, wie dankbar sie für ihr eigenes Leben und insbesondere ihre kleine Familie sein konnte. Und in den schwärzesten Momenten, wenn die Wucht der Realität und dessen, was hinter so manch verschlossener Tür geschah, sie wieder einmal zu überwältigen drohte, tröstete sie sich mit dem Gedanken, dass sie mit Leib und Seele ihre Arbeit und ihr Bestes tat, um ein Sprachrohr für diejenigen zu sein, die nie gehört wurden. Das war auch der Grund gewesen, weshalb sie nach Anfrage von Hennings Vorgesetztem nicht lange überlegen musste, bevor sie in die Zusammenarbeit einwilligte.

»Mal angenommen, es ist tatsächlich so – wir haben es hier also mit Kindesmissbrauch, in welcher Form auch immer, zu tun, und der Täter rächt sich an den Müttern, um die Kinder zu retten – woher weiß er aber von der familiären Situation, wenn es sonst niemand weiß?«, gab Henning zu bedenken.

»Guter Einwand.« Verena lehnte sich mit verschränkten Armen zurück, darüber hatte sie auch schon nachgedacht. »Das ist vielleicht die Komponente, die uns noch fehlt, um eine Verbindung zwischen den Kindern zu finden. Sie blätterte schnell durch die Akten. »Felix Baumgartner scheint ein sehr quirliges Kind zu sein. Er ist in zwei Sportvereinen aktiv, macht Judo und spielt Fußball. Vielleicht ist der Täter ein Trainer?«

Lena schüttelte den Kopf. »Julian Steinbach ist in keinem dieser Vereine aktiv. Der Junge ist schwerhörig und generell stark isoliert.«

Schwerhörig und stark isoliert, ratterten Lenas Worte durch Verenas Kopf. Unruhig huschte ihr Blick über die Papiere vor ihrer Nase, als ihr plötzlich ein Gedanke kam, der sie regelrecht erstarren ließ.

»Was hast du?«, fragte Henning und beugte sich nach vorn.

»Hat der kleine Baumgartner auch irgendeine gesundheitliche Einschränkung?«

»Nicht, dass ich wüsste.« Henning kratzte sich am Kinn. »Ich meine, explizit danach gefragt hab ich nicht, aber …«

»Tu das«, forderte Verena ihn auf. »Ich unterhalte mich in der Zwischenzeit mit der Mutter des zweiten Opfers. Eine angeborene Schwerhörigkeit bedarf zusätzlicher Förderung. Möglicherweise finden wir hier eine Verbindung.« Und schon war sie aufgestanden und verschwand, bepackt mit den Aktenordnern, aus dem Büro.

»Du verbreitest aber heute schlechte Laune. Welche Laus ist dir denn über die Leber gelaufen?«, fragte Lena, während sie auf dem Weg zum Haus der Baumgartners waren. Henning schwieg den Großteil der Fahrt. Ab und zu blinzelte sie zu ihm hinüber, dann sah er aus dem Fenster oder scrollte scheinbar gedankenverloren durch sein Handy.

Auf ihre Frage antwortete er erst nicht, und als er doch den Blick hob, wirkte dieser noch finsterer als zuvor. »Ist dir an Maike mal irgendwas komisch vorgekommen?«, fragte er dann leise, und Lena sah überrascht zu ihm rüber.

»An Maike? Komisch? Inwiefern?«

Henning seufzte. »Ach, keine Ahnung. Vergiss es.«

»Nein, nein. Sag ruhig. Was meinst du? Ich dachte, ihr würdet euch so gut verstehen.«

»Ja, schon«, antwortete er, und dann erzählte er ihr vom ersten Mal, als Maike ihn so angefaucht hatte, dabei war er auf der Fahrt zu Artur Schubert nur auf ihre Heimat zu sprechen gekommen. Und anschließend berichtete er von dem merkwürdigen Telefonat am Morgen in der Mitarbeiterküche.

»Klingt tatsächlich ein bisschen merkwürdig«, gab Lena zu, lächelte Henning dann aber an. »Du weißt doch aber, wie das ist – jeder von uns hat doch Dinge, die er lieber für sich behält.«

Aus dem Augenwinkel sah sie Henning nicken. »Schon, aber du hättest sehen sollen, wie schnell sich ihr Gesichtsausdruck änderte, als meine Schwester plötzlich dazukam.«

Lena schwieg, bog ins Wohngebiet der Baumgartners ein und parkte wenig später den Wagen am Straßenrand. »Machst du dir Sorgen, dass da was Ernstes dahintersteckt?«

Henning senkte den Blick. Er schluckte. Selten hatte sie ihn so angespannt gesehen. Sanft berührte sie ihn am Arm. »Hey.« Er sah auf.

»Erst nicht, nein. Aber heute Morgen … sie war so komisch. So anders. Bei Gabi haben wir damals auch nichts gemerkt, bevor sie …«

Da drückte also der Schuh. Die Situation mit Maike erinnerte ihn an ihre ehemalige Kollegin und den Fall, in den sie verstrickt gewesen war. Lena nickte verständnisvoll, fragte dann aber: »Traust du Maike wirklich zu, dass sie in irgendwelche kriminellen Machenschaften verwickelt ist, oder ist es eher die Unsicherheit nach allem, was Gabi uns und dem gesamten Team angetan hat?«

Henning lachte leise und unbeholfen, dann schüttelte er den Kopf. »Ich muss total lächerlich klingen.«

»Nicht nach allem, was wir erlebt haben. Was du erlebt hast, Henning. Aber wenn du ernsthafte Bedenken hast, dass Maike …«

Er winkte ab. »Nein. Nein, ich glaube, ihr abrupter Stimmungswechsel hat mich einfach nur verwirrt.«

»Sicher?«

»Sicher. Und jetzt komm«, sagte er, mit Blick aus dem Beifahrerfenster. »Herr Baumgartner hat mir am Telefon schon gesagt, dass er nicht lange Zeit hat. Lassen wir ihn also nicht noch unnötig warten.«

Seit ihrem ersten Besuch in dem noblen Wohnviertel hatte der perfekt angelegte Garten deutlich gelitten. Der Rasen wirkte verbrannt, war lange nicht gemäht worden, und die Büsche und Sträucher hätten es auch gut vertragen können, mal wieder gestutzt zu werden. Im Haus erwartete sie ein ähnliches Bild. Überall lagen Klamotten verstreut, auf dem Küchentresen stapelte sich das Geschirr.

»Bitte entschuldigen Sie die Unordnung«, sagte Lutz Baumgartner, als er Henning und Lena in die Küche geführt hatte und ihnen ein Glas Wasser reichte.

»Wie geht es Ihnen? Kommen Sie zurecht?« Lena sah besorgt zu ihm hinüber.

Der Mann nickte kaum sichtbar. »An manchen Tagen geht es. Dann fühlt es sich fast so an, als würde Moni jeden Moment zur Tür reinkommen. Wissen Sie, sie hatte so eine wunderschöne, glockenhelle Stimme, und wenn sie rief: ›Ich bin wieder daaa!‹, kam Nele die Treppe runtergerannt, die letzten beiden Stufen nahm sie immer auf einmal, um in die Arme ihrer Mutter zu springen.« Er lächelte bei der Erinnerung daran. Kurz darauf verfinsterte sich jedoch sein Blick. »Aber nichts davon wird je wieder passieren, und die Tage, an denen mir das bewusst wird, sind schwer. Dazu die Arbeit, die Kinder, das große Haus.« Er atmete tief durch. »Wir sind noch dabei, uns neu zu sortieren.«

»Verständlich«, sagte Henning und nahm einen Schluck Wasser. »Wenn Sie Unterstützung benötigen, können Sie uns jederzeit anrufen.«

»Vielen Dank, aber die Familie hilft, wo sie kann. Nur manchmal brauche ich auch einfach die Gelegenheit, zur Ruhe zu kommen, möchte niemanden sehen oder hören. Dann bleibt auch mal was liegen.«

»Das ist völlig in Ordnung und ganz normal«, sagte Lena einfühlsam.

Simone Baumgartners Mann hatte unterdessen damit begonnen, das Geschirr in die Spülmaschine zu räumen. »Womit kann ich Ihnen denn helfen? Ich muss in zwanzig Minuten am Friedhof sein. Simones Grabstein wird heute gesetzt.«

»Es dauert nicht lange«, versicherte Henning. »Letztens haben wir uns über Ihren Sohn Felix unterhalten. Die Ermittlungen rund um den Mord an Ihrer Frau sowie an dem zweiten Opfer lassen vermuten, dass es eine Verbindung zwischen den hinterbliebenen Kindern gibt. Da gehen wir gerade unterschiedlichen Spuren nach. Sagen Sie, Herr Baumgartner, hat Ihr Sohn eine gesundheitliche Beeinträchtigung, über die wir noch nicht gesprochen haben?«

»Ob er krank ist?«, fragte Lutz Baumgartner nach und startete die Spülmaschine.

»Ja. Es muss keine schwerwiegende Erkrankung sein. Alles, was Ihnen einfällt, kann uns helfen.«

»Felix ist kerngesund. Er war sieben, als ihm der Blinddarm entfernt werden musste. Aber sonst? Nein, also … krank ist er eigentlich nicht.«

Lena entging das kurze Zögern nicht.

»Aber?«, fragte sie nur und fixierte ihn mit ihrem Blick.

»Nichts. Na ja. Er lernt ein bisschen langsamer, aber er macht sich gut, auch wenn er das Abitur wohl niemals schaffen wird.«

»Ihr Sohn hat eine Lernschwäche, Herr Baumgartner?« Henning leerte sein Wasserglas und stellte es auf den Tresen.

»Ja schon, aber warum ist das für Sie interessant?«

Henning seufzte und Lena ahnte, was ihm durch den Kopf ging. Vielleicht hatten sie den Schlüssel zur Lösung endlich gefunden. Und beide ärgerten sich, dass sie nicht früher darauf gekommen waren, intensiver nach einer Verbindung zwischen den Kindern zu suchen.

»Handelt es sich bei Felix um eine Lernbehinderung oder eine Lernstörung?«, fragte Lena nun.

Herr Baumgartner schüttelte inbrünstig den Kopf. »Eine Behinderung? Mein Sohn ist doch nicht behindert! Er leidet unter Dyskalkulie. Mit Zahlen kann er nicht so gut umgehen, aber das wird schon. Er ist ein schlauer Junge. Und Sport liegt ihm sowieso viel mehr. Welcher Profisportler muss schon gut rechnen können?« Herr Baumgartner versuchte zu grinsen, was in diesem Moment mehr als unpassend wirkte.

Lena wurde den Verdacht nicht los, dass der Vater sich für die Lernschwäche seines Sohnes schämte. Gleich im ersten Satz hatte er die fehlenden Chancen aufs Abitur erwähnt. Über die Frage, ob es eine Lernbehinderung sei, war er regelrecht empört. Und nun der Hinweis auf den Profisport. »Ist es schwer für Sie, dass Ihr Junge diese Probleme hat?«, fragte sie und bemühte sich um einen ruhigen, verständnisvollen Ton.

»Für welche Eltern wäre es nicht schwer?« Er zuckte mit den Schultern.

»Könnte es einen Zusammenhang zwischen der Lernschwäche Ihres Sohnes und dem vermeintlichen Schuldgeständnis Ihrer Frau geben?«, fragte Henning und griff damit das Thema auf, das auch Lena bereits durch den Kopf geschwirrt war.

»Ich weiß nicht, worauf Sie hinauswollen«, erwiderte der Mann und schüttelte den Kopf.

»Bitte verstehen Sie mich nicht falsch, aber könnte es sein, dass Simone Ihren Sohn vielleicht sogar unwissend unter Druck gesetzt hat? Oder sich gar für seine Einschränkungen geschämt hat?«

»Niemals!« Lutz Baumgartner pfefferte einen Putzlappen in die Spüle. »Ich habe Ihnen doch schon gesagt, dass sie der liebste Mensch auf der Welt war.« Er war aufgebracht, atmete nun aber tief durch und wischte sich wie zur Beruhigung durchs Gesicht.

»Wir versuchen nur, einen Zusammenhang zu erkennen«, erklärte Lena behutsam.

»Moni hätte nie … nein, also wirklich nicht. Sie hat ihn immer zum Förderunterricht gebracht.«

»Zum Förderunterricht?« Lena horchte auf. »Wo findet der statt?«

Lutz Baumgartner ging zu einer magnetischen Tafel hinüber und zog eine kleine Karte ab. Dann reichte er sie an Lena.

»KiJu-Perspektive«, las sie leise vor, und Hennings Blick traf auf ihren.

Vor dem Kommissariat herrschte Aufruhr, als Lena und Henning vom Außeneinsatz zurückkamen.

»Was ist denn hier los?«, fragte sie, während sie auf die Hupe drückte, damit sie wenigstens zum Parkplatz durchgelassen wurden. Zahlreiche Reporterwagen standen kreuz und quer an der Straße und in der Einfahrt. Journalisten drängelten sich um sie herum. Eine Schlange hatte sich vom Parkplatz bis zur Glastür des Reviers gebildet.

Als Lena nach mehrmaligem Hupen endlich durchgelassen wurde und sich in eine freie Parklücke quetschen konnte, schüttelte sie genervt den Kopf. »Das kann nichts Gutes bedeuten.«

Henning stieg als Erster aus, und kaum hatte er die Autotür geöffnet, wurde er auch schon von Reportern belagert. Ein kleines Aufnahmegerät hing so dicht vor seinem Mund, dass er erschrocken zurückwich.

»Stimmt es, dass Sie auf der Suche nach einem Serienmörder sind?«

Ohne zu antworten, schob er den Mann möglichst sanft beiseite. Zwei Schritte weiter hatte er ein Mikrofon im Gesicht, und die Frau, die es in der Hand hielt, versuchte, Schulter an Schulter mit ihm Schritt zu halten, während er sie einfach ignorierte.

»Hat der Spiegelkiller es eigentlich auf Kinder abgesehen?«, fragte sie, nachdem sie sich einfach zwischen ihn und die Eingangstür gedrängt hatte.

»Der Spiegelkiller?« Henning blieb einen Moment völlig perplex stehen und starrte sie an. Das war so typisch für diese verdammten Journalisten. Hauptsache reißerische Schlagzeilen! »Kein Kommentar«, brummte er mürrisch und drehte sich zu Lena um, die mit demselben Problem zu kämpfen hatte. Als er sah, dass sie nicht weiterkam, lief er zurück, schob einen Kameramann genauso unsanft zur Seite wie die dazugehörige Reporterin und schirmte seine Partnerin und sich selbst anschließend so weit ab, dass sie es bis zum Reviereingang schafften.

Als die schwere Holztür hinter ihnen ins Schloss fiel, schnappten sie beide nach Luft.

»Alles gut bei dir?«, fragte Henning.

Lena nickte und strich sich eine Haarsträhne aus der Stirn.

»Der Spiegelkiller? Die sind ja echt kreativ, wenn es um Täternamen geht.«

Er nickte, und gemeinsam gingen sie nach oben. »Ich frage mich, woher sie die ganzen Informationen haben. Es ist doch jedes Mal dasselbe, irgendwo sickert doch was durch.«

Er öffnete die Glastür zur Büroetage, als ihnen auch schon Karen über den Flur entgegenlief.

»Habt ihrs schon gehört?«

Lena schüttelte den Kopf. »Was denn?«

»Es wird wieder eine Frau vermisst, wieder Mutter, wieder zwei Kinder.«

»Was? Jetzt schon?« Henning tauschte einen Blick mit Lena. »Der Typ scheint es eilig zu haben. Kannst du mit Karen zur Familie der Vermissten fahren?«, fragte er.

Lena nickte. »Schon unterwegs.«

Noch während seine beiden Kolleginnen über den Flur eilten, steuerte Henning das Büro seines Chefs an. Er klopfte, steckte nach dem »Herein« Überstädters den Kopf durch die Tür und fragte: »Haben Sie einen Moment Zeit?«

Überstädter winkte ihn zu sich. »Sie haben es schon gehört?«

»Von der vermissten Frau? Ja, Lena und Karen sind unterwegs zur Familie. Aber wir haben noch ein anderes Problem - die Presse belagert das Gebäude. Wir sind fast nicht reingekommen. Sie haben dem Täter sogar schon einen Namen verpasst - Spiegelkiller.«

»Verdammt«, fluchte Überstädter. »Dann kommen wir um eine Pressekonferenz nicht mehr drumrum. Trommeln Sie bitte alle anwesenden Kollegen zusammen, wir treffen uns in fünf Minuten im Besprechungszimmer.«

Mit diesen Worten griff er nach dem Telefonhörer und wandte sich schnaufend ab.

Kameras klicken. Blitzlichtgewitter. Reporter, die unruhig vom einen auf den anderen Fuß treten.

Eine Pressekonferenz wollten sie geben. Ich habe mich schon gefragt, wann sie sich endlich äußern würden, mir einen Namen geben würden, mein Werk der Welt präsentieren würden. Es wird Zeit, dass mehr Menschen erfahren, was ich tue. Ich verdiene es! Ich verdiene ihre Aufmerksamkeit, ihre Anerkennung, ihre Ehrfurcht.

Still grinse ich in mich hinein. Ich hab den Sessel nah vor den alten Röhrenfernseher geschoben, starre gebannt auf das flackernde Bild. Meine Hände verkrampfen sich um die Armlehne. Da! Endlich tritt einer von ihnen vor die Kamera. Kriminalkommissar Henning Gerlach, wird unter ihm eingeblendet. Ein junger Typ, ein arroganter Schönling, der denkt, er habe die Weisheit mit Löffeln gefressen. Neben ihm steht eine Frau und blinzelt gegen die Sonne. Seine Frau? Sie trägt denselben Nachnamen, wirkt ebenso überheblich. Als Kinder- und Jugendpsychologin stellt sie sich vor. Mir wird kotzübel, als ich das höre. Sie ergreift das Wort. Sie spricht laut und klar, starrt in die Kamera, als könnte sie mich durch die Linse sehen. Ich fixiere sie mit meinem Blick. Das Blut kocht in meinen Adern, mir wird heiß, Schweiß rinnt mir von der Stirn.

Von den Jungen redet sie, vom Schutz der Kinder, von der Jagd nach einem Monster. Sie spricht nicht über die Mütter, sagt nichts darüber, was sie getan haben. Mit keinem Wort erwähnt sie diese Missgeburten und welches Geschenk ich der Welt mit ihrem Tod gemacht habe.

Natürlich spricht sie nicht darüber, *denke ich und lache zynisch auf. Speichel spritzt von meinen Lippen. Ich wische mir übers Kinn. Sie ist eine von ihnen. Eine dieser widerlichen Frauen, hinter deren Grinsen sich die Wahrheit verbirgt, die niemand sehen darf. Ich sehe sie, doch da scheine ich der Einzige zu sein.*

Es muss aufhören! In meinem Kopf schreit es. Ich kann nicht länger sitzen bleiben, springe auf. Als die Frau das nächste Mal in die Kamera lächelt, schmeiße ich die Fernbedienung in ihre widerliche Fratze. Das Glas des Bildschirms springt. Scherben klirren, verteilen sich auf dem Fußboden.

Ich bücke mich, hebe eine von ihnen auf. Die Hälfte meines Gesichts ist darin zu erkennen, leere Augen starren mir entgegen.

»Siehst du es jetzt?«, beginnt die altbekannte Stimme. »Siehst du, dass es egal ist, was du tust? Du bist ein Niemand!«

Meine Finger umschließen die Scherbe, ihre scharfen Kanten schneiden in mein Fleisch. Blut rinnt an meinem Handgelenk hinunter. Ich beobachte die zarte Spur, sehe, wie es auf den Boden tropft. Hypnotisch wirkt es, beinahe beruhigend.

»Sie werden es sehen, es verstehen«, flüstere ich und gehe zur Luke, schiebe den Teppich zurück.

Schwer sind meine Schritte auf den Stufen.

Die Frau sieht mich kommen. Wie sollte sie auch nicht? Ich hocke mich vor sie. Jung ist sie. So jung, im Vergleich zu den anderen. Ich reiße ihr das Klebeband vom Mund, sie schreit.

»Halts Maul!«

Wimmern. Flehen. Die alte Leier. Klein ist die Frau, ich habe mir nicht einmal Mühe geben müssen, sie zu überwältigen. Der Schlag war nicht mehr als eine ruckartige Bewegung gewesen. Ihr zartes Wesen könnte Mitleid erwecken, zumindest bei den falschen Leuten. Scheinheilig wirkt sie, wie sie mich anstarrt, ihre Augäpfel von links nach rechts rollt, während ich sie umrunde.

»Wir spielen ein Spiel«, sage ich leise und höre sie keuchen.

»Bitte tun Sie mir nichts.«

Ich bleibe hinter ihr stehen, presse meine Wange gegen ihr klebriges Haar. Die Scherbe in meiner Hand brennt, ich bin aufgeregt, zittrig, mein ganzer Körper vibriert.

»Kennst du Wahrheit oder Pflicht?«

Sie versucht zu nicken. »Hmm«, wimmert sie stattdessen.

»Du hast die Wahl: Gestehe, was du getan hast, oder wähle die Art, wie ich dich dazu bringe, zu gestehen.«

Sie versucht zu blinzeln. Ich beuge mich grinsend nach vorn, muss sie sehen, ihre Panik, ihre Verzweiflung. Unverständnis steht ihr ins Gesicht geschrieben. Ich werfe den Kopf in den Nacken und lache auf.

»Ach, so kennst du das Spiel noch nicht?«

»Bitte ...«, fleht sie leise.

»Keine Sorge«, sage ich nur. »Du wirst es jetzt kennenlernen.« Mit diesen Worten ramme ich ihr die Scherbe in ihr verlogenes Fleisch.

Kapitel 9

»DER Aufruhr, den die Journalisten veranstaltet haben, hat dafür gesorgt, dass sie eine spontane Pressekonferenz vorm Präsidium geben werden«, brachte Lena ihre Kollegin auf den neuesten Stand, nachdem sie die Nachricht von Henning gelesen und das Handy wieder in ihre Hosentasche gesteckt hatte.

»Hm«, machte Karen nur und hielt den Blick weiterhin starr auf die Straße gerichtet.

»Ist alles in Ordnung mit dir?«

»Ich kenne sie. Die Vermisste«, platzte es plötzlich aus ihr heraus. »Svea, ihre Tochter, ist eine Freundin meiner Sina. Sie gehen in dieselbe Turngruppe.« Sie schluckte und lenkte den Wagen in die nächste Querstraße. »Ich hatte mit ihrer Mutter bisher nicht so viel zu tun, aber ich kenne sie vom Sehen, und wir haben auch schon mal ein paar Worte miteinander gewechselt, wenn wir gemeinsam auf unsere Töchter gewartet haben. Sie schien mir immer sehr nett …« Karen schüttelte den Kopf, schien krampfhaft zu überlegen, warum ausgerechnet diese Frau zum Opfer ihres Täters geworden sein könnte.

»Das tut mir sehr leid. Aber diesmal haben wir eine Chance. Wir wissen, worauf es der Täter abgesehen hat - zumindest teilweise. Die KiJu-Perspektive könnte eine Verbindung sein - auch Julian Steinbach hat in irgendeiner Form damit zu tun. Verena beschäftigt sich gerade damit. Vielleicht sind wir diesmal schnell genug.«

Karens Griff ums Lenkrad verkrampfte sich. »Ich hoffe es sehr.«

Die Vermisste, Helena Marquardt, lebte mit ihrem Partner Rico und den beiden gemeinsamen Kindern Luis und Svea in einer hübschen, lichtdurchfluteten Eigentumswohnung in einem Vierparteienhaus, das sich in einem gepflegten Wohnviertel befand, in dem überwiegend Einfamilienhäuser standen. Dennoch stand die Wohnung der Familie einem eigenen Häuschen in nichts nach. Die Terrasse, die ans

Wohnzimmer anschloss, war groß und mit Blumentöpfen übersät. Selbst Tomatenranken befanden sich vor der Fensterfront, vielleicht eine kleine Entschädigung für den fehlenden Garten. Die Wohnung selbst wirkte ordentlich und aufgeräumt. Nicht einmal Spielzeug lag herum. Ebenso wie bei Familie Baumgartner prangten überall Familienfotos. Glückliche Familien ließen andere offenbar gerne an ihrem Glück teilhaben. Den Fotos war der professionelle Fotograf dahinter deutlich anzusehen. Das passte zum perfekten Bild. Nichts blieb scheinbar dem Zufall überlassen.

Rico Scharnbeck begrüßte Lena und Karen sichtlich aufgebracht. Auf dem Arm trug er ein kleines Mädchen, nicht älter als vier Jahre. Sie klammerte sich an seinen Hals.

»Hat der Typ sie?«, fragte Rico geradeheraus, da saßen sie noch nicht einmal. »Der Typ, der die Frauen an Bäume hängt und so.« Er atmete schnell, das Mädchen quengelte.

»Das wissen wir noch nicht, Herr Scharnbeck, wir können es aber auch nicht ausschließen. Seit wann wird Ihre Partnerin vermisst?«

Er raufte sich das kurze blonde Haar.

»Seit heute Morgen. Sie hatte Nachtdienst im Krankenhaus. Helena ist Hebamme, wissen Sie? Ich hab versucht, sie zu erreichen, aber ihr Handy ist aus. Und im Krankenhaus hat man mir nur gesagt, dass sie pünktlich gegen sechs Uhr dreißig Feierabend gemacht hat. Seitdem ist sie weg.«

Und mehr konnte ihnen der Lebensgefährte der vermissten Achtundzwanzigjährigen auch nicht sagen. Es gab keine Anhaltspunkte auf ein freiwilliges Verschwinden oder vorangegangene Konflikte im familiären Umfeld. Im Gegenteil. Ähnlich wie die Baumgartners schienen auch Helena und Rico Vorzeigeeltern zu sein, die ihre Kinder nicht nur über alles liebten, sondern sie auch auf jede denkbare und undenkbare Art und Weise förderten.

»Svea ist im Turnverein, unser Luis lernt Gitarre und macht Leichtathletik. Bei Luis wurde zudem eine Hochbegabung festgestellt, sodass er eine Klasse überspringen konnte. Er kann jetzt an naturwissenschaftlichen AGs teilnehmen, die eher für ältere Kinder gedacht sind. Außerdem ist er seit Neuestem im Schachklub«, berichtete Rico Scharnbeck stolz, als Lena ihn zu den Kindern befragte.

»Aus ermittlungstechnischen Gründen muss ich Sie das leider fragen - liegen bei Ihrem Sohn gesundheitliche oder kognitive Einschränkungen vor?« Lena betrachtete das Gesicht des Mannes eingehend. Seine Mimik hatte sich umgehend geändert - er sah sie nun regelrecht verdutzt an.

»Einschränkungen? Was meinen Sie?«

»Hat er eine Erkrankung, womöglich auch in früherer Kindheit gehabt?«, ergänzte Karen, die mit der kleinen Svea schäkerte, die sie als Mama einer ihrer Freundinnen erkannt hatte.

»Nein, hat er nicht.« Rico Scharnbeck verzog das Gesicht. »Hat es dieses Schwein darauf abgesehen? Schnappt er sich Mütter von kranken Kindern?« Hektisch blickte er zwischen Karen und Lena hin und her.

»Dazu können wir nichts sagen, tut mir leid. Lassen Sie uns bitte noch einmal kurz auf Luis zurückkommen«, bat Karen. »Er ist neun, sagten Sie vorhin. Ich habe eine Tochter in ungefähr diesem Alter und stelle es mir sehr schwer für ein Kind vor, mit solch einer Begabung unter Gleichaltrigen zu sein. Hat Luis viele Freunde?«

Rico Scharnbeck räusperte sich. »Was heißt schon viele ...«, druckste er herum. »Sagen wir, er hat einen guten Freund, und darauf kommt es ja auch an.«

»Stört ihn das? Hat er sich dazu mal geäußert?«, hakte Lena nach.

»Nein, nein. Er ist gerne mit sich alleine und kann sich stundenlang mit seinen Büchern beschäftigen. Im letzten halben Jahr hat er allerdings ein paar Mal nachts ins Bett gemacht, und seine Mutter war sehr besorgt, dass es was mit der neuen Klasse und den außerschulischen Aktivitäten zu tun haben könnte.«

Lena horchte auf.

Der Junge war Bettnässer? Das brachte sie der Sache schon näher.

»Hat Frau Marquardt daraufhin irgendwas in die Wege geleitet, irgendwas im Leben von Luis geändert?«

Rico nickte. »Einmal die Woche geht sie mit ihm in so eine Freizeitgruppe zur Förderung sozialer Interaktionen – so oder so ähnlich schimpft sich das. Ich finde das völlig übertrieben, unser Junge ist ja nicht dumm, aber er …«

»Entschuldigen Sie, dass ich Sie unterbrechen muss, aber von wem wird diese Freizeitgruppe geleitet?«

»Wer das genau macht, kann ich Ihnen jetzt gar nicht sagen. Aber sie gehört zu diesem gemeinnützigen Verein … Wie hieß der doch gleich?«

»KiJu-Perspektive?«, fragte Karen, und Rico nickte eindringlich. »Genau das.«

Lenas Gedanken rasten. Das konnte definitiv kein Zufall mehr sein. Irgendwo dort, in dieser Institution, war ihr Täter zu finden.

Nach der Vernehmung des Mannes fuhren Karen und Lena noch zum Klinikum, in dem Helena Marquardt in der Nacht vor ihrem Verschwinden gearbeitet hatte. Viel erfuhren sie dort jedoch nicht. Einen entscheidenden Hinweis gab letztlich eine von Helenas Kolleginnen, die die Vermisste noch nach Dienstende gesehen haben wollte. »Sie parkt immer ein wenig abseits, da der Klinikparkplatz eigentlich permanent überfüllt ist. Ich bin mit dem Rad vorbeigefahren, als sie mit jemandem sprach, der in einem dunkelblauen Minivan saß, allerdings fuhr ich auf der anderen Straßenseite und konnte nicht sehen, wer es war. Helena hat mir noch kurz gewunken, und das wars.«

Dieses kleine Detail veranlasste Lena schon auf der Rückfahrt, die Liste mit den Fahrzeugen durchzugehen, die von der Überwachungskamera am Wertstoffhof aufgezeichnet worden waren, und siehe da: Auch dort war ein blauer Minivan aufgeführt. Sie hatten kein Kennzeichen, aber zumindest eine Spur.

Kaum, dass sie zurück auf dem Revier waren und Henning ihr von der spontanen Pressekonferenz und den vorlauten und aufdringlichen Journalisten erzählt hatte, klopfte es an ihre Bürotür.

»Olaf, was gibts?« Lena winkte ihren Kollegen herein.

»Ich hab mir die Glückwunschkarte noch mal angesehen, die an die Steinbach-Kinder geschickt wurde, und ich konnte herausfinden, dass die Marke aus der bekannten Kette *Paperwork* für Schreibwarenläden stammt, und vermutlich aus der dazugehörigen Filiale in der Stadtmitte, denn das ist die einzige im Umkreis von gut einhundert Kilometern.« Er holte kurz Luft. »Und das war noch nicht alles. Ich hab einen Grafologen auf den handgeschriebenen Gruß schauen lassen. Die Handschrift ist stark nach rechts geneigt, was für einen impulsiven Täter spricht. Die Punkte über dem I sind zu weit vom Buchstaben entfernt gesetzt, was auf Ungeduld und Hektik hindeutet. Und am Ende fiel noch auf, dass die Buchstaben unterschiedlich groß sind, was typisch für Menschen mit einem unbeständigen Selbstwert ist.«

»Sehr gut, Olaf«, lobte Henning. »Du bist einfach unser Mann für diese Art der Recherchen. Wir haben es also mit einem impulsiven Täter zu tun, der einen instabilen Charakter hat.«

Lena sah zu ihm rüber. »Er wird schneller, sucht sich in kürzeren Abständen Opfer. Das spricht dafür, dass er langsam die Kontrolle verliert. Er erreicht im Moment noch nicht, was er mit seinen Taten bezweckt.«

Henning nickte und wandte sich wieder an Olaf. »Hast du Lust auf einen kleinen Ausflug?«, fragte er und nahm seinen Autoschlüssel.

»Klar, zum Schreibwarenladen?«

»Jap, ich will versuchen, herauszukriegen, wann die letzte Grußkarte dieser Art gekauft wurde. Das sollte wohl machbar sein.« Beim Hinausgehen zwinkerte er Lena zu und schob Olaf aus dem Raum.

Neben einer Tankstelle befand sich das ebenerdige Gebäude der Schreibwarenkette *Paperwork*. Henning kannte den Laden und wusste, dass es dort nicht nur Büroartikel in Form von Papieren, Stiften oder Ordnern gab, sondern auch eine Abteilung für Schreibtische und ergonomische Stühle. Als er sein Arbeitszimmer im letzten Frühjahr neu eingerichtet hatte, hatte er sich einen Stuhl aus diesem Laden gekauft. Doch ansonsten war er eher jemand, der Onlineshopping und die damit verbundene Bequemlichkeit bevorzugte, gerade im Hinblick auf seinen Job, der sich nicht an Ladenöffnungszeiten orientierte.

»Also, dann wollen wir mal«, sagte Olaf und löste seinen Gurt.

»Warte mal kurz.« Henning wollte die Gelegenheit nutzen, jetzt, wo sie endlich einmal unter vier Augen sprechen konnten.

»Is' was?«

»Wie kommst du denn zurecht im Moment?«

Olaf sah ihn stirnrunzelnd an. »Machen wir jetzt das jährliche Reflexionsgespräch im Auto?«

Henning lachte auf. »Nein, Quatsch. Wir kommen nur eher selten dazu, uns mal zu unterhalten. Meistens bin ich draußen unterwegs und du im Backoffice, dann sehen wir uns mal im Besprechungsraum, und das wars auch schon. Aber gerade nach der Geschichte mit Gabi wollte ich einfach mal hören, ob so weit alles gut läuft bei dir – auch mit unserem Neuzugang Maike.«

»Ja, läuft schon«, gab Olaf nur zurück und schob sich einen Kaugummi in den Mund. Das strähnige Haar hatte er heute zu einem kleinen Pferdeschwanz gebunden. Es war nicht Hennings Style, aber er musste zugeben, dass er damit wesentlich weniger ungepflegt aussah.

»Also kommst du auch mit Maike gut zurecht? Ich meine, sie ist nett und …«

»Du musst es ja wissen«, murmelte Olaf und ließ das Fenster ein Stück hinunter. Eine frische Brise wehte ins Fahrzeug.

»Was meinst du damit?«

»Na, ihr hängt doch ständig zusammen ab.«

Henning schüttelte den Kopf. »Das wirkt vielleicht so, aber wir haben einfach den gleichen Arbeitsweg, mehr nicht.«

Brummend wandte Olaf sich ab.

Henning ließ nicht locker. »Hör mal, ich weiß, dass wir zwei grundverschieden sind, aber du leistest großartige Arbeit fürs Team, und das wollte ich dir einfach mal zurückspiegeln.«

»Findest du?« Olaf warf ihm einen Seitenblick zu.

»Ja, finde ich.« Er lächelte.

Der sonst so vorlaute Mann wirkte auf einmal regelrecht verlegen. »Und … und Maike, hat sie mal, ich meine, hat sie mal irgendwas … also, über mich gesagt oder so?« Olaf riss das Kaugummipapier in kleine Schnipsel, ein Teil davon rieselte zwischen seinen Beinen in den Beifahrerraum.

»Sie hat sich nicht negativ geäußert, falls du das meinst. Ich weiß ja, ihr seid wie Tag und Nacht, aber …« In diesem Moment fielen

Henning Olafs feuerrote Ohren auf, und der Groschen fiel. »Ohhh«, machte er nur und grinste. »Sie gefällt dir, hm?«

»Ach, Blödsinn«, brummte Olaf, und seine Hand fingerte nach dem Türgriff. »Los, komm jetzt.«

»Nein, warte kurz.«

»Lass gut sein, Henning. Nichts gegen dich, aber für so 'ne Dreiersache bin ich nicht zu haben.«

Henning lachte laut auf. »Wie kommt eigentlich jeder darauf, dass ich Interesse an Maike hätte?«

»Vielleicht, weil du sie sabbernd anguckst? Und sie dackelt dir hinterher wie 'ne läufige Hündin.«

Nun war es an Henning, sich abzuwenden. »Erstens, ich sabbere nicht. Und zweitens dackelt mir niemand hinterher. Ich schätze sie als Kollegin, und ich denke, sie ist eine Bereicherung fürs Team – sie bringt einfach mal frischen Wind rein. Das hatten wir alle dringend nötig. Außerdem arbeitet sie vorbildlich.« Das musste er sich eingestehen, trotz seines kürzlich erwachten Misstrauens bezüglich Maikes Vergangenheit. Das würde er Olaf gegenüber aber ganz sicher nicht erwähnen.

»Da is' also nichts zwischen euch?«

Henning zog den Schlüssel ab. »Gar nichts, das kannst du mir glauben. Du hast freie Bahn.«

»Jetzt hör aber auf, so ein Schwachsinn!«, wetterte Olaf, während Henning grinsend die Autotür öffnete.

»Ja, ja«, sagte er nur und beobachtete Olaf, der mit grimmiger Miene aus dem Wagen stieg und mit steifem Schritt vor ihm hertrottete.

Obwohl in der Stadt bereits reger Feierabendverkehr herrschte, hatten sich bisher nur wenige Kunden ins *Paperwork* verirrt. Der Laden wirkte trostlos und kühl. Henning zog seinen Ausweis vor dem Filialleiter und stellte sich und seinen Kollegen vor. Der schlaksige Mann, dessen Brillengläser sein halbes Gesicht bedeckten, wirkte sichtlich beeindruckt vom Erscheinen der Kommissare.

»Wir haben den Verdacht, dass diese Grußkarte aus Ihrem Sortiment in Verbindung mit mehreren Morden und einem Vermisstenfall stehen könnte. Können Sie im System bitte nachsehen, ob diese Karte in Ihrer Filiale gekauft wurde und wenn ja, wann?«

Der Filialleiter nickte und nahm die Kopie der Grußkarte entgegen, die Henning vor ihm auf den Tresen gelegt hatte.

Keine drei Minuten später stieß er ein freudiges Geräusch aus. »Ich hab sie. Sie wurde gestern vor zwei Wochen gekauft, an Kasse zwei abgerechnet und bar bezahlt. Der Kunde kaufte noch zehn weitere, nicht identische Glückwunschkarten.«

»Zehn? Du lieber Himmel.« Olaf schüttelte den Kopf. »Und Barzahlung heißt auch, dass wir keine Kundeninformation haben?«

Der Mann nickte. »Leider.«

»Wie siehts mit Überwachungskameras an den Kassenbereichen aus?«, fragte Henning.

»Die Aufnahmen werden nur achtundvierzig Stunden archiviert. Besagter Tag und entsprechender Kunde sind also nicht mehr gespeichert, tut mir sehr leid.«

»Langsam zweifle ich am Sinn von Überwachungskameras«, murmelte Olaf, der sich mit einem Arm auf dem Tresen abgestützt hatte und seinen Blick durch die offene Tür in den Verkaufsraum wandern ließ.

»Aber Sie können doch vermutlich noch sehen, wer von Ihren Mitarbeitern an diesem Tag an der Kasse saß?«

»Klar.« Der Filialleiter nickte. »Die einzigen beiden Mitarbeiter, die zu dieser Zeit Dienst hatten, waren Britta Wilhelm an der Kasse und Michael Lenz im Verkaufsraum.« Der schlaksige Kerl blickte auf. »Und Sie haben Glück - beide haben auch jetzt gerade Schicht.«

Olaf verdrehte die Augen. »Wahnsinn, hab mich selten glücklicher gefühlt.«

Hennig stupste dem Kollegen unauffällig in die Seite und folgte dann dem Filialleiter.

Britta Wilhelm war eine Aushilfskraft Ende fünfzig, die nicht nur Schwierigkeiten hatte, sich überhaupt an besagten Tag zu erinnern, sondern generell ziemlich verwirrt wirkte. Dreimal brachte sie das Datum durcheinander, und wiederholt musste Henning sie darauf hinweisen, dass sie nach einer männlichen Person suchten. Freundlich war die Frau und auch bemüht, jede Frage zu beantworten, die Ergebnisse waren jedoch wertlos. Sie erinnerte sich weder an die Abrechnung der Karten noch an den Mann, der sie gekauft hatte.

Michael Lenz war das komplette Gegenteil. Ein junger Mann Anfang zwanzig, dessen dicke Brillengläser seinen leicht schielenden Blick nur noch betonten. Er wirkte jedoch auf Anhieb wesentlich kompetenter, führte Henning und Olaf zu den Aufstellern voller Glückwunschkarten und konnte selbst kaum genug Informationen bekommen.

»Dann war der Typ, der die Frauen kaltmacht, hier bei uns? Cool.«

»Cool?« Henning zog die Augenbrauen nach oben. »Es handelt sich um Verstorbene, um Menschen, um Kinder, die nun ohne ihre Mütter aufwachsen. Was ist denn daran cool?«

Der junge Mitarbeiter zuckte mit den Schultern, sagte aber nichts.

»Haben Sie noch irgendwelche sinnvollen Informationen für uns, oder bleibts bei selten dämlichen Äußerungen?«

»Olaf!«, zischte Henning und warf ihm einen ernsten Blick zu. Zwar empfand er diese anfangs so hoffnungsgebende Spur, die sich nun wieder als Sackgasse entpuppte, als ebenso frustrierend, aber eine gewisse Etikette konnte er dennoch wahren. Das Letzte, was sie jetzt noch gebrauchen konnten, waren reißerische Medienmeldungen über das scheinbar inkompetente Ermittlerteam, das auch noch unfreundlich war. Überstädter würde ihn einen Kopf kürzer machen.

»Falls Ihnen was einfällt oder noch mal jemand vorbeikommt, der entsprechende Karten kauft, rufen Sie uns bitte umgehend an.« Henning übergab eine Visitenkarte, richtete dieselben Worte auch an den Filialleiter und die verwirrte Britta Wilhelm und trat neben Olaf den Rückweg zum Revier an.

»Na, willst du nicht langsam mal Feierabend machen?« Lena stellte eine Kaffeetasse auf ihrem Platz ab, setzte sich hin und rollte mit dem Schreibtischstuhl ein Stück zur Seite, sodass sie Henning besser im Blick hatte.

»Wie könnte ich, wenn ich weiß, dass irgendwo eine Frau festgehalten und vermutlich gerade gefoltert wird?« Er seufzte.

»Die Suchtrupps haben bisher keine Spur von ihr gefunden. Hunde konnten ihre Fährte aufnehmen, doch sie endete nicht weit von ihrem geparkten Auto am Klinikum. Vermutlich ist sie in ein Fahrzeug gestiegen oder gezogen worden. Anwohner haben nichts bemerkt, niemand hat was gehört … ich hab keine Ahnung, wo das noch hinführen soll.« Lena nahm einen Schluck Kaffee. Der wievielte das an diesem Tag schon war, wusste sie nicht. »Morgen sind wir hoffentlich erfolgreicher.«

Hennings Schwester Verena hatte in Erfahrung bringen können, dass alle drei Söhne der bisherigen Opfer tatsächlich in unterschiedlichen Projekten des gemeinnützigen Vereins KiJu-Perspektive aktiv waren. Felix Baumgartner war in einer Lerngruppe, Luis Marquardt besuchte eine Freizeitgruppe zur Förderung sozialer Kompetenzen, und der schwerhörige Julian Steinbach traf sich dort regelmäßig mit anderen betroffenen Kindern in einer Spielgruppe, mit Schwerpunkt auf Sprachförderung.

Wenn dem Team der nötige Durchsuchungsbeschluss am Folgetag vorlag, wollten sie allen Mitarbeitern des Vereins einmal auf den Zahn fühlen.

Henning hievte sich aus seinem knarzenden Bürostuhl. »Ich verhungere, haben wir noch irgendwas zu essen in der Küche?«

»Ein trockener, abgepackter Marmorkuchen dürfte noch im Schrank liegen.«

Henning nickte. »Zucker. Das passt mir gut. Irgendwie muss ich diese Berichte heute schließlich noch fertig kriegen.« Er ging zur Tür. »Soll ich dir ein Stück mitbringen?«

Lena winkte ab. »Lass mal, ich mach nicht mehr so lange und esse zu Hause lieber was Vernünftiges.«

Auf dem Flur traf Henning auf seine Schwester, die gerade das Licht in ihrem Büro löschte und die Tür zuzog.

»Feierabend?«, fragte er, und sie nickte.

»Wird Zeit. Ist für morgen alles vorbereitet?«

»Das Team weiß Bescheid. Da du zwar übergangsweise zum Ermittlerteam gehörst, selbst aber keine Polizeiausbildung hast, darf ich dich leider nicht in die aktive Befragung potenzieller Verdächtiger schicken, du kannst dich aber an einen von uns heften, dann bleibst du trotzdem auf dem Laufenden.«

Verena lächelte. »Kein Problem. Jetzt muss ich mich aber sputen. Wenn ich Glück hab, hat Torben beide Kinder bettfertig gemacht, und ich kann ihnen noch Gute Nacht sagen.« Sie gab Henning einen Kuss auf die Wange.

»Grüß sie schön von mir, und meinen Schwager auch.«

»Mach ich!« Verenas hochhackige Schuhe klapperten über den Boden, während sie die Glastür zum Treppenhaus ansteuerte.

Henning lief unterdessen weiter in die Küche, nahm sich Teller und Kuchen, schnitt sich zwei großzügige Stückchen ab, und als er sich wieder auf den Weg zu seinem Platz machen wollte, fiel ihm das schummrige Licht in Olafs und Maikes Büro auf. Olaf war direkt nach ihrem Außeneinsatz in den Feierabend gegangen, das konnte also nur Maike sein. Henning wollte gerade die Hand heben und leise an die Tür klopfen, als er Maikes Stimme dahinter vernahm. Er legte sein Ohr ans kühle Holz und lauschte.

»… ständig anrufst … Nein, echt nicht … Hm … Ja, versteh ich doch, aber umsonst bin ich nicht fortgegangen.«

Hennings Herz raste. Wieder so ein geheimnisvoller Anruf. Seit er Maike in der Küche erstmals und unabsichtlich bei einem solchen belauscht hatte, ging ihm die Sache nicht mehr aus dem Kopf. Klar, sie hatte ein Recht auf Privatsphäre, und im Grunde genommen ging es ihn auch überhaupt nichts an, was sie vor ihm geheim hielt oder in ihrer Freizeit tat. Aber diese plötzliche Wandlung von dieser zurückweisenden, harschen Person zur lockeren und freundlichen Kollegin, die alle so gerne mochten, verunsicherte ihn zunehmend. Es war, als könnte sie ganz leicht einen Schalter umlegen, und das machte ihn einfach misstrauisch.

»… aufhören. Was glaubst du, wie das aussehen würde, wenn irgendjemand Wind von der Sache bekommt? Nein! Echt nicht. Ich könnte meinen Job verlieren, wenn …«

Er drückte die Klinke runter, und in dem Moment, in dem er im Türrahmen auftauchte, knallte Maike ihren Laptop zu und schmiss das Handy auf den Tisch.

»Du bist noch da?«, fragte sie, vermeintlich entspannt. Doch ihre Wangen waren gerötet, und Henning konnte sehen, wie hektisch sie atmete.

»Du ja auch.«

Sie nickte. »Und? Was … willst du?«

»Hör mal, in den letzten Tagen ist es zwischen uns irgendwie komisch geworden.« Er fixierte sie mit seinem Blick. »Genau genommen, seit ich dich in der Küche erwischt habe, wie du …«

»Erwischt?« Maike lachte auf und packte nebenbei ihre Sachen zusammen. »Weil ich telefoniert habe? Sorry, Henning, ich wusste nicht, dass das hier nicht erlaubt ist.«

»Nein, nein, das meine ich nicht. Ich meine eher das, was du gerade tust. Du blockst mich, wehrst mich ab. Aber offensichtlich geht irgendwas vor bei dir, das dich sehr belastet.«

Maike ließ die Schultern sinken. »Henning, bist du mit meiner Arbeit unzufrieden? Gibt es irgendwas, das ich nicht gut genug mache?«

Genervt sah sie aus. Genervt und kalt. Nicht wie die bunt-schillernde Maike, die Wochen zuvor mit Süßigkeiten im Präsidium aufgetaucht war.

»Es ist alles in Ordnung«, sagte er mit rauer Stimme.

»Gut.« Sie nahm ihre Tasche. »Und der Rest hat dich nicht zu interessieren.« Als sie an ihm vorbeirauschte, trat er einen Schritt nach vorne.

»Aber wir haben uns doch auch abseits der Arbeit gut verstanden. Wo ist das hin?«

»Das war, bevor du angefangen hast, mich ständig über Dinge ausquetschen zu wollen, die dich nichts angehen.«

»Wenn du hier bis spät abends im Büro sitzt, mit jemandem über etwas sprichst, was deiner eigenen Aussage nach deinen Job gefährden könnte, und den Laptop zuknallst, als hätte ich dich bei sonst was ertappt, dann geht es mich vielleicht doch etwas an.« Henning atmete schwer. Er war hin- und hergerissen zwischen seinen anfänglichen Sympathien für Maike und den nun aufflackernden Erinnerungen an

Gabi und die damit verbundenen Schuldgefühle, nichts gemerkt zu haben. Hätte er das, hätte er handeln und sein Team schützen können.

»Du hast mich belauscht?«, fragte Maike. Sie erhob die Stimme nicht, doch die Entrüstung stand ihr deutlich ins Gesicht geschrieben. Dunkel war ihr Blick, bevor sie sich abwandte und wortlos den Flur hinuntereilte.

»Maike!«, rief er ihr noch hinterher, doch da war sie schon ins Treppenhaus verschwunden.

Kapitel 10

AM Vormittag des nächsten Tages versammelte sich das Team unweit des Vereinsgebäudes der KiJu-Perspektive auf einem abseits gelegenen Fabrikparkplatz, um das genaue Vorgehen zu besprechen.

Überstädter hatte mithilfe eines Durchsuchungsbeschlusses bereits in den Morgenstunden eine Mitarbeiterliste anfordern können, die ihm von der Personalabteilung des Vereins zugeschickt worden war und nun in ausgedruckter Form und mehrfacher Ausfertigung in Hennings Hand lag. Mit dem Beschluss waren sie nicht nur zur Befragung einzelner Personen berechtigt, sondern durften sich auch entsprechend in den Räumlichkeiten umsehen.

Er lehnte an seinem Dienstwagen, Lena dicht neben ihm, und überflog das Papier. Olaf, Maike, Karen und auch Verena standen ihm gegenüber und beobachteten ihn erwartungsvoll.

»Ich möchte, dass wir uns aufteilen. Die KiJu-Perspektive ist nicht groß. Es gibt achtzehn Mitarbeiter, die aktiv in sozialen Projekten unterwegs sind. Dazu kommen vier Mitarbeiter in der Verwaltung und der Vorstand, der noch mal drei Mitglieder hat. Insgesamt haben wir also fünfundzwanzig Personen zu überprüfen. Nicht alle sind heute oder zu dieser Tageszeit im Dienst. Ich habe eine Übersicht derjenigen, die vor Ort sind, und derjenigen, die außer Haus oder im Urlaub sind. Olaf und Maike, ich möchte, dass ihr euch um die kümmert, die sich heute nicht in den Räumlichkeiten des Vereins aufhalten.« Überstädter hatte die Namen der einzelnen Personen entsprechend markiert, und Henning reichte je eine Kopie an seine Kollegen weiter.

»Karen, vielleicht kann Verena dich begleiten?«, schlug Henning vor, und die beiden Frauen lächelten einander nickend zu. »Sehr schön. Ich hätte gerne, dass ihr euch das Jugendwohnhaus sowie die Werkstatt des Schulschwänzer-Projekts anseht.«

»Klar, kein Problem.« Karen nahm ebenfalls eine Kopie entgegen.

»Okay, dann bleiben noch Lena und ich. Wir sehen uns hier im Hauptgebäude um. Konkret suchen wir nach einem Mann, vermutlich zwischen fünfundzwanzig und fünfunddreißig Jahren, der einen blauen Minivan fährt oder Zugriff auf ein entsprechendes Fahrzeug hat. Der Mann wirkt augenscheinlich sozial integriert, wird aber vermutlich ein Einzelgänger sein. Besonderes Augenmerk liegt auf den Mitarbeitern der Nachhilfegruppen sowie den Gruppen zur Förderung sozialer Kompetenzen und der Sprachförderung. In all diesen sind Söhne unserer bisherigen Opfer aktiv. Alles klar?«

Als hätten sie es einstudiert, nickten alle gleichzeitig.

Henning holte tief Luft. »Wenn wir auf der richtigen Spur sind, ist einer dieser Leute hier unser Mann.« Er hielt die Mitarbeiterliste in die Luft. »Und er hält gerade eine Frau fest. Also seid aufmerksam, notiert alles, was euch merkwürdig vorkommt. Er darf uns jetzt nicht durch die Lappen gehen.«

»Das Schwein kriegen wir«, sagte Olaf und schnaufte.

Und obwohl Henning die obszöne Ausdrucksweise während der Arbeitszeit missfiel, wollte er sie dieses Mal nicht korrigieren.

Das u-förmige Gebäude aus rotem Backstein war umgeben von einem großen Hof mit angrenzendem Spielplatz. Obwohl sich die Vereinsräume der KiJu-Perspektive mitten in der Stadt befanden, wirkte das Gelände durch den schulterhohen Zaun und die zahlreichen gepflegten Grünanlagen abgelegen und ruhig. Einladend, wie Lena fand. Sie hatte sich am vergangenen Abend noch über den Verein und seine Arbeit erkundigt. Vor fast zwanzig Jahren war er gegründet worden, und die Mitarbeiter engagierten sich in Form unterschiedlicher Projekte für Kinder und Jugendliche mit diversen Problemlagen. Aktuell gab es Nachhilfegruppen für Grund- und Oberschüler, Sprachförderungen, Sozialkompetenzförderungen, Schulschwänzer-Projekte, Wohngruppen für Jugendliche sowie die Möglichkeit zum Einzelcoaching für Schulabgänger ohne Perspektive.

»Scheint ’ne gute Sache zu sein, was hier gemacht wird«, sagte Henning auf einmal, als hätte er ihre Gedanken gelesen. Sie liefen über den Innenhof auf die Eingangstür zu.

»Ja, auf jeden Fall. Würde mich interessieren, wie sich die Arbeit gestaltet. Nehmen sie von sich aus Kontakt zu den Familien auf, kooperieren sie mit Schulen, mit Eltern oder sind sie einfach eine Anlaufstelle für Interessierte?« Lena runzelte die Stirn und dachte an ihre eigene Jugend, an die Zeit nach dem Tod ihrer Mutter und ihrer Schwester, als sie mit ihrem alkoholkranken Vater alleine gewesen war und sich so manches Mal jemanden gewünscht hätte, der ihr einfach zuhörte und sie in schwierigen Situationen unterstützte. Aber hätte sie sich Hilfe gesucht? Wäre sie in solch einen Verein gegangen und hätte jemandem ihr Herz ausgeschüttet? Vermutlich nicht. Und genau da lag wohl auch die Schwierigkeit von freiwilligen Angeboten sozialer Einrichtungen wie der KiJu-Perspektive - die Hilfen erreichten stets Kinder und Jugendliche, die sie wirklich wollten, aber nicht immer auch die, die sie brauchten.

»Verena meinte, dass sie wohl auch engmaschig mit dem Jugendamt zusammenarbeiten. Aber sicher ist es eine Kombination aus allem. Wenn du mit deinem Kind herkommst, wird dich wohl kaum jemand wegschicken«, sagte Henning und öffnete ihr die Tür.

»Wahrscheinlich«, murmelte Lena.

So ordentlich und einladend das einstöckige Gebäude von außen auch wirkte, im Inneren setzte sich dieser Eindruck nicht fort. Die Wände waren in einem inzwischen vergilbten Weiß gestrichen, wirkten kahl und kühl. Lena hätte farbenfrohe Bilder erwartet, von Kindern gemalt, oder auch Fotos von den diversen Veranstaltungen. Zudem roch es muffig, und das Licht der eingestaubten Deckenlampe flackerte.

»Das hab ich jetzt nicht erwartet«, sagte Henning, und sein Blick glitt über die Wände. »Ob ich das als Kind so toll fände …«

»Tja, kostet alles Geld.« Lena fischte in der Handtasche nach ihrem Handy, das sich durch Vibration bemerkbar gemacht hatte, und zog es heraus. »Boris ruft an!«

Henning blieb stehen, während sie das Gespräch annahm.

»Hey Boris, was gibts?«

»Tut mir leid, dass ich euch stören muss, aber ich hab was Interessantes in Vivien Steinbachs Audiodatei gefunden.«

Lena warf einen Blick über ihre Schulter, und als sie sichergehen konnte, dass niemand zuhörte, sagte sie: »Warte, ich stell dich auf laut.« Henning lehnte sich zu ihr, um Boris besser hören zu können. »Alles klar, Henning hört mit. Was hast du in der Steinbach-Datei gehört?«

»Es hat einen Moment gedauert, bis ich die Tonspuren so trennen konnte, dass ich die Hintergrundgeräusche isoliert hatte. Klingt einfacher, als es ist. In einem schalldichten Raum werden die Frauen nicht festgehalten, aber gut möglich, dass es ein Keller ist. Die Schritte auf den Steinplatten sprechen dafür, genauso wie die Möglichkeit, sie schreien zu lassen. In einem Wohnzimmer zum Beispiel wäre die Gefahr zu groß, dass sie von Nachbarn oder auf der Straße gehört werden.«

»Außer, das Gebäude liegt abgelegen im Wald oder so«, gab Henning zu bedenken.

»Da kommen wir zum Grund meines Anrufs.« Nun nahm der osteuropäische Akzent des Kollegen deutlich zu, was immer passierte, wenn er aufgeregt war und dadurch schneller sprach. Lena fand das sehr sympathisch. »Fahrzeuge oder Fußgänger konnte ich nicht hören, aber ein Rauschen und Poltern, das Klacken von Zugrädern auf Schienen.«

»Er hält sie in der Nähe von Bahnschienen fest«, sagte Lena und sah zu Henning auf.

»Hey, Boris, das ist super! Unser Mann kommt definitiv hier aus der Umgebung, also stell bitte eine Liste von Grundstücken zusammen, die sowohl abgelegen als auch in Bahnschienennähe liegen, okay?«

»Wird gemacht, bis später!« Und schon hatte der Kollege das Gespräch beendet.

»Wir kommen ihm näher«, murmelte Henning und setzte sich wieder in Bewegung.

»Hoffentlich auch schnell genug.« Lena schloss zu ihm auf, und vor einer Tafel, die eine Übersicht über entsprechende Projekt- sowie Verwaltungsräume bot, blieben sie stehen.

»Wir fangen in der Verwaltung an, dann können wir uns gleich mal umhören, ob es generell jemanden gibt, der sich seit dem Verschwinden von Simone Baumgartner anders verhält. Wenn derjenige wirklich hier arbeitet, wird er unter hohem Stress und Druck stehen, zumindest, wenn er in der Zeit, in der er eine Frau festhält, auch noch hier tätig sein muss.«

Lena stupste Henning an. »Vielleicht tut er das aber gar nicht und hatte genau dann immer frei. Das sollten wir unbedingt abklären.«

Henning nickte und suchte ihren aktuellen Standort auf der unübersichtlichen Tafel, die auch schon bessere Zeiten gesehen hatte. »Gut, wir sind hier beim roten Punkt, das Sekretariat liegt demnach gleich um die Ecke, komm.«

Doch wenig später stellten sie ernüchtert fest, dass die Tafel wohl nicht nur alt aussah, sondern auch nicht mehr auf dem aktuellen Stand war. Hinter der entsprechenden Tür, an der nur noch Klebereste eines Schilds zu erkennen waren, das einmal verriet, was sich dahinter befand, lag nun ein unverschlossener, leerer Raum, in dem nur ein klappriger Holzstuhl unter einem Fenster stand. Die Flecken eines alten Wasserschadens an der Decke ließen vermuten, weshalb der Raum geräumt worden war.

»Na prima. Das war schon mal nix«, sagte Henning gerade, als die Eingangstür hinter ihnen erneut ins Schloss fiel und zwei Männer um die Ecke kamen. Sie trugen mit Grasflecken übersäte Arbeitshosen und hatten vermutlich gerade noch in den Rabatten gewühlt, bevor sie hereingekommen waren.

»Entschuldigen Sie, wir suchen das Sekretariat«, nutzte Lena ihre Chance.

Der größere von beiden, ein hochgewachsener, blonder Mann mit eisblauen Augen, die seinen Blick kalt und eindringlich wirken ließen, räusperte sich. »Am Ende des Flurs«, sagte er, während der kleinere von beiden die Hand hob und in die entsprechende Richtung zeigte.

»Vielen Dank.« Lena nickte ihnen zu, als sie an ihnen vorbeiliefen und mit quietschenden Schuhsohlen über den Linoleumfußboden davoneilten.

Wenig später erreichten auch Lena und Henning endlich den richtigen Raum und wurden von einer freundlichen Sekretärin in Empfang genommen.

Babette Weinrich zeigte sich über das Eintreffen der beiden Kommissare nicht überrascht. Sie hatte Überstädter die Personallisten ausgehändigt und war augenscheinlich darauf vorbereitet gewesen, auch noch Besuch von dem Ermittlerteam zu bekommen. Obwohl sie nicht im Fokus der Ermittlungen stand, wurde auch sie zunächst überprüft. Doch sie hatte ein wasserdichtes Alibi, an dem es nichts zu rütteln gab.

»Dann glauben Sie wirklich, dass Ihr gesuchter Mann aus unseren Reihen kommt?« Babette Weinrich goss sich eine Tasse Tee ein und bot auch Lena und Henning welchen an, doch sie lehnten dankend ab.

»Wir werden sehen. Unsere Kollegen sind bereits unterwegs zu all denjenigen, die sich nicht hier im Gebäude befinden. Laut meiner Liste müssten folgende Personen heute hier anwesend sein: Miriam Brohmbach, Tim Belz, Juliane Arendt, Achim Niedermeyer und Philipp Müller.«

Frau Weinrich nickte und schlürfte ihren Tee. »Ja, genau, die sind alle da. Miriam und Tim befinden sich in den Vorbereitungen für die Nachhilfekurse der Grundschüler, die starten in einer Stunde. Frau Arendt ist unsere Geschäftsführerin, ihr Büro ist gleich nebenan. Philipp macht aktuell ein Praktikum bei uns, als Vorbereitung auf sein Sozialpädagogikstudium, und unterstützt Herrn Niedermeyer im Einzelcoachingbereich. Die beiden finden Sie drei Räume weiter, Achim Niedermeyers Name steht an der Tür.«

»Alles klar, vielen Dank.« Lena griff nach der Türklinke.

»Ich glaube dennoch nicht, dass Sie Ihren Mann hier finden. Wir arbeiten mit Kindern und sind verpflichtet, all unsere Mitarbeiter zu überprüfen. Selbst die Praktikanten müssen ein sauberes Führungszeugnis vorlegen.«

»Das glauben wir Ihnen gern«, sagte Henning nur.

Babette Weinrich folgte ihnen auf den Flur hinaus. »Sie denken es trotzdem«, stellte sie fest.

»Es spricht zumindest einiges dafür.« Lena schüttelte der Sekretärin die Hand. »Vielen Dank für Ihre Hilfe.«

Die Frau blieb so lange auf dem Flur stehen, bis sie am Büro von Miriam Brohmbach und Tim Belz angekommen waren. Die Geschäftsführerin, Juliane Arendt, wollten sie sich bis zum Schluss aufheben, zumal sie ohnehin gerade in einem Gespräch steckte, als Babette Weinrich sie ankündigen wollte. Diese hatte versprochen, ihre

Vorgesetzte nicht in einen Außentermin entwischen zu lassen, bis sie mit ihr gesprochen hatten.

Miriam und Tim waren in einem großen Gruppenraum anzutreffen, in dem mehrere Tische in der Mitte des Raumes zu einem großen Block zusammengestellt worden waren. Arbeitsblätter, Stiftboxen und Bastelmaterialien befanden sich in Hülle und Fülle auf den Tischen. Aus einem kleinen Radio in der hinteren Ecke des Raumes drang leise Musik. Tim, ein junger Mann Ende zwanzig, war gerade dabei, die Stühle ordentlich an die Tische zu stellen, als Lena und Henning eintraten.

»Kriminalpolizei, mein Name ist Henning Gerlach, und das ist meine Kollegin Lena Freyenberg. Wir würden uns gerne mit Ihnen unterhalten.«

Miriam Brohmbachs Kopf tauchte hinter der aufgeklappten Tafel auf. »Kripo?«, fragte die hübsche Brünette und tauschte einen Blick mit ihrem Kollegen. »Ist was passiert?«

»Wir ermitteln in zwei Mordfällen und einem Vermisstenfall, und führen heute bei allen Mitarbeitern Ihres Vereins Personenüberprüfungen durch.«

Das freundliche Grinsen, das noch beim Eintreten der Beamten auf dem Gesicht des jungen Mannes gelegen hatte, wich nun einer ungesund wirkenden Blässe, und er schluckte schwer. »Von uns hier hat aber niemand irgendwas mit irgendwelchen Mordfällen zu tun«, sagte er, und der unsichere Unterton in seiner Stimme entging Lena nicht.

»Dann haben Sie ja auch nichts zu befürchten, und es wird auch nicht lange dauern.«

Miriam Brohmbach legte die Kreide zur Seite und wischte sich die Hände an einem Handtuch sauber. Während Henning sich mit Tim Belz an einen der Tische setzte, ließ Lena sich von Miriam in einen kleinen Nebenraum führen. Die Befragung verlief schnell und unkompliziert. Bereitwillig gab Miriam über alles Auskunft, was Lena erfragte und wirkte dabei außerordentlich selbstsicher und freundlich. Verdächtig machte sie sich ebenso wenig wie Tim, zumindest bestätigte Henning ihr das nach seinem Verhör. Der junge Mann war zwar alles andere als selbstsicher, stotterte und errötete schnell vor Verlegenheit, doch er hatte für die Entführungszeiträume aller drei bisherigen Opfer Alibis nennen können, an denen - sofern sie sich bestätigten - nicht zu rütteln war. Außerdem hinkte er beim Laufen und zeigte Henning bereitwillig seine Prothese, die er nach einem Autounfall und der Amputation seines linken Unterschenkels bekommen hatte.

Bevor sie sich den weiteren Mitarbeitern widmeten, ließen sie sich von Olaf und Karen auf den aktuellen Stand bringen. Auch die Kollegen hatten bisher keine Auffälligkeiten bei den überprüften Personen feststellen können. Die Tochter einer älteren Mitarbeiterin aus dem Jugendwohnhaus fuhr zwar einen hellblauen Minivan, den es zu überprüfen galt, doch da weder Täterprofil noch Wagenfarbe übereinstimmten, versprachen sie sich davon nicht viel.

Auf dem Weg zum Büro des Sozialpädagogen Achim Niedermeyer und seinem Praktikanten Philipp wurden Lena und Henning von Juliane Arendt, der Geschäftsführerin, abgefangen.

»Tut mir leid, ich werde in einer halben Stunde im Landratsamt zu einer Sitzung erwartet. Können wir das Gespräch vorziehen?« Die Frau, der eine Brille an einem Band um den Hals hing, wirkte altbacken in dem grauen Kostüm und den schwarzen Absatzschuhen, obwohl sie sicher noch keine Vierzig war. Ihr Blick hingegen war auffällig hart.

»Natürlich«, sagte Henning und wandte sich an Lena. »Möchtest du schon bei dem Niedermeyer anfangen?«

Lena nickte und setzte den restlichen Weg zu den Einzelcoaching-Büros alleine fort. Achim Niedermeyers Name stand in fein säuberlicher Schrift auf einem Türschild. Nach einmaligem Klopfen wurde Lena hineingebeten und stand kurz darauf vor zwei Männern, die an gegenüberliegenden Schreibtischen saßen und überrascht aufsahen.

»Das ist aber nicht Torben«, merkte der jüngere von beiden an, der sich laut Namensschild als Praktikant Philipp Müller identifizierte. Lena setzte ein freundliches Lächeln auf, zog ihre Dienstmarke und stellte sich und ihr Anliegen vor.

»Na, das ist ja 'ne Wucht.« Sozialpädagoge Niedermeyer, der kurze braune Locken sowie einen rundlichen Bauch hatte und ein freundliches Lächeln inmitten seines vollen Rauschebartes zeigte, lehnte sich in seinem knarzenden Bürostuhl zurück. »Dann schießen Sie mal los, Fräulein Freyenberg.«

Lena zog die Augenbrauen nach oben. »Kommissarin Freyenberg, um genau zu sein.«

»Klar«, sagte Niedermeyer mit einem amüsierten Grinsen auf dem Gesicht, während er die Hände auf seinem rundlichen Bauch platzierte und die dicken Daumen umeinanderdrehte. Augenblicklich war er Lena unsympathisch geworden. Laut Personalakte war er Mitte vierzig, doch er behandelte sie schon jetzt, nach wenigen Sekunden, so sehr von oben herab, als sei sie ein dummes Gör. Das waren ihr die Liebsten!

»Ich würde gerne mit Ihnen beginnen, Herr Niedermeyer«, sagte sie, und ohne ihn aus dem Blick zu lassen, fügte sie an seinen Schützling gewandt hinzu: »Bitte warten Sie so lange draußen, Herr Müller.«

Dieser nuschelte etwas Unverständliches, tat aber, worum sie gebeten hatte, und schon waren sie und Niedermeyer allein. Lena lehnte sich gegen den Schreibtisch. »Der Fall um die ermordeten und entführten Frauen ist Ihnen aus der Presse bekannt?«

Niedermeyer nickte, verschränkte die Arme hinter dem Kopf und gähnte. »Und was kann ich nun für Sie tun?«

Während sie ihn nach den Tatzeiträumen befragte, setzte sie sich in Bewegung und lief um seinen Schreibtisch herum. Er ließ sie keine Sekunde aus den Augen und gab für jeden Entführungszeitpunkt als Alibi seine Frau sowie den gemeinsamen Sohn und das hektische Familienleben mit einem Teenager an. Als Lena seine Ordnersammlung betrachtete und die danebenstehende Ablage durchsah, wirkte er dann aber auch allmählich nervös. Nicht, dass sie ihn konkret verdächtigte, dafür hatte sie noch viel zu wenig Anhaltspunkte. Aber zumindest kam er von seinem hohen Ross runter und zeigte ihr gegenüber nun angemessenen Respekt. Er setzte sich aufrecht hin und verkniff sich jegliche dumme Bemerkung, als Lena seine Schreibtischschubladen aufzog.

»Wonach genau suchen Sie denn?«

Bebte seine Stimme ein wenig? Lena war sich nicht ganz sicher. Als sie zu ihm aufsah, erkannte sie Schweißperlen auf seiner Stirn, und seine Wangen wirkten auffällig gerötet.

»Nach allem, was ich finden kann.« Sie schloss die Schublade und öffnete die nächste. Einen Augenblick verharrte sie in der Bewegung und starrte auf den offenen Karton mit den schwarzen USB-Sticks, die augenscheinlich in Form und vom darauf vermerkten Datenvolumen her denen entsprachen, die der Täter den Opferkindern schickte. Sie schluckte, während sich ihr Herzschlag beschleunigte.

»Was denn? Haben Sie was gefunden, oder wie?« Niedermeyer beugte sich nach vorne und warf ebenfalls einen Blick in die aufgezogene Schublade, schien jedoch nichts Auffälliges zu entdecken. Zumindest ließ er sich nichts anmerken. »Was soll denn da sein?«

»Woher haben Sie diese USB-Sticks, Herr Niedermeyer?«, fragte Lena mit bewusst ruhiger Stimme.

»Keine Ahnung. So was fliegt doch immer in Büros rum.«

Sie runzelte die Stirn und zählte die kleinen Datenträger flüchtig. Das waren locker zwanzig Stück. »In der Menge? Das bezweifle ich. Also, woher haben Sie die?«

Jetzt wurde er richtig nervös, sprang auf, fuhr sich über die schweißige Stirn und stieß die Luft aus. »Was weiß ich. Ziehen Sie mich bloß nicht in so einen Mist mit rein, ich hab damit nichts zu tun.«

»Wenn Sie mir nicht sagen können, woher die Sticks sind, muss ich Sie als Tatverdächtigen mit aufs Revier nehmen.«

»Was?« Hatte der rundliche Mann bis zu diesem Zeitpunkt noch Farbe im Gesicht, so war nun auch der letzte Rest gewichen. »Die … die Tombola. Ja, genau. Jetzt fällt es mir wieder ein, wir haben die auf dem Sommerfest verlost.« Er zog einen Ordner aus dem Regal, wühlte darin herum und zog schließlich den passenden Kaufbeleg vom Frühjahr hervor.

»Und was machen Sie damit? Nutzen Sie die alle?«

Niedermeyer zuckte mit den Schultern. »Na ja, die liegen da eben so rum, bis irgendwer mal einen USB-Stick braucht. Bin froh, dass ich mal welche abgekriegt habe, bevor wieder mal alle weg waren.« Er lachte bemüht.

»Dann gehe ich davon aus, dass auch sonst niemand Zugriff auf die Sticks hat?« Lena verschränkte die Arme vor der Brust und fixierte den stark schwitzenden Mann. Der schien zu überlegen, was sie mit ihrer Frage bezweckte.

»Nein … ähm … die Schubladen sind abgeschlossen, wenn ich nicht hier bin.«

Er klang irgendwie unsicher, und das machte ihn für Lena verdächtig. Doch das und diese USB-Sticks alleine waren noch lange kein Grund, den Mann festzunehmen, das war ihr klar.

»Wir müssen das überprüfen, denn im Zusammenhang mit den Mordfällen sind genau solche USB-Sticks aufgetaucht.«

»Ich war es nicht!«, verteidigte er sich sofort.

»Und warum sind Sie dann so unruhig?« Lena war nicht entgangen, dass er ohne Unterlass die Handflächen auf den Oberschenkeln rieb und sich augenscheinlich sehr unwohl fühlte.

»Sie machen mich eben nervös mit Ihren komischen Fragen.«

»Aber Sie müssen doch nicht nervös sein, wenn Sie nichts zu verbergen haben.« Lena hielt seinem unsteten Blick stand. Schweiß perlte von Niedermeyers Oberlippe, und er rutschte auf seinem Bürostuhl herum. Das Lachen, das er dann versuchte und das wohl locker und entspannt klingen sollte, war nicht mehr als ein merkwürdiges Krächzen. Er räusperte sich und kratzte sich am Kinn.

»Lassen Sie uns doch über die Familien Baumgartner, Steinbach und Marquardt sprechen. Wegen denen sind wir schließlich hier, nicht wahr?«

Niedermeyer wandte den Blick ab. »Ich kenne die Familien nicht. Meine Arbeit besteht im Einzelcoaching von Jugendlichen, mit Kindern habe ich nichts zu tun.«

Lena ließ sich davon nicht beirren. »Dass die Jungs dieser Familien Ihre Einrichtung besuchen, ist Ihnen aber bekannt?«

»Natürlich, hier wird ja kaum noch über was anderes geredet.«

»Und Sie sind ihnen hier nie begegnet? Nicht mal auf den Fluren oder im Außenbereich?« Sie nahm ihren Notizblock zur Hand und ließ den Stift hastig übers Papier kratzen.

»Wissen Sie eigentlich, wie viele Leute mir hier jeden Tag begegnen? Gut möglich, dass diese Kinder oder ihre Mütter irgendwann mal dabei waren.«

»Aber Sie erinnern sich nicht?«, hakte sie nach.

»Natürlich nicht. Ich weiß kaum, was es letzten Freitag zum Mittagessen gab, und da soll ich mir Begegnungen mit Fremden merken?« Er verdrehte die Augen, als wären ihre Fragen absolut absurd.

Lena zog eine Plastiktüte aus ihrer Tasche. »Ich werde die USB-Sticks mitnehmen und überprüfen lassen.«

»Das sind leere Datenträger, wo liegt denn bitte Ihr Problem?« Ungehalten wirkte er und schüttelte missbilligend den Kopf.

»Das lassen Sie mal ganz unsere Sorge sein.« Lena erhob sich. »Was dagegen, wenn ich mich auch in den restlichen Schränken und Schubladen kurz umsehe?«

»Tun Sie doch sowieso.«

Lena machte sich ans Werk. Doch die USB-Sticks blieben das Einzige, was ihr verdächtig erschien. Außer Ordnern mit Kundendateien, Fachbüchern für Sozialarbeiter, Büromaterialien und ein paar Snacks fand sich nichts, was ihre Aufmerksamkeit auf sich zog.

»Nichts, sag ich ja.« Als Niedermeyer merkte, dass Lena fertig war, setzte er den selbstgefälligen Gesichtsausdruck wieder auf, den er ihr gegenüber am Anfang gezeigt hatte.

»Gut, das soll's erst mal gewesen sein. Aber wir kommen im Laufe unserer Ermittlungen sicher noch mal auf Sie zu, Herr Niedermeyer. Verlassen Sie sich darauf.«

Lena öffnete die Bürotür, davor stand Henning mit dem Praktikanten. »Kann ich wieder rein?«, fragte dieser, und Lena machte ihm nickend den Weg frei.

Kaum war der Junge verschwunden, fragte Henning: »Was hast du gefunden?«

Sie zog ihn zur Seite und informierte ihn über die USB-Sticks in Niedermeyers Schrank, ebenso wie über sein auffälliges Verhalten.

»Dann lass ihn uns mal genauer unter die Lupe nehmen.«

Sie trafen Niedermeyers Frau, Marina, in ihrem Friseursalon, ganz in der Nähe der gemeinsamen Wohnung, an. Während Lena ihr erklärte, aus welchem Grund sie gekommen waren und um welche Ermittlungen es sich handelte, wurde sie käseweiß.

»Und Achim soll was damit zu tun haben?« Ihre Stimme zitterte, und sie presste sich eine Hand auf die Brust.

»Wir gehen einfach nur allen Hinweisen und Verbindungen nach. Das verstehen Sie sicher«, antwortete Henning. Dann bat er, das von Niedermeyer genannte Alibi zu bestätigen.

Marina Niedermeyer nahm ihren prall gefüllten Kalender und blätterte darin herum. »Also, an diesem ersten Freitagmorgen, den Sie genannt haben, war ich schon ab sieben im Salon. Schauen Sie.« Sie drehte den Kalender zu Henning und zeigte auf die entsprechende Stelle. »Wir hatten plötzlich kein Warmwasser mehr. Waschen Sie mal den Kunden mit kaltem Wasser die Haare, das geht natürlich nicht. Wir haben einen Klempner bestellt, der um sieben Uhr noch einen Termin freihatte.«

»Können Sie sich noch erinnern, wo Ihr Mann zu dieser Zeit war?«

»Er wird zu Hause gewesen sein, nehme ich an. Er fährt meist erst gegen neun ins Büro.«

»Kann das jemand bestätigen?« Henning wurde langsam ungeduldig. Erst die USB-Sticks und nun so ein fadenscheiniges Alibi. Niedermeyer wirkte einfach immer verdächtiger.

»Höchstens mein Sohn, aber der hat seit dem Sommer eine neue Freundin und schläft derzeit ziemlich häufig auswärts. Ich kann nicht sagen, an welchen Tagen er zu Hause war, das weiß ich nicht mehr.«

Lena nickte, bevor sie mit der Frau auch die weiteren Tatzeiten durchging. Marina Niedermeyer hatte bei der zweiten Entführung einen Arzttermin, zum ungefähren Zeitpunkt von Vivien Steinbachs Verschwinden war sie im Supermarkt, was sie durch den Kassenzettel, den sie nach einigem Kramen in ihrer Handtasche fand, auch nachweisen konnte. Niedermeyers Alibis waren somit geplatzt.

Henning wandte sich an Lena und sagte: »Ruf Überstädter an, wir brauchen sein Go, um den privaten und geschäftlichen PC von Niedermeyer sowie sein Mobiltelefon konfiszieren zu dürfen.«

Marina riss erschrocken die Augen auf. »Warum denn das? Sie können doch nicht ernsthaft annehmen … Sie nehmen ihn doch jetzt nicht fest?«, fragte sie aufgebracht, und ihre dunklen Locken bebten, so sehr zitterte ihr Körper.

»Wir müssen uns auf jeden Fall mit Ihrem Mann unterhalten«, antwortete Henning ausweichend und sah, wie sich die Augen der Frau mit Tränen füllten.

»Aber er kann nichts mit dieser furchtbaren Sache zu tun haben, Sie müssen sich irren. Achim ist ein so lieber Mann, jeder, den Sie fragen, kann Ihnen das bestätigen«, brachte sie mit rauer Stimme und zitterndem Kinn hervor.

Und Henning konnte an nichts anderes denken als daran, wie leicht es war, sich in Menschen zu täuschen.

Bereits am nächsten Nachmittag hatte Boris Niedermeyers privaten Laptop und seinen Firmen-PC durchgesehen. Auch wenn eine gründlichere Analyse und die Suche nach gelöschten und wiederherstellbaren Daten noch ausstand, schien ihn schon die erste Durchsicht misstrauisch gemacht zu haben. »Kommt mal mit runter«, sagte er mit starkem Akzent, als er in Lenas und Hennings Bürotür auftauchte. Sie folgten ihm in sein Kellerbüro, in dem man sich durch die drei Bildschirme und den ganzen anderen technischen Kram wie in einer Überwachungszentrale vorkam.

»Bisher hab ich keine Audiodateien finden können, die zu denen der Opfer passen, aber guckt euch das hier an. Hätte ich gleich nach dem Suchverlauf geschaut, hätte ich mir eine Menge Arbeit erspart.« Er öffnete den Verlauf der zuletzt besuchten Webseiten und lehnte sich zurück. Bereits die ersten drei Adressen verhießen nichts Gutes.

»Pornoseiten?«, fragte Henning.

»Ja, aber einer ganz bestimmten Sparte.« Boris klickte eine der Seiten an, und sofort tauchten auf dem Bildschirm halb nackte Menschen in Lack und Leder auf, die mit merkwürdigen Kugeln, Peitschen, Seilen und Fesseln jeglicher Art hantierten.

»Ach du meine Güte«, murmelte Lena. Sie war weiß Gott nicht prüde, doch als ihr Blick auf eine junge Frau fiel, deren Brüste so stark abgeschnürt waren, dass sich das Blut darin staute, wurde ihr übel. Noch schlimmer war die Art, wie die Frau auf dem Bett lag.

»Wie ein Päckchen verschnürt«, sagte Henning und sprach damit ihre Gedanken aus.

»Simone Baumgartner …«, flüsterte Lena, deren Hals plötzlich staubtrocken war. »Was hast du noch?«

Boris tippte kurz auf der Tastatur herum, und eine Suchmaschine öffnete sich. »Der gute Mann hat nach ein paar ziemlich eindeutigen Dingen gesucht. Hier.«

Henning las laut vor: »Frauen auspeitschen, Bettfesseln, wirksame Foltermethoden bei Frauen, Erregung durch Schmerz, Brandmale Orgasmus, eigene Sklavin finden …« Er richtete sich wieder auf und wischte sich übers Gesicht. »Damit haben wir genug, um den Kerl festzunehmen.«

Mit diesen Worten eilte er aus dem Büro des ITlers.

Lena seufzte und sah dann zu Boris. »Du tust mir echt leid.«

Der bärenhafte Typ blickte zu ihr auf. »Wieso das?«

»All diese Dinge wandern über deinen Tisch, bevor wir sie überhaupt zu Gesicht bekommen. Das muss doch furchtbar sein.«

Bisher hatte sie noch kaum ein privates Wort mit ihrem Kollegen gewechselt, doch in diesem Moment empfand sie zumindest starkes Mitgefühl für den Mann, der bei seiner Arbeit immer wieder auf die schlimmsten Dinge stieß und diese dann auch oft in Bild und Ton direkt vor sich hatte.

»Es braucht nur einen guten Ausgleich«, sagte Boris, klappte Niedermeyers Laptop zu und ging hinüber zu seiner Stereoanlage. Lautsprecherboxen waren in jeder Ecke des Raumes verteilt, und kaum hatte Boris eine CD eingelegt, dröhnten die Klänge eines Orchesters aus allen Richtungen. Die Melodie ließ Lena grinsen. »Du hörst Klassik?«, fragte sie ihn.

Er lachte auf. »Hast du mir das nicht zugetraut?«

Das hatte sie, ehrlich gesagt, nicht. Allein seine Statur hatte sie vermuten lassen, dass er sich eher die Ohren mit Heavy Metal zudröhnte - Vorurteile ließen grüßen!

Sie ging hinüber zu seiner CD-Sammlung und nahm eine von Vivaldi in die Hand. »Das entspannt dich?«

Boris nickte. »Es macht den Kopf frei.«

»Hast du auch was von Yiruma?«

»Dem südkoreanischen Pianisten? Klar.« Boris ging zu seinem Regal, nahm eine CD heraus und legte sie ein. Lena lauschte den vertrauten Klängen von *River Flows In You.* Sie schloss die Augen und spürte die Musik sanft durch ihren Körper fließen. Innerhalb von Sekunden vergaß sie, wo sie war, was sie gerade gesehen hatte und in welchem Fall sie ermittelte.

Als sie die Augen wieder öffnete, lächelte sie. »Klassische Musik kann so friedlich sein.«

»Verstehst du jetzt, warum ich sie höre?« Boris lachte tief und grollend, und seine breiten Schultern zuckten.

Kapitel 11

»ICH habe es Ihnen doch schon zehnmal gesagt - ich bin nicht der Typ, nach dem Sie suchen!« Niedermeyers Faust sauste auf den Tisch. Maike zuckte nicht einmal zusammen, was Henning in seiner Entscheidung, sie zum Verhör hinzuzuziehen, bestätigte. Sie konnte knallhart und unnahbar sein, wenn sie wollte. Er selbst hielt sich im Hintergrund.

Zugegeben, Niedermeyer war kein perfekter Kandidat. Es gab keine Verbindung zu einem blauen Minivan, und bisher hatten sie auch keine Parallelen in seinem Privatleben gefunden, die dafür sprechen würden, dass er ausgerechnet Mütter entführte und folterte. Ein Punkt, der nicht außer Acht gelassen werden durfte - Folteranfragen in Suchmaschinen hin oder her.

Zudem wirkte der Mann glaubwürdig, auch wenn seine Alibi-Lügen aufgeflogen waren. Zwar weigerte er sich bisher, den Grund dafür zu benennen, doch in allen anderen Punkten wirkte er aufrichtig und selbstsicher. Niedermeyer hielt Blickkontakt, schwitzte nicht, stammelte nicht, verhedderte sich nicht in wechselnden Geschichtssträngen, die er Henning und Maike versuchte aufzutischen, und gleichzeitig waren seine Aussagen nicht so perfekt, dass sie konstruiert wirkten. Und die USB-Sticks waren laut mehrerer Mitarbeiter der KiJu-Perspektive tatsächlich Überbleibsel der Tombola vom Sommerfest gewesen. Es stellte sich sogar heraus, dass mehrere von ihnen eine Handvoll dieser kleinen Datenträger in ihren Schreibtischschubladen liegen hatten.

»Wenn Sie nichts zu verbergen haben, was hindert Sie daran, uns zu sagen, wo sie denn nun wirklich zu besagten Tatzeiten waren?« Maike lehnte sich provokant über den Tisch und fixierte Achim Niedermeyer mit ihrem Blick.

»Es geht Sie einfach nichts an, das ist mein Leben!«

»So, wie uns Ihre Suchanfragen nach Sklavinnen und Foltermethoden nichts angehen?« Hennings Finger trommelten auf der Tischplatte.

»Ich … ich verstehe es einfach nicht«, stammelte Niedermeyer. »Was hat mein Browserverlauf mit Ihren Mordfällen zu tun?«

»Ganz einfach - der Täter, nach dem wir suchen, scheint eine besondere Vorliebe für diverse Foltermethoden zu haben, und zumindest das scheinen Sie mit ihm gemeinsam zu haben. Ein nicht zu vernachlässigendes Kriterium, finden Sie nicht?« Maike schenkte ihm ein süffisantes Lächeln.

»Wissen Sie, wie viele Menschen da draußen Interesse an so was haben? Das sind doch nicht alles Mörder.« Niedermeyer schüttelte den Kopf.

»Was sind Sie dann, Herr Niedermeyer?«, fragte Henning, der natürlich ahnte, worum es hier ging. Die Suchanfragen des Mannes, die Pornoseiten, seine Geheimniskrämerei - all das sprach zu deutlich für eine sexuelle Komponente, die aber weder bei Simone Baumgartner noch bei Vivien Steinbach nachzuweisen war.

Als es klopfte, drehte Henning sich um. Lena öffnete die Tür einen Spalt weit und winkte ihn zu sich nach draußen.

»Bin gleich zurück«, sagte er nur, und während er den Verhörraum verließ, hörte er Maike einen erneuten Versuch starten: »Sagen Sie uns doch einfach die Wahrheit. Wo waren Sie zu besagten Zeitpunkten, und was haben die Suchanfragen und Webseiten auf ihrem PC zu bedeuten?«

»Mein Gott, ich …«

Henning schloss die Tür hinter sich und blickte in Lenas sorgenvolles Gesicht.

»Was gibt es denn?«

»Tut mir leid, dass ich dich stören muss. Wir haben gerade die Meldung reingekriegt, dass ein Jogger mutmaßlich die Leiche von Helena Marquardt aufgefunden hat. Sie liegt im Rosengarten, dem Park neben dem Pflegeheim. Die Kollegen sind vor Ort. Wollen wir …«

Henning legte den Kopf in den Nacken und schloss für einen Moment die Augen. »Ich möchte Maike ungern da drinnen allein lassen. Fährst du mit Olaf?«

»Mit Olaf? Sicher?« Lena zog die Augenbrauen hoch.

»Der tut härter, als er ist. Halt mich auf dem Laufenden, ja?«

Sie nickte und eilte den Flur hinunter, während Henning zurück in den Verhörraum ging.

»Es ist das erste Mal, dass er sie an einem so öffentlichen und stark frequentierten Ort ablegt«, sagte Lena, als sie den Wagen vor dem flatternden Absperrband der Polizei parkte. Ein eisiger Wind fegte durch die Baumkronen über ihrem Kopf. Sie selbst war schon zweimal durch diesen Park gejoggt, der breite Fußwege und abwechslungsreiches Terrain bot. Dabei waren ihr jedes Mal auch Eltern mit Kindern, Jugendliche oder Hundebesitzer begegnet.

»Vermutlich wird der Typ sicherer in dem, was er tut, und legt noch mehr Wert drauf, dass seine Botschaft ankommt«, murmelte Olaf, während sie unter den Absperrbändern durchkrochen.

PHM Friedemann begrüßte sie beide mit einem Handschlag. Diesmal verkniff er sich einen Kommentar zum erneuten Aufeinandertreffen. Stattdessen wirkte er so angespannt, wie sich Lena fühlte. Er sagte nicht viel, während sie zum Auffindeort gingen, der sich auf Höhe einer Bank, direkt neben einem Papierkorb und somit mitten auf dem Parkweg befand.

Die Frau lag in einer merkwürdig verdrehten Position auf dem Kiesweg, die Arme hinter dem Rücken platziert, die Beine leicht angewinkelt. Ihr Kopf war zur Seite gedreht, lag mit einer Gesichtshälfte fast vollständig im Wasser einer Pfütze, das durch den tiefen Schnitt am Hals des Opfers blutrot verfärbt war. Ebenfalls darin lagen deutlich platzierte Ausweispapiere. Durch die rote Flüssigkeit blickte Lena eine hübsche Frau mit auffällig großen, strahlenden Augen entgegen. Helena Marquardt stand in Druckbuchstaben neben dem Foto.

Auch ihr hatte der Täter die Augenlider mit Klebeband fixiert. Den Mund hatte sie leicht geöffnet, als würde ein stiller Schrei entweichen.

Auf den Wangen entdeckte Lena Brandmale, die vermutlich von Zigarettenglut stammten.

Sie senkte den Blick und atmete tief durch. Die dritte Frau. Sechs Kinder ohne Mutter. Wann hörte dieser Horror endlich auf? Wann konnten Sie diesen Wahnsinnigen stoppen?

»Können Sie abschätzen, wie lange sie hier schon liegt?«, fragte Olaf.

PHM Friedemann kratzte sich an der Stirn. »Nicht länger als seit den frühen Morgenstunden. Bis spät in die Nacht treiben sich hier Jugendliche rum. Ab dem Morgengrauen trifft man hauptsächlich Hundebesitzer und Schulkinder. Es gleicht einem Wunder, dass sie erst jetzt gefunden wurde - es ist immerhin schon später Vormittag.«

»Oder sie wurde gerade erst getötet«, sagte Lena und drehte sich zu den beiden Männern um.

»Am helllichten Tag?«

Sie zuckte die Schultern. »Es ist regnerisch, grau, ungemütlich. Da treibt sich keiner freiwillig draußen rum, wenn es nicht sein muss.« Ihr Blick glitt über eine Grünfläche hinter der Toten und zu einer vermeintlichen Feuerwehrzufahrt, die durch einen Poller versperrt war. Nur gut dreißig Meter trennten die Zufahrt von der Fundstelle.

»Wenn er dort oben geparkt hat, hat er sie in kurzer Zeit hier unten gehabt und konnte unbemerkt wieder verschwinden. Vor allem, wenn sie, wie seine anderen Opfer, allein hierherlaufen musste. Das muss nicht unbedingt aufgefallen sein. Ein Mann und eine Frau im Morgengrauen, mehr nicht.«

»Das Spurenteam sollte da oben auf jeden Fall alles gründlich untersuchen. Reifenspuren, Fußabdrücke, Schleif-, Faser-, Blutspuren, vielleicht gibt es auch auffällige Bremsspuren oder welche von durchdrehenden Reifen, weil er es eilig hatte, von hier zu verschwinden? Die sollen jeden Erdkrümel umdrehen«, sagte Olaf, und Lena nickte ihm anerkennend zu. Er schlug sich gut beim Außeneinsatz, das hatte sie so gar nicht erwartet.

»Ich gebe den Jungs Bescheid … Aber sie hat doch bestimmt geschrien, als er sie getötet hat.« PHM Friedemann blickte zwischen Olaf und Lena hin und her. »Irgendjemand muss sie doch gehört haben. Und da drüben ist das Pflegeheim, eine Person am Fenster hätte ausgereicht, um das alles hier zu verhindern.«

Olaf beugte sich zu der Toten hinunter. »Wenn er mit dem Schnitt die Stimmbänder durchtrennt hat, hätte sie nicht schreien können.«

»Steckt eine Scherbe darin? Ein Stück Spiegel?«, erkundigte Lena sich, und Olaf nickte, bevor er sich wieder aufrichtete.

»Möchten Sie mit dem jungen Mann sprechen, der sie gefunden hat?«

»Das übernehme ich«, sagte Olaf zu PHM Friedemann, und Lena machte sich unterdessen auf den Weg zum Pflegeheim, das an den Park angrenzte. Schnell machte sich jedoch Ernüchterung in ihr breit. Die Fensterfront, von der aus man auf die Feuerwehrzufahrt blickte, gehörte zu einem Treppenhaus, und keiner der anwesenden Mitarbeiter war in der fraglichen Zeit dort unterwegs gewesen. Keiner hatte etwas Auffälliges beobachtet. Auch eine Überwachungskamera gab es für diesen Bereich nicht. Konnte das Zufall sein? Oder hatte der Täter gewusst, wie gering die Chance gewesen war, bei seiner Tat gestört zu werden? Doch woher hätte er das wissen können?

Es machte sie wahnsinnig, dass sich einfach immer nur noch mehr Fragen ergaben, ohne dass sie den Antworten näher kamen. Und der Hoffnungsschimmer, sie hätten mit Achim Niedermeyer den Gesuchten gefunden, hatte sich schnell in Luft aufgelöst. Vermutlich hatte er in irgendeiner Form Dreck am Stecken, aber ihr Täter war er nicht. Zum Zeitpunkt des Mordes saß er im Polizeipräsidium fest, aber vielleicht hatte er auch einen Komplizen. Doch darauf gab es bisher keinen Hinweis. Alles deutete auf eine persönliche Tat hin, auf einen Einzeltäter, der irgendeine kranke Mission hatte.

Lena schüttelte den Kopf und machte sich auf den Weg zurück zu ihrem Wagen.

»Und? Wie geht es dem jungen Mann?«, fragte sie Olaf, der dort bereits wartete.

Dann wurde ihr Blick abgelenkt. Gerichtsmediziner transportierten gerade Helena Marquardts Leichnam ab. Lenas Augen klebten wie gebannt auf der Trage. Achtundzwanzig Jahre, älter hatte sie nicht werden dürfen.

»Hast du mir zugehört?« Olaf trommelte ungeduldig aufs Wagendach.

»Was?«

»Ich hab gesagt, dass der völlig unter Schock steht. Notfallsanitäter kümmern sich um ihn, aber keine Chance, jetzt irgendwas aus ihm rauszukriegen. Wenn du willst, spreche ich später noch mal mit ihm.«

Sie nickte. »Mach das.« Dann verstummte sie kurz und biss sich auf die Unterlippe.

»Was denn?«, fragte Olaf und runzelte die Stirn.

»Wir müssen ihren Lebensgefährten, Rico Scharnbeck, informieren.« Olaf mit in eine Familie zu nehmen, der sie die Todesnachricht eines geliebten Angehörigen überbringen musste, schien ihr nahezu unmöglich. Zwar hatte er sich seit Beginn ihres Außeneinsatzes angemessen benommen und sich sogar jeglichen respektlosen Kommentar in Opfernähe verkniffen, aber Lena wusste nur zu gut, wie schnell das kippen konnte. Für diese Aufgabe brauchte sie jemanden an ihrer Seite, der empathisch genug war, sich in die traumatische Situation der Familie hineinzuversetzen.

»Dann lass uns aufbrechen«, sagte er nur und öffnete die Beifahrertür.

»Gut«, murmelte Lena und stieg in den Wagen.

»Nein, nein, nein!«, schluchzte Rico Scharnbeck und sank auf die Knie, nachdem er von Lena erfahren hatte, dass seine Lebensgefährtin und die Mutter seiner Kinder tot aufgefunden worden war. Er hatte Olaf und sie nicht einmal reinkommen lassen. Noch auf der Türschwelle sollten die Ermittler erklären, weswegen sie gekommen waren. Er hatte es geahnt, das konnte sie seinem unsteten Blick und dem sich hektisch hebenden und senkenden Brustkorb ansehen. Kein Wunder, hatten die regionalen Medien doch bereits vom Fund einer weiteren Frauenleiche berichtet. Sie selbst hatten es auf der Fahrt zum Wohnhaus des Opfers im Radio gehört.

Ihre Worte waren also nur eine Bestätigung dessen gewesen, was Rico bereits erwartet hatte. Und doch ließ ihn die schonungslose

Wahrheit, die alle Hoffnung zerstörte, vor ihren Augen bewusstlos zusammenbrechen.

»Ruf einen RTW«, forderte Lena Olaf auf, während sie den Mann aufzurichten versuchte. Er kam wenige Sekunden später wieder zu sich, zitterte aber am ganzen Leib. Lena half ihm auf und führte ihn ins Wohnzimmer, wo er schluchzend ins Sofa sank. Er rang nicht nur um Fassung, sondern kämpfte um jeden Atemzug, während er immer noch zitternd da saß und mit leerem Blick vor sich hinstarrte. Lena blieb die ganze Zeit bei ihm, versorgte ihn mit kühlem Wasser und suchte nach Worten, die die Schwere der Situation hätten lindern können. Sie fand keine.

Der Mann war nur noch ein Häufchen Elend, als die Sanitäter eintrafen. Sie untersuchten Puls, Blutdruck und Pupillenreaktion, und allmählich legte sich die Panikattacke. Einen Notarzt, der ihm ein Beruhigungsmittel hätte geben können, wollte Rico nicht. »Ich muss für meine Kinder da sein«, schluchzte er nur. »Wer tut es denn sonst? Sie haben jetzt nur noch mich.«

Als der Rettungswagen abgefahren war, bot Lena ihm an, jemanden anzurufen, doch das wollte er nicht. Das aber regelte sich von selbst, als sich kurz darauf die Haustür öffnete. Kinderstimmen waren vom Flur her zu hören, und Augenblicke später betrat eine Frau das Wohnzimmer.

»Da sind wir wieder, im Park war es so schön. Luis hat Fußball gespielt und …« Sie stockte, als sie ihren Sohn und die beiden Ermittler erblickte. »Um Himmels willen, was ist passiert?«

»Papi!«, rief da auch schon ein kleines Mädchen – Svea – und rannte auf seinen Vater zu. Rico Scharnbeck wischte sich eilig über die nassen Wangen, schniefte einmal und blinzelte angestrengt, um den Tränenfluss zu unterbrechen.

»Komm her, meine Süße.« Er hob das Mädchen hoch und drückte es fest an sich.

»Ist Mama wieder da?«, fragte nun Luis, der neunjährige Sohn und blickte hoffnungsvoll zwischen seinem Vater, seiner Großmutter und Lena hin und her.

Rico Scharnbeck setzte seine kleine Tochter wieder ab, kniete sich zu seinen Kindern auf den Boden und zog beide in seine Arme. Dann holte er tief Luft und begann, mit bebender Stimme zu sprechen: »Eure Mami wird leider nicht mehr nach Hause kommen, sie … sie ist jetzt bei den Engeln, so wie Opa Karl, wisst ihr?«

»Aber ich will, dass Mami zurückkommt!«, schrie das kleine Mädchen augenblicklich los und versuchte, sich aus der Umarmung des Vaters zu befreien. »Wo ist Mami? Ich will zu meiner Mami!« Sie strampelte und schlug um sich, und Lena hatte plötzlich das Gefühl, keine Luft mehr zu bekommen.

Mami wird leider nicht mehr nach Hause kommen, hörte sie die Worte des Mannes in ihrem Kopf. Sie stand auf, presste sich die Hand vor die Brust und versuchte zu atmen. Doch ihre Kehle war wie zugeschnürt, ließ sie keuchen und zurücktaumeln.

Mama und Lilly hatten einen Unfall, dröhnte die Stimme ihres Vaters durch ihren Kopf. *Beide waren so schwer verletzt ... sie ... sie sind tot, Leni.*

Lena taumelte aus dem Wohnzimmer und in den Flur hinaus. Sie krallte sich an der Garderobe fest, als sie in ihrem Kopf ihren eigenen Schrei hörte, den Schrei eines zwölfjährigen Mädchens, das wusste, dass ihr Leben nun nie wieder sein würde, wie es gewesen war. Ein Mädchen, das seine Mutter verloren hatte, seine Schwester, und mit ihnen ihre engsten Vertrauten.

Am eigenen Leib spürte sie die Verzweiflung der beiden Kinder, die weinend im Wohnzimmer standen. Doch sie hatten ihren Vater, der zwar selbst um Fassung rang, aber gleichzeitig versuchte, für die beiden da zu sein, sie zu stützen, sie aufzufangen. Ihr eigener Vater hatte das nie geschafft und es auch nie wirklich versucht. Sein Trost war der Alkohol gewesen. Und an diesen hatte Lena ihn dann auch noch verloren.

»Lena?«, hörte sie auf einmal eine leise Stimme, und als sie eine Hand auf ihrem Arm spürte, zuckte sie zusammen.

»Ich … ich kriege … keine Luft«, presste sie hervor. Olaf nahm ihre Hand, sorgenvoll ruhte sein Blick auf ihr. »Komm.«

Er sagte noch etwas für sie Unverständliches in Richtung der Großmutter, die im Türrahmen stand und verwirrt zu ihr schaute. Lena wollte sich entschuldigen für ihr Verhalten, wollte professionell sein, doch es gelang ihr nicht. Stattdessen drohten ihre Beine jeden Moment unter ihr nachzugeben, und alles, was sie immer und immer wieder hörte, waren die Worte des jungen Vaters und der markerschütternde Schrei des kleinen Mädchens, den sie tief in sich drin körperlich fühlte.

Olaf führte sie zum Wagen und schob sie auf den Beifahrersitz. Sie wollte sich anschnallen, doch ihre Finger zitterten so sehr, dass Olaf das wortlos für sie übernahm. Ohne etwas zu sagen, fuhren sie auf einen nahe gelegenen Supermarktparkplatz.

»Ich bin sofort wieder da.« Mit diesen Worten verschwand er in dem Laden, während Lena sich an das bisschen frische Luft klammerte, das durchs geöffnete Fenster zu ihr hereinströmte.

Als Olaf kurz darauf wieder neben ihr saß, reichte er ihr eine kalte Wasserflasche und einen Schokoriegel.

»Flüssigkeit und Zucker, das sollte deinen Kreislauf stabilisieren.« Er ließ den Motor aus und lehnte sich auf dem Fahrersitz zurück.

Abseits der Geschehnisse beruhigte Lena sich nun so weit, dass sie wieder einen klaren Gedanken fassen konnte. »Es ist nicht der Kreislauf. Es ist mehr eine persönliche Sache. Tut mir leid, ich weiß, das darf während der Arbeitszeit nicht passieren, aber …«

»Ich bin ein halbes Jahr ausgefallen und hab danach eine ganze Weile nur halbtags arbeiten können, als in meinem Privatleben das Chaos ausgebrochen war. Und selbst die halben Tage waren oft zu viel, sodass ich abgehauen bin und meine Arbeit an einen Kollegen abdrücken musste. Man kanns manchmal einfach nicht kontrollieren.«

Lena kaute auf ihrer Unterlippe. Was sollte sie sagen? Selten hatte sie Olaf so offen und sogar nahbar erlebt. Eigentlich noch nie. Was war ihm passiert? Eine schwere Krankheit vielleicht? Trotz seiner Fürsorge fühlte sie sich ihm nicht verbunden genug, um eine so private Frage zu stellen.

Olaf hingegen zögerte nicht. »Wie du die Kleine vorhin angesehen hast … da ist irgendwas in dir zerbrochen, man konnte es an deinen Augen erkennen. Entschuldige, wenn ich so direkt frage, aber hast du vielleicht ein Kind verloren?« In dem sonst so kühlen Blick ihres Kollegen erkannte Lena plötzlich ein unerwartetes stilles Verständnis für ihren Schmerz. Und plötzlich hatte sie das Gefühl, es ihm einfach sagen zu können.

»Nein, aber ich war selbst noch ein Kind, als ich meine Mutter und meine Schwester durch einen Autounfall verloren habe. Die Situation zwischen Vater und Tochter vorhin hat mich an damals erinnert …«

»Tut mir echt leid, Lena. Ich weiß, ich bin für euch nur der Revierschreck und hab nicht den allerbesten Ruf. Aber alles hat seinen Grund.« Er drehte seine Daumen umeinander, und die Überheblichkeit, die sonst seine Mimik und Gestik ausmachte, wich einer regelrechten Verunsicherung.

Lena fasste Mut. »Dann ist dir etwas Ähnliches passiert?«

»Ähnlich und doch irgendwie anders, aber Verlust ist Verlust, nicht wahr?« Er sah zu ihr herüber, mit schmerzerfülltem Blick. »Ich hab meine Frau bei einem Fahrradunfall verloren. Ein Müllwagen hat sie übersehen, dabei wollte sie nur schnell ein paar Sachen fürs Abendessen besorgen.« Er versuchte wohl, es so neutral wie möglich klingen zu lassen, doch seine Stimme war rau, der Blick nun abgewandt. »Bis heute erinnert mich jedes Türklingeln an den Moment, als die Typen von der Polizei mir die Nachricht überbracht haben.« Er sah wieder zu ihr rüber. »Hab die Klingel seitdem ausgestellt, auch jetzt noch, nach vier Jahren.«

»Olaf, das tut mir sehr leid, ich wusste ja nicht …«

Er hob die Hand, schüttelte den Kopf und unterbrach sie. »Mach kein großes Thema draus, ja? Mir ist es lieber, die Kollegen halten mich für ein taktloses Arschloch. Damit kann ich besser leben als mit … na, du weißt schon.«

»Mitleid«, sagte sie. Nach dem Tod ihres ehemaligen Partners war ihr von allen Seiten Mitleid entgegengeschlagen. Hatte sie das am Anfang noch als Trost empfunden, so war es ihr bald darauf zu viel geworden. Diesen Sonderstatus aber wurde man nur sehr schwer wieder los.

»Ich sage es niemandem. Versprochen.«

Olaf nickte, ohne sich ihr erneut zuzuwenden. Anschließend räusperte er sich und startete den Motor. Ein wenig unbeholfen deutete er auf den Schokoriegel, der noch immer ungeöffnet in Lenas Schoß lag, während sie die Wasserflasche bereits bis zur Hälfte geleert hatte.

Sie öffnete den Riegel, brach ihn in zwei Hälften und reichte eine davon Olaf. »Den Zucker können wir wohl beide vertragen«, sagte sie nur, und als ihr Kollege kauend vom Supermarktparkplatz fuhr, meinte sie, ein leichtes Schmunzeln auf seinen Lippen erkannt zu haben.

Vielleicht war er ja doch gar kein so übler Kerl.

»Ein Dominus?« Lena runzelte die Stirn, während Henning sich auf seinen Schreibtischstuhl sinken ließ und die Arme hinterm Kopf verschränkte.

»Jap. Das männliche Pendant zu Domina – unser guter Herr Niedermeyer sieht sich selbst gerne als Herrscher über seine devoten Häschen. Und – welch Überraschung – Frau Niedermeyer ahnt davon natürlich nichts.«

Lena ließ die Schultern sinken. Die Enttäuschung über diese weitere Sackgasse im Ermittlungsverfahren stand ihr ins Gesicht geschrieben. »Deshalb also das vorgeschobene Alibi?«

»Ganz genau. Nach sechs Stunden Verhör hat er uns Namen und Adresse des Clubs genannt, in dem er sich zu den Zeiten des Verschwindens der drei Opfer rumtrieb. Das wurde von einem Mitarbeiter dort auch bestätigt. Am Ende tat er mir schon ein bisschen leid. Jetzt wird er zu Hause ein paar Sachen zu erklären haben.« Henning wackelte an seiner Computermaus, bis der Bildschirmschoner verschwand und er einen Blick auf seine Mails werfen konnte. Den Kurzbericht von Olaf zum Außeneinsatz mit Lena überflog er in Sekundenschnelle.

»Olaf schreibt, der Täter scheint nachlässiger zu werden. Jetzt legt er die Opfer schon am helllichten Tag in bewohnten Gebieten ab?« Er sah zu Lena auf, die ihr Gesicht auf ihren Handflächen abgestützt hatte.

»Scheint so«, murmelte sie. »Ich finde ja, das macht ihn gefährlicher, aber wenn er jetzt hektisch wird, wird ihm früher oder später ein Fehler unterlaufen.«

»Hoffen wir es. Karen hat sich gleich darum gekümmert, dass einige Poststellen und Briefkästen im Zentrum beobachtet werden. Auch vor dem Haus von Rico Scharnbeck steht ein Wagen. Wenn der Täter sein

Vorgehen nicht komplett ändert, wird die Familie wohl bald Post bekommen.«

»Meinst du, eine Handvoll zufällig ausgewählter Briefkästen zu überwachen bringt was?« Lena schüttelte den Kopf. »Es ist, als würden wir nach der Nadel im Heuhaufen suchen.«

»Ist es das nicht immer?«

Endlich sah Lena zu ihm auf, und er lächelte ihr zu. Müde erwiderte sie es. Er wusste, wie sehr ihr dieser Fall zusetzte, und wie ehrgeizig sie gleichzeitig war, ihn nicht nur schnellstmöglich, sondern auch professionell zu lösen.

»Wie lief es denn überhaupt mit Olaf?«, wechselte Henning das Thema. »Ging es halbwegs?«

»Klar, war super«, antwortete Lena kurz angebunden und trank einen Minischluck Kaffee, bevor sie die Tasse zweimal auf dem Tisch hin- und herschob.

»Super? Sicher?« Amüsiert beobachtete Henning seine Kollegin. Lügen konnte sie nicht, das stand schon mal fest. »Ich weiß ja, er kann einem manchmal wirklich auf den Geist gehen mit seiner Art, aber im Grunde ist er ein ziemlich guter Ermittler und …«

»Nein, wirklich«, unterbrach sie ihn und starrte ihm nun direkt in die Augen. »Es war super. Vielleicht solltest du ihn öfter in den Außendienst schicken.«

Nun war es an Henning, die Stirn zu runzeln. Seit wann nahm Lena Olaf in Schutz, setzte sich sogar für ihn ein? Hatte er etwas verpasst? »Hm, ich denk drüber nach«, sagte er nur, während es in seinem Kopf arbeitete.

»Und Maike? Wie hat sie sich in der Vernehmung geschlagen?«

Na, da hatte Lena ja das richtige Thema angeschnitten, um von sich selbst abzulenken. Im Nu war Hennings Verwunderung über ihre plötzliche Sympathie für den miesepetrigen Olaf verschwunden. Stöhnend fuhr er sich mit beiden Handflächen über das müde Gesicht. »Verhör lief gut. Sie hat echt was drauf. Hat nicht lockergelassen, bis Niedermeyer uns ziemlich kleinlaut in seine geheimsten Vorlieben eingeweiht hat.«

»Das dachte ich mir. So unscheinbar und lieb, wie sie wirkt, genau so selbstbewusst und zielgerichtet kann sie agieren. Was Besseres gibts in unserem Job kaum.«

»Stimmt.« Henning spürte Lenas Blick auf sich ruhen. Als er sie ansah, machte sie ein Gesicht, als erwartete sie, dass er noch mehr sagen würde. »Wenn du darauf hinauswillst, ob wir diese komische Sache zwischen uns begraben konnten, muss ich dich enttäuschen.«

Er dachte an den Nachmittag zurück, als sie gemeinsam aus dem Vernehmungsraum gekommen waren und er ihr für ihren pausenlosen Einsatz über mehrere Stunden hinweg gedankt hatte. An Lob hatte er ebenso wenig gespart. Sie war einfach fantastisch gewesen, hatte den störrischen Niedermeyer mit ihrer Präsenz so beeindruckt, dass er am Ende wie ein winselnder Welpe vor ihnen gesessen hatte und die dunklen Seiten seiner Seele vor ihnen ausbreitete. Nicht jeder hätte diese harte Schale knacken können. Ein bisschen wollte Henning seine neue Teamkollegin damit auch auf die Probe stellen. Ihre ganzen Geheimnisse hatten ihn nachhaltig verunsichert. Er wollte ihr trauen, sich auf sie verlassen können, wie er es in den ersten Wochen getan hatte. Es war ja sogar zwingend erforderlich, dass er ihr blind vertrauen konnte. Nur so waren sie ein Team, nur so konnten sie erfolgreich zusammenarbeiten, Hand in Hand. Doch an diesem Punkt war er nicht mehr. Das gemeinsame Verhör hatte er als Chance gesehen, und Maike hatte sich bewährt. Sie war grandios gewesen! Doch als er sie anschließend in der Mitarbeiterküche erneut auf ihre offensichtlich persönlichen Probleme ansprach, blockte sie ihn umgehend ab.

»Nicht schon wieder, Henning«, hatte sie nur gesagt. »Es geht dich nichts an. Warum kapierst du das nicht?«

»Ich mache mir einfach Gedanken. Du bist neu bei uns, jetzt sonderst du dich ab, hast Geheimnisse, die dich offenbar stark belasten. Ich muss dir sicher nicht erklären, was das für unser Team bedeutet. Nach allem, was hier vorgefallen ist. Du kennst doch die Story. Lass es uns einfach klären, mehr will ich doch gar nicht. Keine Details, kein Seelenstriptease. Sag mir einfach, was es ist, und ich bin zufrieden. Ich bohre auch nicht weiter nach. Aber eins will ich dir ganz klar sagen, Maike: So gerne ich dich auch bei uns habe, in erster Linie muss ich dir vertrauen können. Und wenn ich weiß, dass du irgendetwas bewusst vor mir oder dem Team zurückhältst, was uns alle in irgendeiner Form betreffen könnte, dann kann ich das nicht. Du bist Kommissarin, du weißt, wie wichtig es ist, dass wir uns aufeinander verlassen können. Du bist eine Bereicherung für unser Team. Du hast frischen Wind und die nötige Leichtigkeit, gepaart mit fachlicher Expertise, reingebracht, nachdem … na, du weißt schon. Aber Vertrauen ist das A und O, die Basis unserer gemeinsamen Arbeit. Kannst du das nicht verstehen?« Er hatte sich gegen die Küchenzeile gelehnt und Maike nicht aus den Augen gelassen. Während seiner Worte war sie buchstäblich eingefroren, rührte sich keinen Millimeter mehr und starrte schweigend vor sich hin. Irgendwann jedoch hatte sie tief Luft geholt und endlich zu ihm aufgeblickt. »Das ist dein Ernst? Du vergleichst mich mit eurer kranken Kollegin, die dich entführt hat?«

Hatte Henning kurz zuvor noch einen Funken Hoffnung gespürt, dass es doch endlich ein klärendes Gespräch geben würde, so war dieser mit Blick in Maikes enttäuschtes Gesicht endgültig verflogen.

»Weißt du was?«, hatte sie gesagt und sich mit zitternder Hand an ihre Kaffeetasse geklammert. »Zerbrich dir bloß nicht dein hübsches Köpfchen darüber, wie du mich wieder loswerden kannst. Wenn du willst, kann ich dir diese Entscheidung nämlich auch einfach abnehmen.« Mit diesen Worten war sie wieder einmal an ihm vorbeigerannt und in Richtung ihres Büros verschwunden.

Als er Lena nun von dem Gespräch erzählte, spürte er, wie sehr ihm dieser Konflikt tatsächlich zusetzte. »Ich mag sie, Lena. Sie ist eine Bereicherung fürs Team. Aber diese ganze Geheimniskrämerei läuft jetzt aus dem Ruder. Wie soll ich ihr nach solchen Aktionen nicht misstrauen? Wenn es so harmlos ist, wenn es nichts mit uns hier zu tun hat, warum sagt sie es dann nicht einfach?«

Lena beugte sich über den Tisch in seine Richtung. »Vielleicht geht es dich und uns alle hier wirklich nichts an. Ich meine … ist das nicht ihr gutes Recht? Ein Privatleben zu haben?«

»Es hat aber was mit uns zu tun. Ich hab es sie sagen hören, am Telefon. Dass sie ihren Job verlieren könnte, wenn sie was-weiß-ich tun würde.«

Lena biss sich auf die Unterlippe. »Ja, schon irgendwie komisch«, gab sie schließlich leiser zu. »Du hast sie immerhin gefragt, versucht, ein klärendes Gespräch zu suchen.«

»Ja, aber anstelle einer Lösung wird die Situation immer schlimmer. Jetzt komme ich mir schon vor wie jemand, der sie hier rausekeln will. Das ist das Letzte, was ich möchte. Ich möchte mich einfach auf meine Kollegen verlassen können, ich muss euch allen einhundert Prozent vertrauen können, so wie ihr mir. Was, wenn wir draußen im Einsatz sind? In einem eskalierenden Szenario, in dem es auf jede Sekunde ankommt? Meine Güte, in diesen Momenten Zweifel an meinem Partner zu haben, ist das Letzte, was ich gebrauchen könnte. Niemand von uns braucht das!« Er atmete angespannt aus, nachdem ihm diese offenen Worte über die Lippen gekommen waren. Verunsichert blickte er zu Lena hinüber, versuchte ihre Reaktion zu deuten. Ruhe strahlte sie aus. Wärme. Ein Gefühl von Stabilität. Und augenblicklich wurde ihm klar, wieso es ihm in ihrer Gegenwart immer leichter fiel, sich zu öffnen. Seiten von sich zu zeigen, die er sonst lieber vor anderen verbarg. Er vertraute ihr. Wenn es hart auf hart kommen würde, würde er, ohne mit der Wimper zu zucken, sein Leben in Lenas Hände legen.

»Ich verstehe sehr gut, worum es dir geht«, sagte Lena nun, und ihre ruhige Stimme ließ auch ihn sich langsam beruhigen. »Wenn dich diese Zweifel ihr gegenüber so blockieren, dass es die Ermittlungen und die Zusammenarbeit generell beeinflusst, dann solltest du irgendwas dagegen tun.« Sie sah ihn eindringlich an. »Egal was.«

Henning lachte nervös. »Wir sind hier nicht bei Criminal Minds, und ich hab keinen Hacker an der Hand, der mal eben in jeder x-beliebigen Vergangenheit herumschnüffeln kann.«

»Boris ist vielleicht nicht unbedingt Penelope Garcia, aber soweit ich das beurteilen kann, macht er seinen Job ziemlich gut, wenn es um Personenrecherchen und Akteneinsichten geht.« Offensichtlich bemüht, gleichgültig zu wirken, rührte Lena in ihrer Kaffeetasse.

»Ich soll … du meinst … ich könnte … ach, ich weiß nicht, Lena. Ich hasse es, in den privaten Angelegenheiten anderer herumzuschnüffeln. Wenn das jemand bei mir machen würde, dem würde ich was erzählen.«

»Deine privaten Angelegenheiten beeinflussen aber auch nicht deine Arbeit.« Lena schob die Kaffeetasse wieder ein Stück zur Seite. »Es ist unangenehm, ohne Frage. Aber was ist die Alternative?«

»So wie es sich heute anhörte, ist die einzige Alternative, dass Maike geht.«

»Das wollen wir aber eigentlich alle nicht, oder?«, fragte sie leise.

Henning nickte gedankenverloren. »Manchmal ist Teamchef zu sein echt ein beschissener Job.« Er ließ seinen dröhnenden Kopf auf die Tischplatte sinken.

Kapitel 12

In den folgenden 48 Stunden ermittelte das Team um Lena und Henning pausenlos an allen Ecken und Enden. Die von Boris erstellte Liste mit Grundstücken im Bereich von Bahnschienen wurde von Olaf und Maike abgearbeitet, die sich jedes einzelne von ihnen vornahmen und den Besitzern einen Besuch abstatteten. In den meisten Fällen handelte es sich jedoch um leer stehende Bruchbuden, die nicht einmal mehr einen Eigentümer hatten. Zum Teil war bereits von außen zu erkennen, dass sie nicht betreten werden konnten, ohne Gefahr zu laufen, dass das wackelige Gebäude einstürzte.

Hennings Schwester Verena hatte sich unterdessen in den Räumlichkeiten der KiJu-Perspektive einquartiert.

»Bei diesen Kindern, ihren persönlichen Einschränkungen oder ihren Familien liegt der Schlüssel zum Täter, daran habe ich keinen Zweifel. Irgendjemand hier hat etwas mit den Morden zu tun«, hatte sie gesagt, nachdem Henning Niedermeyer wieder auf freien Fuß hatte setzen müssen.

»Was schlägst du vor?«, hatte er gefragt, woraufhin seine Schwester entschlossen ihre Tasche genommen hatte.

»Ich wohne doch ganz in der Nähe der KiJu-Perspektive, also such ich mir dort ein kuscheliges Plätzchen und halte Ausschau nach Familien mit denselben Konstellationen, wie wir sie bei den bisherigen Mordopfern haben. Wenn wir unseren Mann bisher auch nicht finden konnten, dann können wir ihm sein krankhaftes Vorhaben wenigstens schwerer machen.«

»Gute Idee. Karen soll dich unterstützen, wenn sie bei der Streifenpolizei nicht gebraucht wird. Ich kann dich dort nicht allein ermitteln lassen. Und halt uns auf dem Laufenden«, hatte er nur gesagt, seine Schwester kurz an sich gedrückt und ihr nachgesehen, als sie den Flur hinuntergeeilt war.

Jeden Tag rechneten sie mit einer erneuten Vermisstenmeldung, und das bereitete Henning mittlerweile schlaflose Nächte.

»Das kann doch nicht so schwer sein!«, hatte Überstädter nach dem Fund von Helena Marquardts Leiche gewettert. »Findet diesen Kerl. Nicht nächste Woche, nicht Morgen, heute!«

»Ich kann ihn mir nicht aus dem Ärmel schütteln«, hatte Henning atemlos erwidert. Dieser Druck, den sein Chef immer wieder aufbaute, brachte ihn zur Weißglut. Als würde man damit irgendwas erreichen oder die Ermittlungen voranbringen!

Auch Lena schien mit dem Druck von oben Schwierigkeiten zu haben. Nachdem Henning ihr von Überstädters Worten erzählt hatte, saß sie kopfschüttelnd und mit zusammengezogenen Augenbrauen auf ihrem Stuhl, während ein Finger nervös auf die Tischplatte trommelte. »Ganz ehrlich«, begann sie sichtlich erregt. »Denkt er, wir drehen den ganzen Tag Däumchen? Oder dass es uns Spaß macht, einen Frauenkörper nach dem nächsten buchstäblich aus dem Dreck zu ziehen? Wie wäre es mal mit ein bisschen mentaler Unterstützung? Das gehört genauso zur Führung dieser Ermittlungseinheit.«

Henning hatte tief durchatmen müssen. Auch ihm machte die mürrische und nicht gerade wertschätzende Art seines Vorgesetzten seit jeher zu schaffen. Das ließ sich noch halbwegs ertragen, solange sie nicht in solch komplexen Ermittlungen wie der aktuellen steckten. Aber sobald das der Fall war, verlor sein Chef beinahe stündlich die Geduld. Ein paar unterstützende Worte Überstädters oder auch mal ein paar hilfreiche Ideen würden dem Team sicher eher guttun als dieser ständige Druck und die permanente übersteigerte Erwartungshaltung. Trotzdem wollte Henning die Wogen glätten – für Lena, die, wie alle anderen auch, bereits am Limit war, aber auch für sich selbst. Ruhig und besonnen zu ermitteln, hatte für ihn höchste Priorität. So konnte er sich am besten fokussieren. Er ließ sich ungern von hochkochenden Emotionen ablenken.

»Na ja, versetz dich in seine Lage«, sagte er deshalb zu ihr. »Welches Licht wirft unser Misserfolg auf ihn als Vorgesetzten?«

»Und das verbietet es ihm, uns respektvoll zu behandeln?«, hatte Lena gefragt, doch die Falten auf ihrer Stirn entspannten sich zunehmend. Sie verstand, worauf er hinauswollte. Sie verstand immer, deshalb waren sie auch so ein gutes Team geworden. Henning hatte auf weitere Worte verzichtet und sie nur angesehen, bis sich ein Lächeln auf ihre Lippen geschlichen hatte. »Ja, ja«, hatte sie dann gesagt, »schon gut, ich habs verstanden. In Anbetracht derer, die ihm Druck machen, ist er sicher auch nur ein kleines Würstchen. Irgendwo muss er sich seinen Stolz ja wiederholen.« Sie schmunzelte, während sie den Blick gesenkt hielt, einmal seufzte, und sich anschließend, genau wie Henning, wieder an die Arbeit machte.

Verena drückte auf den Verriegelungsknopf und beobachtete die aufleuchtenden Rücklichter des Wagens, während Karen neben ihr einparkte. Nach einer verregneten und stürmischen Nacht tanzten Laubblätter um ihre Knöchel.

»Guten Morgen«, rief Karen und rieb sich über die Arme. »Ziemlich frisch heute.«

»Stimmt. Und wenn wir uns nicht beeilen, erwischt uns gleich noch das da.« Verena deutete auf die dunkle Wolkenfront, die sich in diesem Moment über das Hauptgebäude der KiJu-Perspektive schob. Karen verzog das Gesicht. »Ausgerechnet heute, wo ich doch ab Mittag die Streifenpolizisten vorm Haus von Helena Marquardt unterstützen werde. Observation im Regen. Großartig.« Sie stöhnte, beeilte sich, ihre Tasche aus dem Kofferraum zu fischen, und lief an Verenas Seite über den Fußweg. Ihre Absatzschuhe klackerten in eiligem Takt.

»Moin«, nuschelte ein Mann, der sie in diesem Moment von hinten überholte.

»Das ist Achim Niedermeyer, den sie im Kommissariat verhört haben«, erklärte Karen, als er außer Hörweite war.

»Ah, okay. Henning hat mich schon auf den neuesten Stand gebracht. Sieht ganz schön mitgenommen aus, der Gute.«

Karen nickte. Ein mitfühlender Blick glitt über den Rücken des Fremden. »Im Nachhinein kann ich verstehen, wieso er sich anfänglich gegen die Kooperation gewehrt hat. Ich hab zwar mit seinen Vorlieben nichts am Hut, aber jeder Mensch ist anders, und solange er niemandem damit schadet, soll er doch tun, was er möchte. Ein bisschen leid tut er mir jetzt aber schon. Sein wohlbehütetes Geheimnis hat mittlerweile bestimmt die Runde gemacht.«

»Seit wann ist er wieder auf freiem Fuß?« Verena warf einen Blick in den wolkenverhangenen Himmel.

»Seit vorgestern. Ich an seiner Stelle hätte mir wohl noch ein paar Tage Urlaub gegönnt.«

»Na wer weiß, wie die Stimmung bei ihm zu Hause ist.« Verena zog die Augenbrauen zusammen. In diesem Moment fielen dicke Regentropfen vom Himmel, als hätten die Wolken ihre Schleusen geöffnet. Zeitgleich hoben Karen und sie ihre Taschen über die Köpfe und beschleunigten ihren Schritt. Glücklicherweise hielt ihnen ein junger Gärtner die schwere Holztür auf. »Kommen Sie schnell!«, rief er mit einem Lächeln, das unter seinem Basecap hervorblitzte. Nacheinander huschten sie ins Gebäude hinein.

Lena war so auf ihre Arbeit am PC konzentriert, dass sie das Klingeln ihres Handys zusammenzucken ließ. Henning schien es ähnlich zu gehen. Neugierig sah er zu ihr herüber, während sie das Telefonat annahm.

»Kriminalpolizei, Freyenberg«, meldete sie sich.

»Frau Freyenberg? Rico Scharnbeck hier. Ich habe gerade in Luis' Rucksack einen Brief mit einer Karte und einem USB-Stick gefunden. Ich weiß überhaupt nicht, wo der herkommt, Luis konnte mir auch nichts sagen. Er war einfach da drinnen, im Rucksack meines Sohnes!« Er keuchte in den Hörer.

»Herr Scharnbeck, ganz ruhig. Haben Sie schon die Kollegen vor ihrem Haus informiert?«

»Ja, ja, das hab ich. Die sind schon hier drinnen, meinten, ich solle Sie direkt anrufen.«

Lena fasste sich an die Stirn und schloss die Augen. Plötzlich fühlte sie eine unheimlich emotionale Erschöpfung über sich hereinbrechen. »Gut. Geben Sie bitte Brief und Stick an Karen Hofreiter, dann erreicht uns alles am schnellsten.«

»Sehen Sie es sich dann an? Da ist doch Helena drauf, nicht wahr? Mein Gott!« Seine Stimme brach.

»Ja, wir schauen es uns an und melden uns dann umgehend bei Ihnen. Sie haben genau richtig gehandelt. Herr Scharnbeck, eine Frage noch: Haben Sie nicht doch vielleicht eine Idee, wie Luis das beides erhalten haben könnte?«

»Nein, wirklich nicht. Er war doch nur in der Schule und in der KiJu-Perspektive. Also muss es ihm irgendwo dort einer in den Rucksack gesteckt haben. Oder auf dem Weg. Aber ich weiß es nicht, wirklich!«

»Okay, bitte versuchen Sie, Ruhe zu bewahren. Bleiben Sie bei Ihren Kindern. Wir lassen eine Streife vor Ihrem Haus stehen, und ich melde mich bei Ihnen, sobald ich mehr weiß, okay?«

Als sie das Gespräch beendete, waren ihre Wangen feuerrot.

Henning schüttelte mit dem Kopf. »Es kam also nicht mit der Post.«

»Nein. Irgendwie muss er wohl an die Info gekommen sein, dass wir Briefkästen und Postzentren im Visier haben.«

Henning sprang auf. Sein Schreibtischstuhl rollte scheppernd über den Büroteppich. »Aber wie? Das ist unter strengster Geheimhaltung passiert. Die Kollegen sind in Zivil da draußen unterwegs!«

Doch darauf wusste Lena auch keine Antwort. »Viel schlimmer ist, dass der Junge beides nur in der Schule oder der KiJu-Perspektive erhalten haben kann und wir nun wissen, dass der Täter ziemlich nah an ihm dran war.«

Henning griff mit hochrotem Kopf nach seinem Handy. »Boris«, rief er in den Hörer. »Mach dich bereit, wir haben wieder Post vom Täter. Kommen gleich zu dir runter.«

Eine halbe Stunde später stand Karen mit besagtem Briefumschlag im Kommissariat. Blass waren ihre Wangen. Seit Tagen hatte sie es sich nicht nehmen lassen, die Streifenpolizei in der Stadt und vorm Haus von Helena Marquardt zu unterstützen. Ihre persönliche Verbindung zum letzten Opfer, sei sie auch noch so zart, ließ sie über sich hinauswachsen. Henning hatte sich noch nie über seine Kollegin beschweren können, doch ihr Ehrgeiz und ihr Engagement im aktuellen Fall beeindruckten ihn. Nicht selten fand er sie noch spät in der Nacht im Schein der Schreibtischlampe über den Akten brütend.

»Ich bin Mutter, Henning«, hatte sie einmal gesagt, als er sie aufforderte, doch auch endlich Feierabend zu machen. »Es lässt mir keine Ruhe, dass da draußen jemand sein Unwesen treibt, der Menschen wie mir Böses will, der Familien ruiniert und unschuldige Kinderseelen auf ewig zerstört. Wenn meine beiden Mädchen das durchmachen müssten … Ich will gar nicht dran denken.« Den Kopf hatte sie geschüttelt und die Nase wieder in den dicken Ordner gesteckt, eine Geste, die alle Einwände sinnlos machte.

Als sie nun jedoch mit dem Briefumschlag vor ihnen stand, zitterte ihre Hand. »Eine Briefmarke klebt drauf, aber sie ist nicht gestempelt.«

Henning nahm den Umschlag an sich. »Auch die Adresse hat er draufgeschrieben. Dann war sein ursprünglicher Plan wohl, alles wie üblich per Post zu senden.«

»Irgendwas hat ihn davon abgebracht. Oder jemand. Vielleicht hat er etwas beobachtet?«, sagte Lena.

»Oder gehört«, ergänzte Henning. »Ich ruf mal eben Verena an und schalte sie dazu.« Das Telefon mit ihrem Videoanruf legte er auf den Tisch neben Boris' PC, der unterdessen den USB-Stick an seinen Computer anschloss.

»Bereit?«, fragte er, und Henning sah, wie Lena einmal tief Luft holte. Anschließend nickte sie ebenso zögerlich wie Karen. Eigentlich war niemand von ihnen für eine weitere Audioaufnahme dieser Art bereit. Auch Henning wappnete sich innerlich für das, was nun kommen würde. Und kaum dass Boris den Play-Button gedrückt hatte, hallten die verzweifelten Schreie Helena Marquardts durch das stickige Kellerbüro.

»Tun Sie das nicht, bitte, ich flehe sie an! Ahhhhh, bitte, hören Sie endlich auf!« Dem Schmerzensschrei der Frau folgte ein Stöhnen, in dem deutlich Verzweiflung mitschwang. »Ich kann das nicht sagen, es ist nicht wahr, Sie wissen das!« Ein zischendes Geräusch schnitt messerscharf durch die Luft, gefolgt von einem weiteren Schrei der Frau. Doch sie blieb standhaft, gab dem Täter nicht, was er wollte. »Sie haben die Falsche! Ich … ahhhh, verdammt, jetzt hören Sie auf! Ich liebe meine Kinder, ich würde ihnen niemals schaden. Sie wissen das!« Im Hintergrund klirrte etwas, dann folgten schwere Schritte und ein keuchender Atem. Boris drehte die Lautstärke auf. Als Helena Marquardt im nächsten Moment abermals markerschütternd schrie, zuckte Lena neben Henning so stark zusammen, dass er automatisch nach ihrem Arm griff.

»Ich sage das nicht, es ist eine Lüge!« Die Stimme der Frau wurde schwächer, brüchiger, doch sie wich keinen Millimeter von ihren Worten vom Beginn der Aufnahme ab. »Machen Sie, was Sie wollen, Sie werden das nicht von mir hören. Ahhh, verdammt, Sie … Sie … ahhhhhhhh!«

»Jetz' sag es schon, du Miststück!«

Alle erstarrten, als die Stimme des Täters sich so plötzlich in den Raum ergoss. Boris hielt die Aufnahme augenblicklich an, spulte ein Stück zurück und ließ sie erneut laufen.

»Ahhh, verdammt, Sie … Sie … ahhhhhhhh!«, rief Helena Marquardt, und der Täter keuchte ein weiteres Mal: »Jetz' sag es schon, du Miststück!«

Hennings Herz polterte so laut in seinem Brustkorb, dass er Mühe hatte, dem Rest der Aufnahme zu folgen. Weitere fünf Minuten schrie Helena Marquardt um ihr Leben, doch weigerte sie sich standhaft, etwas zu sagen, das nicht der Wahrheit entsprach. Ihr Widerstand wurde aber mit jeder vergehenden Sekunde geringer, und kurz bevor die Aufnahme endete, krächzte ihre geschundene Stimme ein schwaches: »Ich hab das nicht gewollt, ich …«

Klick. Stille. Keine Entschuldigung, kein Schuldgeständnis, nichts, was er von den anderen Opfern verlangt und auch bekommen hatte. Offenbar hatte er sich mit Helenas letzten Worten zufriedengegeben.

Henning sah auf die Grußkarte hinab. Die gleiche Karte wie beim zweiten Opfer, vermutlich aus demselben Schreibwarenladen. Auch die Worte waren dieselben:

Luis & Svea, herzlichen Glückwunsch zum Tod eurer Mutter.

Doch die Schrift des Täters wirkte hektisch, beinahe wie dahingekritzelt. Ausschweifend und kaum leserlich waren die

Buchstaben, am Rand der Karte waren zwei rotbraune Flecken zu erkennen, die verschmiert waren.

»Boris, spielst du bitte noch mal die Stimme des Mannes ab?«, bat Henning und lauschte angespannt, als das Keuchen des Täters den Raum erfüllte. Gepresst sprach er, wutentbrannt, als müsste er sich zusammenreißen, nicht jeden Moment durchzudrehen. Helena Marquardt war eine Heldin. Sie hatte zwar mit dem Leben bezahlen müssen, doch sie hatte den Täter dazu gebracht, einen Fehler zu begehen, sich zu zeigen.

»Hörst du, wie er das s und tz spricht?«, fragte Lena.

Henning nickte. Er hatte es sofort gehört. »Ein Sprachfehler. Er lispelt. Klingt, als würde er die Zunge zwischen die Zähne stecken beim Reden. Außerdem näselt er, atmet lautstark durch den Mund. Kann Zufall sein, oder …«

»Oder er hat eine Fehlbildung im Mund-Rachen-Bereich«, sagte Karen, und hektisch irrte ihr Blick zwischen ihren Kollegen hin und her.

»Woran denkst du?« Lena ließ erneut die Worte des Täters abspielen.

»Jetz' sag es schon, du Miststück!«

»Meine beste Freundin wurde mit einer Lippen-Kiefer-Gaumenspalte geboren. Zwar wurde das in früher Kindheit bereits operativ behoben, doch sie hatte bis ins späte Jugendalter Probleme mit der korrekten Aussprache. Sie lispelte nicht nur, sie konnte auch den Speichelfluss beim Sprechen schlecht kontrollieren. Hört ihr dieses Schlürfgeräusch, wenn der Mann ›Miststück‹ sagt?« Karen gab Boris ein Zeichen, die Aufnahme erneut abzuspielen. Und tatsächlich. Die feuchte Aussprache war genauso deutlich zu hören wie das Lispeln selbst.

»Wir suchen also nach einem Mann mit einer angeborenen Fehlbildung, die heute vielleicht optisch behoben, aber noch immer deutlich zu hören ist. Daher womöglich die Identifikation mit den Söhnen der Opfer«, sagte Henning, und Lena runzelte die Stirn.

»Ja, klingt logisch. Aber wir reden bei ihm von einer Missbildung und bei den Jungs zum Teil von Lernstörungen oder fehlenden sozialen Kompetenzen. Das ist schon was anderes«, gab sie zu bedenken.

»Die Schlüsselfigur ist die Mutter in dieser Konstellation«, meldete Verena sich plötzlich zu Wort, und alle beugten sich über das Mobiltelefon. »Irgendwas hat sie getan, irgendwas hat er durch seine Mutter erlebt, und das projiziert er nun auf die Kinder unserer Opfer - ob es der Realität entspricht oder auch nicht. Das scheint für ihn keine Rolle zu spielen.«

Henning raufte sich die Haare, bevor er sich an seine Kollegen wandte. »Nehmt hinsichtlich der Sprachstörung noch einmal alle Personen im Umfeld der bisherigen Mordopfer unter die Lupe. Verena, übernimm du das doch bitte gleich in der KiJu.«

»Klar, kein Problem«, sagte sie, während Lena sich umgehend anbot, zu ihrer Unterstützung dazuzukommen.

Als Henning den Videocall mit Verena beendet hatte, wartete er noch, bis Boris eine Sicherungskopie vom USB-Stick gemacht hatte. Der Rest des Teams verließ unterdessen den Raum, und die Männer blieben allein zurück.

»Bald haben wir ihn.« Boris reichte ihm den Stick.

»Hoffen wir es. Ich schick das alles in die Forensik. Wenn wir Glück haben, sind die Spuren auf der Karteninnenseite auch von ihm. Er macht Fehler, es ist nur eine Frage der Zeit, bis wir ihn kriegen.«

Boris nickte ihm zu, und Henning wandte sich zur Bürotür, hielt dort jedoch auf einmal inne und drehte sich wieder um. Das Gespräch mit Lena über Maikes Geheimnis kam ihm wieder in den Sinn. Bisher wollte er keine weiteren Schritte einleiten, auch weil er seine neue Kollegin einfach nicht hintergehen wollte. Aber er wusste auch, dass es so nicht bleiben konnte. Wenn er wollte, dass Maike Teil des Teams war, musste er etwas tun. Sie ließ ihm mit ihrer immer größer werdenden Distanz und beharrlichen Verschlossenheit kaum eine andere Wahl.

»Ach, Boris«, sagte er deshalb nun und kratzte sich kurz verlegen am Kopf.

Der ITler drehte sich auf dem Bürostuhl zu ihm um. »Jap?«

»Wenn ich dich um etwas bitte, kannst du dann diskret bleiben?«

Boris zog die Augenbrauen hoch. Sichtlich verwirrt blickte der bärenhafte Mann zu Henning herüber, nickte jedoch kurz darauf.

»Gut.« Henning ging wieder zu ihm und setzte sich. »Maike Mückenhaupt - könntest du ein wenig über sie in Erfahrung bringen?«

»Über unsere Maike?«, fragte Boris nun, und Henning kam sich regelrecht schäbig vor.

»Ja, unsere Maike.«

»Hat sie was angestellt?«

Er schüttelte hastig den Kopf, obwohl er streng genommen nicht wusste, ob das so war. Aber er wollte es einfach nicht glauben. »Nein, nein. Nach Gabi ging es hier nur einfach Schlag auf Schlag. Normalerweise finde ich immer die Zeit, mich selbst über neue Kollegen im Voraus zu erkundigen. Einfach, um ein Gefühl dafür zu kriegen, ob sie gut ins Team passen, weißt du? Doch irgendwie ist mir das bei ihr nicht gelungen. Gabi war kaum weg, ich lange krank, dann fiel Lena aus und auf einmal gabs den neuen Fall. Ich möchte einfach auf Nummer sicher gehen, dass mir nichts entgangen ist.« Er redete sich um Kopf und Kragen, das spürte er und auch wie kalter Schweiß auf seiner Oberlippe perlte. Außerdem fand er es selbst verdächtig, wie bemüht er war, den Augenkontakt zu vermeiden.

Boris jedoch schien davon nichts zu merken. Er zuckte nur mit den Schultern. »Ich gucke mal, was ich über sie finden kann.«

Henning klopfte ihm auf die Schulter. »Danke dir. Und bitte …«

»Diskretion, ich weiß. Ist doch klar.«

Lena blies sich eine Haarsträhne aus dem Gesicht. Olaf hatte ihr eine Liste mit allen Eigentümern eines dunkelblauen Minivans zukommen lassen, die sie mit seiner Hilfe abarbeiten wollte, um entsprechende, ins Profil passende Besitzer überprüfen zu lassen. Doch in einer Großstadt wie ihrer handelte es sich dabei nicht nur um eine Handvoll Fahrzeughalter, sondern um mehrere hundert. Damit Olaf in die Einzelüberprüfung gehen konnte, hatte sie ihm versprochen, eine erste Vorauswahl zu treffen. Das kostete sie jedoch mehr Zeit als erwartet.

Als Henning am frühen Nachmittag ins Büro kam, sah er sie verwirrt an. »Wolltest du nicht in die KiJu-Perspektive fahren?« Er warf einen Blick auf seine Armbanduhr.

Lena hob den Papierstapel hoch und ließ ihn dann schwer auf den Schreibtisch fallen. »Ich hab Olaf versprochen, dass ich das vorher fertig mache.« Sie brachte Henning auf den aktuellen Stand. »Verena hab ich aber informiert, dass ich mich ein wenig verspäte. Zumindest erfährt sie es, wenn sie ihre Mobilbox abhört.«

»Du hast sie nicht erreicht?« Er setzte sich vor seinen PC.

»Nein, zumindest nicht vorhin. Und dann kam Olaf und ...« Sie zuckte mit den Schultern. »Tut mir leid, wenn ich hier durch bin, fahr ich sofort hin.«

Henning schüttelte den Kopf. »Nein, schon gut.« Er zog sein Handy aus der Tasche und hielt es sich kurz darauf ans Ohr. Doch seinem Gesichtsausdruck zufolge hatte er genauso wenig Erfolg wie Lena. »Da geht ja gleich die Mobilbox dran. Das ist komisch.«

»Vorhin hat es noch geklingelt. Vielleicht ist sie in irgendeinem Meeting oder spricht mit Mitarbeitern. Sie wird schon zurückrufen.«

Henning tippte kurz auf dem Handybildschirm herum, bevor er das kleine Gerät auf den Schreibtisch legte und sich übers Gesicht fuhr. »Hab ihr geschrieben, sie soll sich melden.«

In diesem Moment öffnete sich die Bürotür. Ohne anzuklopfen, stand Boris auf einmal vor ihnen. Er hatte schon Luft geholt und zum Sprechen angesetzt, als er Lena erblickte und sofort verstummte.

»Was ist los?«, fragte sie, und Boris blickte sichtlich verunsichert zu Henning.

Der winkte nur ab. »Lena weiß Bescheid.«

»Ah, sehr gut. Denn das wird euch interessieren.« Er nahm sich den Besucherstuhl aus der Zimmerecke und setzte sich zu Henning. Lena rollte auf ihrem Stuhl zu den beiden hinüber. Neugierig versuchte sie zu erkennen, was auf Boris' Tabletbildschirm zu sehen war, doch er ließ sie nicht mal den kleinsten Blick drauf werfen.

»Gehts um die Tonbandaufnahme?«, fragte sie daher.

Henning räusperte sich. »Um Maike«, sagte er nur, und Lenas Herz machte plötzlich einen Satz. Sie hatte schon nicht mehr daran geglaubt, dass er ihren Rat, sich an Boris zu wenden, wirklich in die Tat umsetzen würde. Dass er es nun doch getan hatte, zeigte ihr einerseits, wie sehr er ihr vertraute, andererseits wurde sie nun aber doch nervös. Davon ließ sie sich jedoch nichts anmerken und streckte den Rücken durch. »Und?«, fragte sie so beiläufig wie möglich.

Boris tippte auf dem Tablet herum, während er sagte: »Also eigentlich hat sie eine ziemlich normale Vergangenheit. Schul- und Berufsausbildung, familiärer Background - alles ziemlich durchschnittlich, nichts Auffälliges. Wäre da nur nicht diese eine kleine Sache. Ich habs nur durch Zufall entdeckt, der Familienname Mückenhaupt wurde in einem anderen Zusammenhang mal erwähnt … Beinahe wäre es mir durch die Lappen gegangen …«

»Jetzt mach es doch nicht so spannend.« Henning beugte sich genauso neugierig wie Lena zu dem ITler, um einen Blick aufs Tablet zu werfen. Endlich drehte Boris es in ihre Richtung. Auf dem Bildschirm prangte ein großer Zeitungsartikel. Das Foto in der Mitte zeigte einen abgesperrten Tatort sowie die Spurensicherung vor Ort.

»*Der Mörder kam im Morgengrauen*«, las Lena leise vor und begann, den Artikel zu überfliegen. Henning war schneller als sie. »Ein Raubmord in einem Kölner Vorort, Tankstellenüberfall und Tod durch Schussverletzung des Inhabers.« Er sah auf. »Und was hat Maike damit zu tun?«

»Seht ihr die Verdächtigen?« Boris zeigte auf drei kleine Fotos von jungen Männern in den Zwanzigern. »Der in der Mitte, Benedikt Strobel, wird verdächtigt, das Opfer erschossen zu haben. Er ist seit zwei Jahren auf der Flucht.«

»Und?« Lena konnte da beim besten Willen keinen Zusammenhang erkennen.

»Benedikt Strobel ist Maike Mückenhaupts Pflegebruder. 2010 kam er als Pflegekind in die Familie und galt damals wohl schon als problematisch. Seinen ersten Diebstahl beging er mit neun Jahren. Danach folgten einige weitere, kleinere Delikte, bei denen aber niemand zu Schaden kam. In dem Fall hier«, und er wies wieder auf den Artikel, »sah das nun anders aus.«

Henning lehnte sich in seinem Stuhl zurück und atmete tief aus. »Dann ergeben die geheimnisvollen Telefonate von Maike endlich Sinn. Vielleicht hat sie Kontakt zu ihm, versucht ihn zu schützen.«

»Henning, das geht uns nichts an. Das ist ihre Privatangelegenheit. Du wolltest ausschließen, dass sie in irgendeiner Art Dreck am Stecken hat. Das hast du. Sie hat eine weiße Weste. Was mit ihrem Bruder oder Pflegebruder ist, muss uns egal sein.« Lena musste zugeben, dass sie über Boris' Entdeckung gleichermaßen erleichtert und besorgt war. Aber sie stand hinter ihrer Aussage - was in Maikes Privatleben geschah, hatte niemanden auf dem Revier zu interessieren. Zumindest so lange nicht, wie es keinen Einfluss auf ihre Arbeit hatte oder sie sich nicht strafbar machte.

Henning schien einen ähnlichen Gedanken verfolgt zu haben. »Wieso hat sie dann aber am Telefon zu irgendjemandem gesagt, dass sie ihren Job wegen was auch immer verlieren könnte?«

In diesem Moment klingelte Hennings Handy. »Verena«, sagte er nur und stand auf. Während er mit seiner Schwester sprach, sah Lena sich noch einmal die Fotos im Artikel über Maikes Pflegebruder und seine kriminellen Freunde an. Benedikt Strobel wirkte alles andere als bösartig, eher blickte er scheu und verunsichert in die Kamera.

Als Henning sich kurz darauf wieder zu ihnen setzte, schob Lena das Tablet zurück zu Boris.

»Und? Alles gut bei Verena?«, fragte sie ihren Partner.

»Feueralarm in der KiJu, deswegen konnte sie auch nicht ans Handy gehen. Sie kümmert sich schnellstmöglich um die Ermittlungen, muss jetzt aber erst mal los und meinen Neffen abholen. Niklas hat wohl zusammen mit einem Kumpel irgendwas ausgefressen. Sie war ganz kurz angebunden. Wo waren wir stehen geblieben?«

Boris stand auf und nahm sein Tablet. »Na, eigentlich hab ich ja schon alles erzählt, was ich rausgefunden habe. Falls es euch beruhigt, ich konnte nichts finden, das darauf hinweist, dass sie selbst in irgendwelche kriminellen Machenschaften verwickelt ist. Im Gegenteil. Sie war Klassensprecherin, Klassenbeste im Abitur, aalglatter beruflicher Werdegang, ehrenamtliche Präventionsarbeit an Schulen - sie hat wirklich eine weiße Weste.«

Nachdem Boris das Büro verlassen hatte, stand Henning auf.

»Wo willst du denn hin?«, fragte Lena, und ihr Blick fiel auf den Papierstapel, der immer noch mahnend auf dem Schreibtisch ruhte und sie anzustarren schien, so als würde er ihr permanent vor Augen führen, was sie noch zu erledigen hatte.

»Dr. Triebald meinte gestern Abend noch, bei Gelegenheit soll ich in der Gerichtsmedizin vorbeikommen, er wolle mir da noch irgendwas zeigen.« Henning nahm seine Jacke. »Und da nehme ich doch jetzt einfach mal Maike mit.«

»Henning, ich …«, setzte Lena an, doch da war er bereits durch die Tür verschwunden.

Kapitel 13

DER Rechen in meiner Hand bebt. Meine Finger verkrampfen sich um den spröden Holzgriff, während ich das Fahrzeug anstarre, das in diesem Moment vor den Toren der KiJu-Perspektive parkt. Ich kenne dieses Fahrzeug, weiß, zu wem es gehört. Die Frau steigt aus. Ein kurzer schwarzer Rock weht um ihre schlanken Beine. Sie presst sich das Handy ans Ohr, während sie die Hintertür öffnet und ein Junge herausspringt. Die Frau hält den Lautsprecher zu, sagt etwas zu dem Jungen und wendet sich ab. Das Kind verzieht das Gesicht. Gelangweilt kickt er Steine über den Fußweg, trifft erst eine Mülltonne und plötzlich auch die Seitentür des Wagens seiner Mutter.

»Niklas!«, schreit diese auf einmal. Jetzt kann sie das Telefon wegpacken. Sie untersucht den Lack, verzieht das Gesicht. Ihre Hand greift nach dem Jungen. Selbst hier, unter der alten Linde stehend, erkenne ich ihre verkrampften Knöchel, ihren festen Griff, ihre Wut, während sie dem Kind eine Standpauke hält. Der Junge versucht auszuweichen, sie zieht ihn zurück, er taumelt zur Seite, windet sich. Jetzt packt sie mit beiden Händen zu. Schüttelt sie ihn? Es sieht aus, als würde sie ihn schütteln.

Verdammt, ich spüre die Krallen in meinem Rücken heute noch. Wie ich es gehasst habe, wenn sie das bei mir getan hat, wenn sie mich gepackt, an mir herumgerissen und mich gestoßen hat! Wie klein und hilflos ich mir damals vorkam. Wie unwichtig und verloren, wenn ich später vorm Spiegel stand und die blauen Flecken gezählt habe. Eins, zwei, drei ... Bei fünf habe ich meistens aufgehört, obwohl da mehr waren. Immer. Aber nichts war so schlimm, kein schmerzhaftes Zupacken, kein blauer Fleck, wie die Ablehnung durch sie. Der Junge spürt sie auch. Schneidend ist dieses Gefühl. Manchmal konnte ich dabei kaum atmen. Schnappt der Kleine nicht auch gerade nach Luft? Es sieht fast so aus. Ich muss mich zusammenreißen. Der Drang, loszurennen, ist groß. Doch ich bleibe stehen, kralle mich am Holzgriff des Rechens fest und versuche, mir nichts anmerken zu lassen. Dabei dröhnt der Puls in meinen Ohren.

»Du hast doch sofort gedacht, dass die Alte was verbirgt«, flüstert die Stimme in meinem Kopf. Ich zucke zusammen, sehe mich um. Doch außer mir steht niemand an diesem herbstlichen Nachmittag auf dem Hof. Ich zittere.

»Das habe ich nicht nur gedacht, ich habe es gewusst. Sie ist wie alle anderen. Kein Stück besser.«

»Willst du sie dir holen?«, krächzt die Stimme verächtlich, als würde sie mich auslachen.

»Alle«, presse ich hervor. Mein Hals ist staubtrocken. »Ich werde sie mir alle holen und ihnen geben, was sie verdienen. So wie dir!«

Das hämische Lachen hallt in meinen Ohren. »Warum stehst du dann immer noch hier rum, im Schatten des alten Baumes, als hättest du Schiss, gesehen zu werden? Weil du ein Feigling bist? Ein Versager? Mach dir nichts vor, wir wissen es doch beide.«

Keuchend krümme ich mich. Ich beiße die Zähne so fest aufeinander, dass sie knirschen. »Ich bin kein Versager!« Speichel spritzt von meinen Lippen. Als er mir übers Kinn läuft, wische ich ihn fort.

»Beweis es. Hol sie dir. Mach es jetzt und gleich.«

Ich will loslaufen, der Alten den Rechen über den Schädel ziehen, ihren leblosen Körper durchs Laub schleifen und in meinen Wagen hieven. Ich spüre ihr Blut unter meinen Fingern, höre ihr verzweifeltes Stöhnen, bevor ich sie mit einem weiteren Schlag mundtot mache. Meine Füße kribbeln vor Aufregung, mein Herz rast. Doch ich bleibe stehen, verborgen hinter dem dichten Blattwerk.

»Feigling«, zischt die Stimme.

»Ich bin kein Feigling!«, rufe ich, setze einen Fuß vor den anderen und laufe über den feuchten Rasen. Die Frau und der Junge drehen sich zu mir um, während ich zielstrebig auf sie zueile, den Rechen fest im Griff.

»Frau Gerlach-Ries, warten Sie, ich bringe Ihnen den Ordner!« Frau Weinrich, die Sekretärin, hastet über den gepflasterten Fußweg. Augenblicklich stoppe ich. Die Frau und das Kind wenden sich wieder von mir ab. Ich steuere den alten Geräteschuppen an, verharre darin, *bis die Frauen ihr Gespräch beendet haben. Erst dann komme ich wieder hervor. Schweiß rinnt mir über die Stirn. Fast hätte ich sie gehabt!*

»Ich habs dir doch gesagt ... Versager!«, flüstert es in meinem Nacken. Ich spüre den heißen Atem, fahre herum, pralle vor ein Regal. Niemand ist bei mir. Ich bin allein in der stickigen Dunkelheit.

Die Schuppentür knarzt, als ich sie von außen verschließe. In diesem Moment fährt das Fahrzeug der Frau vorm Tor los. Ich stehe hinter der Mauer, beobachte, wie sie mit angestrengtem Blick auf die Straße starrt. Der Junge sitzt auf der Rücksitzbank. Seine Stirn ist gegen die Scheibe gepresst. Als er mich sieht, lächle ich. Wie von selbst hebt sich meine Hand zum Gruß. Als wären wir alte Freunde, Verbündete. Und dann plötzlich lächelt er zurück.

»Bald«, flüstere ich ihm zu, obwohl er mich nicht hören kann. »Bald bist du frei.«

»Danke, dass du so spontan mitgekommen bist«, sagte Henning und hielt Maike die Tür auf, während sie die Gerichtsmedizin verließen.

»Kein Problem, es hat ja gerade gut gepasst. In den letzten Tagen haben Olaf und ich so aufeinandergehockt, dass er sicher froh ist, mal eine Pause von mir zu haben.« Sie lächelte, während sie gemeinsam zum Wagen gingen. Es war das erste Mal seit Langem, dass sie sich Henning gegenüber wieder lockerer zeigte.

Der Pathologe, Dr. Triebald, hatte mit ihnen über die verschiedenen Spiegelscherben gesprochen, die in den Kehlenschnitten der Opfer zu finden gewesen waren. Mittlerweile stand fest, dass es sich um drei unterschiedliche Spiegel gehandelt haben musste, da die Scherben verschieden getönt waren. Offensichtlich hatte das Spiegelsymbol für den Täter also eine besondere Bedeutung, er wählte die Scherben bewusst und besorgte sie sich vermutlich vor seiner Tat. Verena hatte sie auf die Verbindung zwischen Spiegel und Lippenkiefergaumenspalte gebracht. »Der Spiegel muss eine negative Bedeutung für ihn haben. Stellt euch ein Kind mit einer solchen Missbildung im Gesicht vor. Vielleicht wurde er aufgrund seines Aussehens gemobbt – in der Schule, von der Familie … Die Beziehung zur Mutter scheint schwierig gewesen zu sein. Vielleicht lag es genau daran. Gut möglich, dass sie sich für ihn geschämt hat. Ganz sicher hat er sich so manches Mal selbst im Spiegel betrachtet, sein Gesicht mit dem von anderen verglichen. Möglich, dass er seinen Anblick kaum ertragen konnte, er deswegen sein Spiegelbild zerschlagen hat und die Scherben Ausdruck seines fehlenden Selbstwertgefühls oder gar ausgeprägten Selbsthasses sind. Das sollten wir alles bedenken.«

Nach und nach fingen die Puzzleteile an, sich zu einem großen Ganzen zusammenzufügen, auch wenn noch immer einige Lücken vorhanden waren. Unklar blieb nach wie vor, was für ein Geständnis er von den Opfern verlangte, und warum. Bei keiner der getöteten Mütter war in irgendeiner Form eine Auffälligkeit im Verhalten gegenüber ihren Kindern bekannt gewesen. Trotz der Beeinträchtigungen der Söhne hatten sich ihre Mütter jeweils fürsorglich gezeigt. Nicht zuletzt darin erkennbar, dass alle Kinder in unterschiedlichen Förderprogrammen der KiJu-Perspektive angemeldet waren.

Was genau sah der Täter in den Müttern? Und welche eigenen Erlebnisse versuchte er mit dem Mord an ihnen zu kompensieren?

»Weißt du, was ich glaube?«, sagte Maike nun und zog die Beifahrertür auf. Sie rutschten beide auf ihren Sitz, bevor sie weitersprach. »Verena lag mit ihrer Vermutung ganz richtig. Der Mann hat Komplexe, vermutlich ausgelöst durch seine Mutter. Ich kann mir gut vorstellen, dass sie ihn psychisch misshandelt, ihn vielleicht sogar dauerhaft erniedrigt hat. In ihm muss sich auf jeden Fall eine immense Wut angestaut haben. Und die Botschaft an die Kinder, seine Glückwünsche – er ist überzeugt davon, dass er etwas Gutes tut. Vermutlich sogar, dass er den Jungen hilft. Er lässt die Mütter büßen für etwas, das er ihnen andichtet, lässt sie das dann auch noch gestehen, foltert und tötet sie. Und dabei müssen sie nicht nur ihn anschauen, sondern auch sich selbst.«

Henning nickte. »Sie müssen dem Tod ins Auge blicken«, sagte er leise. »Durch die fixierten Augenlider tun sie das buchstäblich.«

»Ich würde mir schleunigst Einsicht in aktenkundige Familien der letzten Jahre geben lassen.« Maike zuckte mit den Schultern. »Einen Versuch ist es wert.«

»Gute Idee.« Henning steckte den Schlüssel ins Zündschloss. »Übrigens, Maike, jetzt wo wir kurz unter uns sind …«

Sie hob abwehrend die Hände und unterbrach ihn. »Nicht schon wieder, bitte.«

»Nein, nein. Ich wollte mich nur bei dir entschuldigen.«

»Entschuldigen?« Ihre Stimme wurde sanfter, und Henning drehte sich auf dem Fahrersitz zu ihr.

»Ja, dass ich nicht lockergelassen habe. Nach allem, was unser Team in den letzten Monaten erlebt hat, hab ich vermutlich ein wenig zu viel von meinem Vertrauen gegenüber Kollegen eingebüßt. Ich wollte dich nicht bedrängen. Irgendwie sind die Pferde mit mir durchgegangen.«

Maike nickte behutsam. »Schon gut, ich kann es ja verstehen.«

»Trotzdem hätte ich mir gewünscht, dass du es mir einfach sagst. Dann wäre das alles viel schneller vom Tisch gewesen und hätte uns beiden eine Menge Ärger erspart. Ich meine, du kannst doch nichts dafür, dass dein Bruder …«

»Moment mal.« Maike atmete angespannt aus. »Du weißt es?« Atemlos krallten sich ihre Finger um den Türgriff.

Henning kratzte sich an der Schläfe. »Na ja, nur so viel, dass dein Bruder Mist gebaut hat und wegen Mordes gesucht wird.«

»Erstens - er ist mein Pflegebruder, und zweitens wird er verdächtigt, etwas getan zu haben, das er niemals getan hätte.«

»Dann hat er dich angerufen? In diesen Telefonaten?« Henning schluckte.

»Was? Nein! Nein, das hat er nicht. Ich weiß, dass ich das melden müsste. Und genau deswegen bin ich aus Köln fortgegangen, denn anfangs hat er mich ständig kontaktiert, um Geld angepumpt und so was. Ich kann mir das nicht leisten, nicht in diesem Job. Vor ein paar Monaten ist er dann komplett untergetaucht. Meine Familie macht sich Sorgen, ich mache mir Sorgen. Aber Kontakt habe ich nicht mehr zu ihm, schon lange nicht mehr. Meine Mutter hofft es aber noch immer. Es ist der Strohhalm, nach dem sie greift. Sie glaubt, wenn er wieder Kontakt zu mir aufnehmen würde, könnte ich ihn zur Vernunft und dazu bringen, sich zu stellen. Dabei wissen wir doch alle, was mit jemandem passiert, der den Mörder-Stempel schon mitten auf der Stirn trägt.«

»Gibt es denn Beweise gegen ihn?«, fragte Henning leise, nachdem Maikes unerwarteter Redefluss geendet hatte.

»Es gibt Indizien, die gegen ihn sprechen. Für einen aktenkundigen Kleinkriminellen reicht das. Sag mir nicht, dass es anders wäre.« Sie senkte den Blick, und ihre Finger verkrampften sich ineinander. »Wen hast du angeheuert, um das rauszukriegen? In meiner Akte gibt es keine Verbindung zu diesem Fall.«

An ihrem gepressten Atem hörte Henning, dass sie sauer war. Er wollte sich nicht mit ihr streiten, aber er fand seine Aktion auch nachvollziehbar nach allem, was vorgefallen war. »Ach, ich … also, na ich dachte …«, stammelte er dennoch und lachte plötzlich verlegen auf. »Entschuldige. Boris war es. Aber er trägt keine Schuld, ich hab ihn darum gebeten. Und ich bin froh, dass ich jetzt weiß, was dich belastet. Du hättest es mir sagen können. Vielleicht kann ich dir helfen.«

Maike blinzelte zu ihm herüber. »Mir helfen? Wie denn? Was willst du machen, seine Akte studieren, einen Staranwalt besorgen? Wenn es mal so einfach wäre. Benni hat eine schwierige Kindheit gehabt. Ich weiß, ich weiß - das haben sie immer alle. Aber bei ihm war es wirklich so. Als wir ihn aufgenommen haben, war das Kind schon in den Brunnen gefallen, und es fiel ihm schwer, sich zu integrieren. Er rutschte immer wieder ab, aber es waren kleine Delikte. Niemals würde er einen Menschen töten, dafür würde ich meine Hand ins Feuer legen.« Maike schluckte. »Und es tut mir in der Seele weh, zu wissen, dass er irgendwo dort draußen ganz alleine ist und ständig in Angst leben muss, für etwas verhaftet zu werden, das er nicht getan hat.«

»Manchmal täuscht man sich in Menschen und …«

»Nein, Henning! Er ist unschuldig. Ich weiß es.« Ihre Stimme war fest, obwohl ihr Kinn bebte.

Henning atmete angespannt aus. »Okay«, sagte er leise. »Wenn ich irgendwas für dich tun kann …«

»Glaub mir einfach, dass er unschuldig ist. Glaub mir, und stell es nicht infrage, egal, was du je über ihn hören wirst.« Ihr Blick blieb fest und unbeirrt, als sie ihre Hand auf seine legte. »Bitte.«

»Ich glaube dir«, sagte er und umschloss ihre kalten Finger.

Nur Sekunden später hatte Maike sich wieder unter Kontrolle, entzog ihm ihre Hand, fuhr sich durch die wilden Rastalocken und zog ihre Kleidung glatt, als wäre sie zerknittert gewesen. »Und jetzt genug von diesem Thema. Lass uns lieber diesen kranken Frauenmörder finden, der es wirklich verdient hat, den Rest seiner Tage in irgendeiner Zelle zu verrotten.«

Als die Haustür geöffnet wird, stelle ich das Radio leiser.

»Bin in einer Stunde wieder zurück!«, ruft die Schlampe, die sich Kinder- und Jugendtherapeutin schimpft, bevor sie in ihren hautengen Sportklamotten auf den Gehweg tritt. Ihre langen dunklen Haare hat sie zu einem straffen Pferdeschwanz gebunden, der bei jedem Schritt aufdringlich schwingt. Ich stehe hinter der nächsten Straßenkreuzung und beobachte sie. Nach ein paar Dehnübungen beginnt sie zu laufen. Ruhig und gemächlich, als würde sie über den Fußweg gleiten.

Ich starte den Motor und gebe langsam Gas. So langsam, dass ich im Schritttempo und mit sicherem Abstand hinter der Frau herfahre. Schlank ist sie. Vermutlich achtet sie besonders auf ihr Äußeres, will einen guten Eindruck hinterlassen bei ihrer Familie, ihren Freunden, ihren Patienten. Mich täuscht ihr aalglattes Aussehen nicht. Ich weiß um ihre Verlogenheit. Ich weiß, wie sie tickt, höre ihre säuselnde Stimme, ihre geheuchelten Worte, ihre hämischen Lügen! Mir macht sie nichts vor, ich weiß genau, was hinter ihrer Fassade schlummert. Vorhin hat sie es kurz durchblicken lassen, einen Moment nur die Fassung verloren, ihr wahres Gesicht gezeigt, als sie ihre Krallen in die Schulter des Jungen drückte. Ausgerechnet sie, die sich im Rampenlicht präsentiert hat. Sie, die den Polizisten helfen will, mich zu fangen. Wenn sie wüsste, was ihr bevorsteht! Wenn sie doch bloß eine Ahnung davon hätte, wie nah sie dem Ende ihrer Spielchen ist!

Als sie um die nächste Straßenecke joggt, verliere ich sie kurz aus den Augen. Doch wenig später taucht sie im schwachen Lichtkegel der Laterne auf, die den Eingang zum Bürgerpark markiert. Im Schutz der Dämmerung parke ich den Wagen in der Nähe der Fußgängerbrücke. Wenn die Frau ihre Runde durch den Park gedreht hat, wird sie über diese Brücke zurück ins Wohnviertel laufen. Es ist eine unkreative Route. Unzählige Jogger nehmen sie tagtäglich. Doch an diesem Abend ist es ruhig. Der einsetzende Nieselregen, gepaart mit dem frischen Herbstwind lockt kaum noch jemanden nach draußen. Die Menschen verkriechen sich lieber in ihren Häusern, während ich auf der Lauer liege und wie ein Löwe auf meine Beute warte, die mir gleich vors Maul springen wird. Das Adrenalin kitzelt mich, bringt mich zum Lachen. Ich reiße mich zusammen, darf mich nicht verraten. Doch gegen das Grinsen komme ich nicht an. Ich reibe mir die Hände, erwartungs- und schadenfroh. Gleich ist es so weit. Ich sehe die Alte schon vor mir. Wie sie mich anlächeln, mir einen guten Abend wünschen wird, ohne zu ahnen, was ihr gleich blüht. Ihre Spielchen sind vorbei. Es wird Zeit, den Menschen zu zeigen, wer sie wirklich ist und wie sehr sie alle geblendet hat.

Ich hole die schwere Taschenlampe aus dem Handschuhfach und öffne die Heckklappe des Vans. Die geklauten Nummernschilder klappern. Ich werde sie auswechseln müssen, bevor sie während der Fahrt noch auf die Straße knallen. Über die Vorstellung, wie sie einem dummen Polizisten vor die Füße fallen, muss ich lachen. Wahrscheinlich würden sie mir nicht einmal dann auf die Spur kommen. Die Ermittler sind genauso blind für die Wahrheit wie alle anderen. Seit Tagen springe ich vor ihrer Nase herum. Niemand kommt auf die Idee, mich zu überprüfen. Niemand sieht, wer ich wirklich bin. Ich bin unsichtbar. Dabei sollten sie hinsehen, ganz genau sollten sie das! Schließlich zeige ich ihnen die Wahrheit. Ich und sonst niemand. Aber sie alle spiegeln die Gesellschaft, die desinteressierte, dumme Gesellschaft, in der sich jeder selbst am nächsten ist. Niemand von den Idioten schaut nach links und rechts. Überall nur geheuchelte Worte, Lügen, die Leben zerstören. Aber jetzt nicht mehr! Ich scheue mich nicht davor, die Wahrheit ans Licht zu bringen. Sie werden es mir danken. Eines Tages werden sie das!

Als ich die gleichmäßigen Schritte der verlogenen Schlampe höre, knipse ich die Taschenlampe an und beuge mich in den frisch lackierten Minivan. Der Geruch beißt mich in der Nase, aber ich drücke es weg.

Ich fluche leise vor mich hin, während die Frau näher kommt. Sie wird langsamer, ich höre es am Knirschen des Kieses. Dann bleibt sie stehen, und ich würde am liebsten lauthals loslachen. Sie ist so dumm wie alle anderen.

»Verdammter Mist, wo ist er denn nur?«, presse ich hervor. Ich sollte eine Auszeichnung für meine Schauspielkünste bekommen.

»Sie haben wohl auch nie Feierabend, was?«, fragt sie, und als ich mich zu ihr umdrehe, grinst sie mich an, als wären wir Freunde.

»Der Wagen hat rumgesponnen, deshalb hab ich anhalten müssen, und jetzt finde ich den Schlüssel nicht mehr. Der ist mir im Dunkeln aus der Hand gerutscht.«

Sie stemmt die Hände in die Hüften. Verschwitzt klebt ihr das Haar an der Stirn. »Das ist mir auch schon mal auf einem Rasthof passiert. Am Ende lag er unter dem Fahrersitz, wo ich schon dreimal gesucht hatte. Soll ich Ihnen helfen?«

Ich grinse in mich hinein. »Wenn es keine Umstände macht.« Ich mache der Frau Platz, während sie einen Blick in den Laderaum wirft. In diesem Moment lasse ich die schwere Taschenlampe auf ihren Hinterkopf knallen. Keuchend bricht die Heuchlerin in sich zusammen. Ich schiebe sie in den Wagen und klettere hinterher. Sie blinzelt mir entgegen, als ich über ihr stehe.

»Was tun Sie denn?«, presst sie hervor.

»Was du verdienst, Miststück!«, zische ich und schlage erneut zu.

Kapitel 14

LENA zuckte zusammen, als das schrille Türklingeln sie aus dem Schlaf riss. Blinzelnd tastete sie nach der Nachttischlampe und warf einen Blick auf die Uhr. Kurz vor Mitternacht. Wer besuchte sie denn zu dieser unmenschlichen Zeit? Als es erneut sturmklingelte, sprang sie aus dem Bett, warf sich ihren Morgenmantel über und eilte zur Haustür. Wer auch immer dort unten stand, nahm nun nicht einmal mehr den Finger vom Klingelknopf. Pausenlos hallte der schrille Ton durch die Wohnung.

»Meine Güte, ich komme ja schon«, murmelte sie schlaftrunken und nahm den Hörer der Gegensprechanlage. »Ja, bitte?«, krächzte sie genervt.

»Lena, verdammt noch mal, mach auf!«

Hennings panische Stimme ließ sie sofort hellwach werden. Sie drückte den Summer und hörte, wie ihr Partner die Treppen heraufgerannt kam.

»Was ist denn mit dir los?«, fragte sie und beobachtete, wie er vor ihrer Tür um Luft rang.

»Verena … sie … joggen … und dann … kam nicht … zurück und Torben hat … Polizei angerufen und …« Er stützte sich auf den Oberschenkeln ab und ließ schnaufend den Kopf hängen. Lena zog ihn zu sich in die Wohnung und schob ihn in die Küche, wo sie ihn mit einem Glas kaltem Wasser versorgte.

»Jetzt noch mal ganz langsam - Verena ist verschwunden?«

Henning nahm einen großen Schluck und nickte. »Sie ist vom Joggen nicht wieder nach Hause gekommen. Torben hat mich gegen zehn angerufen. Wir haben alles abgesucht, sind ihre üblichen Routen abgelaufen, nirgendwo eine Spur von ihr. Dann hat er die Polizei gerufen, und ich hab versucht, dich zu erreichen.«

Lena verzog das Gesicht, als ihr Blick auf das Mobiltelefon fiel, das hinter Henning auf der Küchenanrichte lag. Dort musste sie es am

Abend, nach dem Einkauf, vergessen haben. Tatsächlich befanden sich acht verpasste Anrufe darauf.

»Tut mir leid, ich hab …«

»Er hat sie, Lena«, presste Henning hervor und wischte sich über den Mund. »Dieses Schwein hat meine Schwester.«

Lena schüttelte inbrünstig den Kopf. »Nein, Blödsinn. Red dir das nicht ein. Vielleicht ist sie gestürzt, vielleicht bei einer Freundin hängen geblieben, vielleicht …«

»Sie passt in sein Beuteschema, hat einen Sohn, eine Tochter. Und wenn er wirklich eine Verbindung zur KiJu-Perspektive hat, dann hat er sie dort vermutlich gesehen. Er hat sie gesehen und … und …« Hennings Stimme brach, und sein Körper bebte regelrecht.

»Schon gut, hey, hör zu!« Lena hockte sich vor ihn und nahm seine eiskalten Hände. »Die Polizei ist informiert? Vermisstenmeldung ist raus?«

Henning nickte.

»Mit Torben haben sie schon gesprochen?«

»Ja, er wusste nicht mehr als das, was ich dir erzählt habe. Auch das Handy habe ich sofort orten lassen, aber es ist ausgeschaltet. Wir warten auf Rückmeldung des Mobilfunkbetreibers, in welcher Gegend das letzte Signal empfangen wurde.«

»Okay, dann konzentrieren wir uns jetzt auf unsere Ermittlungen.«

Henning schüttelte den Kopf. »Ich … ich kann nicht … wenn er sie hat und …«

»Du kannst«, ermutigte Lena ihn und drückte seine Hände. »Für sie, für deine Familie! Wir werden dieses Schwein finden, aber dafür brauche ich dich. Ich brauche deinen kühlen Kopf und deinen scharfen Verstand, Henning.«

»Es ist mitten in der Nacht, wer weiß, was ihr bis morgen früh schon zugestoßen ist.«

Lena war aufgestanden und ignorierte seine Worte. Stattdessen sendete sie eine kurze Nachricht in die Team-Gruppe. Überstädter war der Erste, der sich trotz der späten Uhrzeit sofort meldete.

»Bin unterwegs!«, schrieb er. Seiner Nachricht folgte eine von Boris, der noch im Kommissariat saß und eine von Maike, die versuchen wollte, Olaf und Karen auf dem Weg einzusammeln.

Lena hatte sich unterdessen angezogen. Als sie in die Küche zurückkam, saß Henning regungslos auf dem Stuhl. Erst als er sie sah, kehrte etwas Leben in seinen Blick zurück.

»Diesmal sind wir schnell genug«, versprach sie ihm und nahm seine Hand.

»Und wenn nicht?«, fragte er, als er ihr durch den Flur ins Treppenhaus folgte.

»Diese Möglichkeit gibt es gar nicht.« Lena lächelte ihm aufmunternd zu, während ihr das eigene Herz bis zum Hals schlug. Sie wollte ihn nicht spüren lassen, wie nervös sie nicht nur wegen der Nachricht war, dass Verena verschwunden war. Auch Hennings Zustand bereitete ihr Sorge. Sie hatte ihn noch nie so erlebt. Er war der Stärkste im Team, er führte sie alle an, leitete sie, zeigte ihnen den Weg und gab ihnen gleichzeitig die nötige Ruhe und Gelassenheit, die sie alle brauchten, um Fälle wie diesen zu lösen. Doch Lena wusste, dass hinter Hennings harter, souveräner Schale ein weicher Kern steckte. Und sie wusste, dass ihn in diesem Moment nicht nur die Sorge um seine Familie um den Verstand brachte, sondern auch das zerreißende Gefühl von Schuld. Er hatte Verena ins Team geholt, sie Teil der Ermittlungen werden lassen. Ja, er war es gewesen, der seine eigene Schwester ins Visier eines kranken Serienmörders gebracht hatte. Und Lena hatte permanent vor Augen, wie wenig Zeit ihnen blieb. Wenn sie Glück hatten, handelte es sich um Stunden. Wenn sie Pech hatten, war Hennings Schwester längst tot.

Das Erste, was Verena spürte, war ein aufdringlicher Druckschmerz an Hand- und Fußgelenken. Sie versuchte, ihre Extremitäten zu bewegen, doch das ließ aus dem Druckgefühl einen stechenden Schmerz werden, sodass sie es kurz darauf wieder aufgab.

Es war stockfinster in dem Raum, in dem sie saß. Ein kühler Luftzug umspielte ihre Beine und kroch von dort über ihren gesamten Oberkörper. Sie fröstelte, schauderte und versuchte zu blinzeln. Ihre

Augen fühlten sich komisch an. Steif und heiß, brennend, als wären sie fixiert. Egal wie sehr sie sich bemühte, ihre Lider bewegten sich nicht. Sie rang um Luft, doch spürte nur Stoff in ihrem Mund. Das ließ sie würgen und keuchen. Als sie versuchte zu husten, wurde der Knebel gelöst und schließlich entfernt. Dankbar sog sie die kalte Luft ein.

»Wo bin ich?«, krächzte sie und bereute kurz darauf ihre Frage. Gleißend helles Licht verdrängte die Dunkelheit, sie starrte wie blind in das blendende, brennende Weiß. Tränen liefen ihr über die Wangen. Es dauerte eine gefühlte Ewigkeit, bis sie sich an das Licht gewöhnt hatte, dem sie nicht ausweichen konnte. »Warum kann ich nicht blinzeln? Was ist mit meinen Augen?«, rief sie und versuchte erneut, sich aus den Fesseln zu befreien – vergeblich.

»Du sollst nicht wegsehen können«, sagte eine männliche Stimme nun. Verena konnte nicht erkennen, wer zu dieser Stimme gehörte. Noch immer war sie so geblendet, dass sie das Gefühl hatte, ihre Netzhäute wären vom gleißenden Lichtschein verätzt worden. Ihre Wangen waren bereits feucht, und als sich weitere Tränen ihren Weg über ihr Kinn bahnten, tropften sie auf ihre Brust und rollten an ihrem Bauch hinab. Sie trug keine Kleidung mehr. Wo waren ihre Sachen? Verena schnappte nach Luft, und ein beißender Schmerz schoss in ihre Schläfen. Langsam, ganz langsam lichtete sich der Nebel, der ihre Erinnerungen einhüllte, seit sie das Bewusstsein zurückerlangt hatte.

Sie hatten beim Abendessen gesessen. Torben und sie, zusammen mit Niklas und Marie. Niklas war sauer gewesen, weil er für den Feuerwerkskörper, den er mit seinem Kumpel in die Mülltonne der Schule geworfen hatte, Playstation-Verbot erhalten hatte. Verena erinnerte sich noch ganz genau, wie der Junge bockig in sein Zimmer verschwunden war. Wie so häufig in letzter Zeit. »Geh eine Runde laufen. Bis du zurückkommst, hat Nik sich beruhigt«, hörte sie die warme Stimme ihres Ehemanns irgendwo in den Tiefen ihres Gedächtnisses. Und sie war tatsächlich laufen gegangen. Die übliche kurze Abendrunde, nur die Straße hinunter, quer durchs Viertel und anschließend noch durch den Bürgerpark. Ruhig war es gewesen an diesem Abend. Kaum ein anderer Jogger war ihr begegnet. Kälte und Feuchtigkeit waren durch ihre dünnen Laufklamotten gekrochen, hatten sie kaum warm werden lassen. Sie erinnerte sich noch, wie sie aus dem Park gekommen war und den Van gesehen hatte. Das leuchtende Rot war ihr selbst in der Dunkelheit ins Auge gestochen. Eine aufdringliche Farbe, frisch poliert und viel zu sauber. Das war ihr schon am Morgen auf dem Parkplatz der KiJu-Perspektive aufgefallen. Sie kannte den Wagen, nur war er frisch lackiert worden. Und sie kannte den Besitzer, hatte sich sogar schon ein- oder zweimal mit ihm unterhalten, wenn er auf den Grünflächen stand und mit dem Rechen das erste Laub zu kleinen Haufen zusammenfegte. Ein freundlicher junger Mann, der sie stets schüchtern grüßte und dabei in altmodischer Manier sein Basecap vom Kopf zog, wenn sie an ihm vorbeilief. Meist trug er die Mütze tief ins Gesicht gezogen, als wollte er sich dahinter verstecken. Sie kannte seinen Namen nicht, doch als sie aus dem Park gejoggt kam und dieses leuchtend rote Fahrzeug gesehen hatte, wusste sie sofort, wer dort vor ihr stand. Verena hatte nicht gezögert, und auch nicht eins und eins zusammengezählt. Der Van, das verborgene Gesicht im Schatten des tief sitzenden Basecaps, der nuschelnde, kaum verständliche Morgengruß auf dem Hof … »*Wir denken in Richtung Lippen-Kiefer-Gaumenspalte, auf jeden Fall hat er aber einen deutlichen Sprachfehler*«, hörte sie die Stimme ihres Bruders in ihrem Kopf hallen. Sie hätte es wissen müssen, verdammt!

»Du denkst, du weißt, wer ich bin. Aber du irrst dich«, sagte der Mann, der nun ins Licht trat und die Mütze vom Kopf zog. Die Narbe zwischen Oberlippe und Nase war deutlich zu erkennen, die Lippe selbst wirkte irgendwie verzogen. Eine stümperhafte OP vielleicht. Gut möglich, dass die operative Versorgung nicht in dem frühen Lebensalter stattgefunden hatte, in dem sie normalerweise vorgenommen werden sollte. Das würde auch die nachhaltigen Sprachstörungen erklären. Verena versuchte, sich nicht von ihrer Angst ablenken zu lassen. Stattdessen wollte sie einen kühlen Kopf bewahren. Sie hatte die Akten gelesen, das Täterprofil studiert, das ihr Bruder zusammengestellt hatte. Sie war ihm nicht hilflos ausgeliefert! Zumindest wollte sie das glauben. Doch die Fesseln an ihren Hand- und Fußgelenken, und auch die fixierten Augenlider, machten es ihr schwer, sich nicht von ihrer Angst übermannen zu lassen.

»Wir kennen uns doch, erinnerst du dich? Ich war die letzten Tage immer in der KiJu-Perspektive, habe dich jeden Morgen begrüßt.«

»Geheuchelte Scheiße«, brüllte der auf einmal los, trat mit ein, zwei großen Schritten auf sie zu und stützte sich auf den Armlehnen des Stuhls ab, auf dem sie saß. Sein Gesicht war nun so nah an ihrem, dass sie seinen keuchenden Atem auf ihrer Haut spürte. »Ich kenne Menschen wie dich. Du tust auch nur so, als würdest du in einer perfekten, heilen Welt leben und als könntest du auch jedem anderen dazu verhelfen. Aber es ist eine Lüge. Du weißt das, und ich weiß das!« Speichel spritzte beim Sprechen über seine Lippen und landete auf ihren Wangen. Sie wollte sich angeekelt wegdrehen, doch er hielt sie fest. Seine Finger krallten sich in ihren Kiefer.

»Du willst dich für etwas rächen, was dir angetan wurde. Ich verstehe das«, beeilte Verena sich zu sagen. »Das hattest du nicht verdient, niemand hat das! Du hättest Schutz gebraucht, Hilfe, jemanden, der dir zuhört.« Die Worte sprudelten über ihre Lippen, sie hatte keine Zeit, länger darüber nachzudenken.

Der Mann lachte verächtlich. »Es waren genügend Menschen da. Auch jemand wie du. Jemand, der Kindern angeblich hilft. Der sie schützen will. Aber niemand hat geholfen, niemand hat mich beschützt. Ich musste das alleine tun, ich musste lernen, wozu ich hier bin, wozu ich fähig bin!«, brüllte er nun und schlug auf die Armlehnen, bevor er sich endlich aufrichtete und Haare raufend durch den Raum lief.

Erst jetzt fielen Verena die Spiegel auf, die überall an den Wänden hingen. In allen Größen und Formen, einige von ihnen zerbrochen, andere wie auf Hochglanz poliert. Ihr eigenes Spiegelbild schockierte sie. Ihr Pferdeschwanz hing lose an ihrem Hinterkopf. Einige Haarsträhnen hatten sich daraus gelöst und klebten ihr an den Schläfen. Da sah Verena das getrocknete Blut an ihrem Hals und an der nackten Haut ihrer Brust und begann zu zittern. Während der Mann ein altes Klappmesser aus seiner Hosentasche zog, schlug ihr Herz trommelnd gegen den Brustkorb. Mit einem schnippenden Geräusch klappte die Klinge auf. Spielerisch ließ er die Messerspitze über ihren Oberschenkel gleiten, über ihren Bauch, ihre Brust und am Hals entlang, bis er ihr Gesicht erreichte.

»Nicht, bitte! Ich habe zwei kleine Kinder, bitte tu ihnen das nicht an!«, flehte sie nun, obwohl sie sich fest vorgenommen hatte, furchtlos zu wirken. Doch die Bedrohung buchstäblich vor Augen und das Wissen darüber, was dieser Mann bereits anderen Müttern angetan hatte, ließ sie vor Furcht keinen klaren Gedanken mehr fassen.

»Ich helfe deinen Kindern«, flüsterte er, während sich die kalte Messerspitze an Verenas zuckendes unteres Augenlid drückte. Sie presste den Kopf gegen die Lehne des Stuhls, doch sie konnte nicht ausweichen, ihr Auge nicht schützen.

»Sie brauchen ihre Mutter!«

»Eine Mutter, wie du es bist? Ein verlogenes Miststück, das ihnen das ganze Leben versaut?«

Verena schluchzte auf. »Ich weiß nicht, wovon du sprichst. Ich liebe meine Kinder über alles, ich würde nie …«

Ruckartig zog er das Messer an ihrer Wange hinab. Verena spürte einen brennenden Schmerz. Kurz darauf lief eine warme Flüssigkeit über ihre Haut. Ihr Körper bebte.

»Ich habe gesehen, was du getan hast, wie du ihn angefasst hast, gepackt hast!«

»Wovon sprichst du denn bloß?«, weinte sie.

»Am Auto! Du und der Junge. Du weißt genau, was ich meine.«

»Wegen des Steins, meinst du das? Ich habe mit ihm gesprochen!« Tränen rannen über ihre Wangen und vermischten sich mit dem Blut, das aus der Wunde lief.

»Ich kenne diese angeblichen Gespräche, dieses Bemühen in der Öffentlichkeit, das aber gerade mal so lange anhält, bis die Haustür hinter einem ins Schloss gefallen ist. Was hast du zu Hause getan? Ihn verdroschen? Oh nein, warte, das kannst du dir ja nicht leisten, stimmts? Das würde man ja sehen. Meiner Mutter war das egal, aber du bist schlau, du weißt genau, was du tust, richtig?«

»Niemals würde ich meinen Kindern wehtun! Wie kannst du so was sagen?«

Doch der Mann hörte ihr offensichtlich nicht zu. Wie im Wahn redete er einfach weiter, spuckte sie dabei an, keuchte ihr seinen stinkenden Atem ins Gesicht und zog die Messerschneide wiederholt über ihre Wangen.

»Ist er nicht perfekt genug? Liegt es daran? Ist er nicht so, wie du ihn wolltest? Er enttäuscht dich, stimmts? Er passt nicht in dein Bilderbuchleben, findet keinen Platz darin.«

»Das ist eine Lüge, niemals könnte ich so denken. Meine Kinder sind mein Leben!«, schrie sie, doch der Mann wich nur verächtlich lachend zurück.

»Ich kriege dich schon dazu, zu gestehen«, sagte er, holte ein Feuerzeug hervor und ließ es aufflammen. Mit einem Satz war er wieder bei ihr, drehte ihren Stuhl, sodass Verena sich plötzlich direkt im Spiegel anstarrte und das Blut über ihr Gesicht laufen sah.

Der Mann stand hinter ihr, beugte sich zu ihr herab und flüsterte ihr ins Ohr: »Schon bald werden alle die Wahrheit kennen. Jetzt kannst du nichts mehr verstecken.«

Als ihr der Geruch von versengtem Haar in die Nase stieg, begann sie zu schreien.

Kapitel 15

»GERLACH, ich muss Sie eigentlich mit sofortiger Wirkung von dem Fall abziehen«, sagte Überstädter, doch Henning unterbrach ihn sofort.

»Sie wissen genauso gut wie ich, dass es egal ist, was Sie eigentlich tun müssten. Er hat meine Schwester. Erwarten Sie nicht, dass ich hier untätig rumsitze.«

»Das hab ich mir schon fast gedacht. Dennoch, und vielleicht auch gerade deswegen, erwarte ich von Ihnen, dass Sie sich professionell verhalten. Sollte ich mitbekommen, dass Ihnen das nicht gelingt, sind Sie raus.«

Henning presste die Lippen aufeinander. »Ich will diesen Mistkerl einfach hinter Gitter bringen. Er soll keiner Familie mehr Leid zufügen können. Nie wieder.«

Überstädter nickte. »Dann machen Sie Ihren Job.« Er sah müde aus in dieser Nacht. Die Krawatte hatte er nur notdürftig gebunden, ein Hemdzipfel hing über der Anzughose, und das Sakko war zerknittert. Aber es war ja auch nach Mitternacht, als das Team um Henning und Lena sich im Besprechungsraum einfand. Karen, die ihre Kinder nicht mitten in der Nacht allein lassen konnte, während ihre Mutter arbeitete, war nicht dabei. Alle anderen hatten sich, ohne zu zögern, auf den Weg gemacht, und jeder von ihnen wirkte etwas derangiert.

»Henning, Mann, das tut mir so leid«, sagte Olaf, der über einer ausgebeulten Jeans noch das Pyjamaoberteil trug. Im Normalfall hätte sich sicher irgendjemand einen Spruch deswegen nicht verkneifen können, doch im Moment waren ihnen diese Dinge egal. Es ging nur darum, Verena zu finden, so schnell wie möglich.

»Okay, lasst uns keine weitere Zeit verlieren«, ergriff Lena nun das Wort und führte das Team zurück in die Ermittlungen. Bis in die Morgenstunden wälzten sie erneut jede einzelne Akte und gingen wiederholt verdächtige und auffällige Personen durch, die ins Täterprofil passen könnten. Bemüht, kein Detail außer Acht zu lassen, hielten sie sich mit Kaffee und Backwaren aus dem Tankstellenshop von gegenüber wach.

Henning telefonierte immer wieder mit Torben, Verenas Ehemann, um sich über eventuelle Neuigkeiten informieren zu lassen. Doch die Stunden, die nur zäh vergingen, brachten nichts an Informationen, und als von den Polizisten vor Ort die Meldung reinkam, dass man Blutspuren an einer Fußgängerbrücke des Bürgerparks gefunden hatte, verlor Henning beinahe die Hoffnung. Bisher hatten zwischen Entführung und Auffindung des Opfers in etwa zwei Tage gelegen. Doch der Täter war schon beim letzten Mord ungeduldiger und auch nachlässiger geworden. Er stand unter Druck, spürte die Ermittler Schritt für Schritt näher kommen, wusste, dass sie ihm im Nacken saßen. Er war noch nicht fertig, sah sich immer noch in der Pflicht, seine Botschaft zu verbreiten. Doch der Stress setzte ihm zu. Was, wenn das dazu führte, dass er die Zeit zwischen Entführung und Mord drastisch verkürzte? Was, wenn Verena früher nachgab, wenn sie seiner Folter nicht standhielt, wenn sie einfach sagte, was er hören wollte? Er würde sie augenblicklich umbringen. Henning betete, dass sie stark genug war, die Tortur auszuhalten. Sie war eine toughe Frau, aber hier ging es um mehr als nur Selbstbewusstsein und Standhaftigkeit. Hier ging es um mentale Kontrolle, um den kühlen Kopf, den er sonst immer bewahrte, während sie seit jeher ungeduldig und hektisch war. Vor allem, seit sie Kinder bekommen hatte. Allem voran jedoch war sie eine Löwenmutter, würde bedingungslos und bis zum letzten Atemzug für Niklas und Marie kämpfen. Das machte Henning Mut. Dem Täter ging es um die Kinder, besonders um den Sohn. Wenn etwas oder jemand Verena durchhalten ließ, dann die Liebe zu ihren Kindern. Aber auch Helena Marquardt hatte diese Stärke anfangs bewiesen, gekämpft bis zum bitteren Ende. Doch dem Tod hatte sie dennoch nicht entkommen können, und der Gedanke, dass seine Schwester trotz allem das gleiche Schicksal ereilen könnte, bereitete Henning Übelkeit.

Am Vormittag, Henning hatte gerade mit Claus telefoniert, der von den Geschehnissen Wind bekommen hatte, kam Lena mit einem Aktenstapel in den Besprechungsraum gestürmt. Sie hatte den Morgen im Jugendamt verbracht. Dank Überstädters Einsatz hatten sie im

Schnellverfahren einen Durchsuchungsbeschluss erhalten. Durch eine Mitarbeiterin vom Amt hatte Lena sich all die Akten aushändigen lassen, die Dokumentationen über auffällige Familien der letzten dreißig Jahre enthielten, in denen die Konstellation Mutter, Sohn und Tochter eine zentrale Rolle spielte. Das Team ging davon aus, dass die Vaterfigur in der Kindheit des Täters entweder nur kurz oder gar nicht präsent gewesen war. Der Fokus lag auf der Mutter, an der er sich durch seine Taten rächte. Wofür, das wussten sie nicht. Und welche Rolle die Schwester spielte, war ihnen auch noch ein Rätsel.

Trotz intensiver Vorauswahl hatte das Team am Ende immer noch fünf Akten, aus denen hervorging, dass jeweils die Mutter ihren beiden Kindern gegenüber verhaltensauffällig gewesen und von besorgten Angehörigen oder Nachbarn dem Jugendamt gemeldet worden war. Zweimal bestand der Verdacht der Kindeswohlgefährdung, einmal hatte er sich bestätigt, und die Kinder waren zeitweise in Jugendhilfeeinrichtungen untergekommen. In den restlichen drei Familien schien die Mutter zwar mit der Erziehung ihrer Kinder überfordert zu sein, diese waren jedoch laut Prüfung des Amtes zu keiner Zeit in Gefahr.

Boris ließ die Namen der Söhne, die heute erwachsene Männer waren, durchs System laufen. Einer von ihnen saß wegen schwerer Körperverletzung seit drei Jahren hinter Gittern. Ein weiterer war bei einem Autounfall noch in der Jugend verstorben. Die restlichen drei waren bisher nicht auffällig geworden und somit nicht im System vermerkt. Angeborene Fehlbildungen, Entwicklungsstörungen oder Sprachfehler waren bei keinem von ihnen vermerkt, es ließ sich jedoch nicht ausschließen, dass das auf die spärliche Aktenführung zurückzuführen war. Bei keinem aber war eine Verbindung zur KiJu-Perspektive zu finden. Die Mitarbeiterakten hatten sie ebenfalls noch einmal durchgearbeitet, aber nichts. Sie wussten, dass hier eine Verbindung bestehen musste, doch wo lag sie? Sie hatten drei Kandidaten, die ins Täterprofil passten, nur fehlte ihnen wieder ein Puzzleteil.

»Das darf doch nicht wahr sein, soll ich jetzt würfeln, oder was?«, rief Henning aufgebracht und tigerte im Besprechungsraum auf und ab.

Während Maike und Olaf die Kollegen vor Ort im Außendienst unterstützten, versuchte Boris nun wenigstens eine Verbindung zwischen den drei Männern und dem gesuchten Minivan zu finden. Dazwischen rief er immer wieder in der KiJu-Perspektive an, sie wollten noch einmal die Namen der infrage kommenden Männer aus den Jugendamtsakten abfragen, doch da ging einfach niemand ans Telefon. Er versprach, es weiter zu versuchen und sich zu melden, sobald er was hatte.

»Sprachfehler? Keine Ahnung. Minivan? Keine Ahnung. Was sie heute machen? Keine Ahnung!« Henning raufte sich die Haare, als Lena zu ihm kam und ihn festhielt, damit er endlich aufhörte, durch den Raum zu tigern. »Wir sind so nah dran, Henning. Gib jetzt nicht auf.«

»Das ist meine Schwester da draußen«, sagte er, und seine Stimme zitterte.

»Ich weiß, aber wir werden sie finden.«

»Das weißt du nicht.« Henning schüttelte den Kopf. »Was, wenn der Täter gar nicht aus dieser Gegend stammt? Wenn seine Familie nie aktenkundig gewesen ist? Wir kennen doch die Dunkelziffer von misshandelten Kindern. Und was, wenn wir uns bei der Verbindung zur KiJu-Perspektive irren?«

»Lass uns bei den Fakten bleiben. Komm, setz dich, und wir gehen noch einmal alles durch.« Sie zog Henning den Stuhl neben sich zurück, und er ließ sich stöhnend daraufsinken. Anschließend holte Lena das Plakat, auf dem sie die Gemeinsamkeiten und Unterschiede aller Opferfamilien über die letzten Wochen festgehalten hatte.

»Wir sind es schon hundertmal durchgegangen.« Henning verlor die Geduld, doch Lena wusste, dass die letzte Verbindung, das allerletzte Glied in der Kette vor ihnen lag. Sie mussten es nur aufspüren. Und das konnten sie nur, wenn sie sich wieder aufs Ursprüngliche fokussierten.

»Erzähl mir noch mal von Verena, von deinem Neffen, deiner Nichte und von Verenas Mann.«

Das hatte Henning vorhin schon einmal getan, aber nicht sonderlich ausführlich. Lena wollte vermeiden, dass ihnen wichtige Details entgingen.

Henning kratzte sich über die Bartstoppeln am Kinn. Dann holte er tief Luft. »Okay«, sagte er. »Sie wohnen in diesem kleinen Fachwerkhaus. Verena wollte eigentlich immer aufs Land ziehen. Sie … sie hätte auch gut Bäuerin werden können.« Henning lachte auf, doch seine Augen blieben schmerzerfüllt.

»Wieso sind sie in der Stadt geblieben?«, fragte Lena.

»Wegen der Kinder. Schule und so, du weißt schon. Sie wollte immer eine junge Mutter sein. Torben kennen wir beide schon seit der Kindheit, er war der Nachbarsjunge, ein Kumpel von mir und ihre erste große Liebe. Sie haben früh geheiratet, wollten auch sofort ein Kind, aber sie wurde nicht schwanger. Mit einer künstlichen Befruchtung hat es dann endlich geklappt. Niklas ist ein absolutes Wunschkind und der tollste Neffe, den ich mir vorstellen kann.«

Lena nickte und machte sich nebenbei Notizen. »Und deine Nichte?«

»Marie war ein kleines Wunder. Keine künstliche Befruchtung, niemand hat damit gerechnet. Und dann kam sie auch noch viel zu früh zur Welt, musste anfangs ganz schön kämpfen, war lange im Krankenhaus und brauchte einige Jahre, bis sie irgendwann auf dem Entwicklungsstand Gleichaltriger war.«

»Das heißt, heute ist sie vollkommen gesund?«

Henning nickte.

»Und Niklas?«

»Er ist auch gesund. Ich weiß auch von keiner Einschränkung, keiner Krankheit, keiner kognitiven Besonderheit. Aber weißt du was? Ich rufe vorsichtshalber Torben noch mal an. Ich meine …«

»Klar, tu das.« Lena beobachtete, wie Henning den Raum verließ. Als er kurz darauf zurückkam, schüttelte er nur den Kopf.

»Nichts. Auch kein Nachhilfeunterricht oder so was, das hätte Verena ja auch während der Ermittlungen erwähnt. Das Einzige, was Torben gerade noch meinte, ist, dass die beiden wohl einen kleinen Streit hatten, bevor Verena joggen ging.«

»Einen Streit? Er und Verena?« Lena war sofort wieder hochkonzentriert.

»Nein, nein. Verena und Niklas. Er hat mit einem Kumpel in der Schule Mist gebaut, deswegen musste sie ihn auch kurz nach dem Feueralarm in der KiJu abholen. Und dann hat er auch noch einen Stein vors Auto gekickt und einen Lackschaden verursacht, aber nichts Dramatisches. Torben sagt, Verena war in Eile und wollte nur schnell …« Plötzlich stockte Henning und sah auf.

»Was hast du?«

»Sie wollte Unterlagen aus der KiJu abholen, die sie vergessen hatte, und hat Nik dahin mitnehmen müssen.«

»Du meinst, auf dem Gelände der KiJu-Perspektive kam es zu diesem kleinen Streit zwischen Mutter und Sohn?«

Henning nickte eifrig. »Wenn ich Torben richtig verstanden habe, ist das mit dem Stein auch dort passiert.«

»Wir wissen, welche Bedeutung der Täter den Söhnen beimisst. Wenn er nun eine Mutter sieht, die mit ihrem Jungen schimpft, was würde das in ihm auslösen?« Lena griff nach den drei übrig gebliebenen Akten.

»Aber wir haben doch alle überprüft, die in der KiJu-Perspektive arbeiten.« Henning war wieder aufgesprungen und tigerte nun erneut durch den Raum.

Lena nahm noch einmal die übrig gebliebenen Akten an sich, überflog den Inhalt, wieder und wieder, bis sie bei einer stehen blieb. »Henning, ich kann mir nicht helfen, aber der hier passt einfach. Hör mal: Mutter Beate Heese, Prostituierte und im Drogenmilieu unterwegs, Sohn Erik deutliche Einschränkungen der Sozialkompetenzen, Beziehung zwischen Mutter und Sohn auffällig, emotionale und körperliche Vernachlässigung, Tochter Judith nicht davon betroffen, Vater des Sohnes unbekannt, Vater der Tochter verließ die Familie.«

»Das wäre unser Mann, wenn er irgendeine verdammte Verbindung zur KiJu hätte. Hat er aber nicht. Hab ich ja schwarz auf weiß.«

Lena zog ihr Handy hervor. »Ich versuch jetzt auch noch mal, jemanden in der KiJu zu erreichen. Irgendwann muss da doch mal jemand ans Telefon gehen. Vielleicht sagt ihnen der Name ja was.« Keine dreißig Sekunden später hatte sie tatsächlich Frau Weinrich, die Sekretärin, am Apparat. Sie stellte auf laut.

»Ich weiß, dass wir schon einmal alle Mitarbeiter durchgegangen sind, aber sagt Ihnen der Name Erik Heese vielleicht etwas, Frau Weinrich?«

»Heese? Ja, den kenne ich.«

Lena riss die Augen auf, woraufhin Henning sich ins Gespräch einschaltete.

»Gerlach hier, Frau Weinrich. Wer ist dieser Heese?«

»Gärtner, Hausmeister, suchen Sie sich was aus. Mädchen für alles, würde ich sagen.« Sie lachte. Der Ernst der Situation war ihr offensichtlich nicht bewusst.

»Warum haben wir keine Akte von ihm gesehen, als wir alle überprüft haben? Wie kann das sein?« Henning keuchte, und Lena gab ihm ein Zeichen, sich zu beruhigen.

»Weil er über eine Leiharbeitsfirma bei uns ist. Wir haben keine Personalakten von Springern, die sind ja auch nur ab und zu hier.«

»Verdammt. Ich sage Boris Bescheid!« Henning wandte sich ab.

»Frau Weinrich, eine letzte Frage, ist Herr Heese heute in der KiJu-Perspektive?«

»Das sollte er eigentlich, aber er hat sich krankgemeldet. Ich ...«

»Vielen Dank!«, unterbrach Lena die Frau und beendete das Gespräch.

In diesem Moment platzte Überstädter herein. Lena nahm ihre Notizen, die sie sich in den letzten Stunden zu den Jugendamtsakten gemacht hatte, dann reichte sie ihrem Vorgesetzten die Originalakte. »Wir haben ihn! Familie Heese. Erik Heese, heute dreißig, arbeitet als Hausmeister unter anderem in der KiJu-Perspektive, er kommt von einer Leiharbeitsfirma. Und von Springern gibt's keine Personalakten, deswegen sind wir erst jetzt auf ihn gestoßen.«

Überstädter schüttelte den Kopf und öffnete die Akte, deren Inhalt er überflog. »Haben Sie schon eine Adresse?«, fragte er abschließend.

Henning öffnete die Tür und warf sich seine Jacke über. »Boris schickt sie mir gleich, komm, Lena!«

»Warten Sie vor Ort aufs Team, ich schicke alle hin«, rief Überstädter noch hinterher, doch Henning war bereits den Flur hinuntergerannt, und Lena folgte ihm dicht auf den Fersen.

Kapitel 16

Boris hatte den Wohnsitz des Mannes von seiner Leiharbeitsfirma erfahren und die Adresse umgehend auf Hennings und Lenas Handys geschickt. Nervös trommelte Henning auf sein Knie, während Lena den Wagen durch das verkehrsreiche Stadtzentrum lenkte. Sie brauchten viel länger als vom Navi angegeben. Lena versuchte, sich auf die Straße zu konzentrieren, doch Hennings Nervosität färbte langsam, aber sicher auf sie ab.

»Was, wenn sie nicht mehr lebt? Wenn wir zu spät sind?«

»Das sind wir nicht!«, beruhigte sie ihn eindringlich, obwohl sie selbst kaum wusste, woran sie glauben sollte. Überstädter hatte sie kurz nach dem Start angerufen und ihr befohlen, keinen Fuß in das Objekt zu setzen, bevor nicht das gesamte Team versammelt war. Maike und Olaf waren über den Treffpunkt informiert, doch da sie am anderen Ende der Stadt unterwegs waren, würde ihre Anfahrt vermutlich noch länger dauern.

»Wenn er ihr auch nur ein Haar gekrümmt hat, mache ich ihn kalt. Ich schwöre es dir, Lena. Wenn er sie angefasst hat …« Henning knabberte an seinem Daumennagel, während sein Knie unentwegt auf und ab wippte.

Lena tastete während der Fahrt nach seiner Hand und drückte sie sanft. Bemüht, ihm die Ruhe zu geben, die er jetzt brauchte, warf sie ihm einen Blick zu. Henning erwiderte ihn kurz.

»Wir holen sie da raus, okay?«

Er antwortete nicht.

»Henning, ich brauche jetzt deine Zuversicht und deinen kühlen Kopf.«

»Wie soll ich denn zuversichtlich sein, nachdem ich jetzt wochenlang Leichen aus der Stadt gesammelt habe, die dieses Monster hinterlässt. Und jetzt hat er meine Schwester …« Er atmete stöhnend aus. »Wenn es deine Schwester wäre, Lena, würdest du nicht auch …« Doch er stoppte, bevor er den Satz beendete.

Lena zog ihre Hand zurück und klammerte sich ans Lenkrad.

»Tut mir leid, ich wollte nicht …«

»Nichts könnte mich aufhalten, wenn es meine Schwester wäre. Und auf Regeln und Vorschriften würde ich vermutlich genauso scheißen wie du jetzt.« Wieder sah sie zu ihm rüber. Er beobachtete sie mit gerunzelter Stirn. »Aber wir stecken jetzt gemeinsam in dieser Sache. Ich werde dich nicht hängen lassen, egal was uns dort erwartet. Aber tu mir den Gefallen und arbeite mit mir zusammen, okay? Wir sind ein Team, wir sind Partner, Henning. Ich muss mich auch auf dich verlassen können.«

Sie sah ihn aus dem Augenwinkel nicken. »Das kannst du.«

»Gut.«

Den Rest der Fahrt schwiegen sie, bis sie das Stadtzentrum hinter sich gelassen hatten und in ein abgelegenes Wohnviertel bogen. Das verwilderte Einfamilienhaus, unter dem Erik Heese gemeldet war, lag umgeben von Neubauvillen und wirkte völlig fehl am Platz – wie ein Schandfleck inmitten der zur Schau gestellten Pracht. Lena parkte den Wagen vor dem schiefen Gartentor, das sich im Erdboden verkeilt hatte. Verlassen wirkte das Gebäude. Die Fenster waren verrammelt, einige Jalousien hinuntergelassen. Den Rasen hatte vermutlich seit Jahren niemand gemäht. Eine Fensterscheibe im Obergeschoss war zerbrochen, sodass der Fetzen eines alten Vorhangs nach draußen wehte.

»Lass uns reingehen«, sagte Henning und kämpfte sich durch das hüfthohe Gras.

»Sollen wir nicht lieber auf die Kollegen warten?«, flüsterte Lena vor der Haustür und griff nach ihrer Waffe, nachdem sie gesehen hatte, wie Henning seine zog.

»Nicht, wenn Verena dort drinnen ist.« Henning sah sie eindringlich an und schien ihren unsicheren Gesichtsausdruck zu bemerken. »Bitte.«

Lena biss sich auf die Unterlippe. »Okay, aber wir bleiben zusammen.«

»Alles klar.« Ohne auch nur einen Moment länger zu zögern, stieß Henning die Haustür auf, die nicht einmal verschlossen gewesen war.

»Kriminalpolizei«, rief er, und Lena folgte ihm hinein.

Augenblicklich überfiel sie ein beißender Geruch, der so intensiv war, dass sie sich die Hand vor den Mund schlug. »Meine Güte, stinkt das hier«, keuchte sie hustend.

Sie bahnten sich ihren Weg durch den Eingangsbereich in ein altes Wohnzimmer, in dem nur noch die Reste eines zerschlissenen Sofas und eines zusammengestürzten Regals standen. Der Teppich unter ihren Füßen war so fleckig, dass sie das eigentliche Muster kaum erkennen konnten.

Henning hielt sich sein Shirt vor Mund und Nase. »So riecht der Tod«, sagte er mit einer ruhigen, beinahe tonlosen Stimme, die Lena das Blut in den Adern gefrieren ließ.

In der beengten Küche standen die Schränke offen. Teller und Tassen lagen zerbrochen auf dem Fußboden. Ein Stuhl stand mitten im Gang, während ein zweiter auf die Lehne gekippt auf dem Boden lag. Der runde Esstisch wirkte verschoben.

»Könnte ein Kampf gewesen sein«, sagte Lena leise, während sie Henning weiter zum Treppenaufgang folgte. Je näher sie diesem kamen, desto intensiver wurde der beißende Gestank. Lena hatte Schwierigkeiten, sich zu konzentrieren, ihr Körper bebte vor Adrenalin.

»Erik Heese? Kriminalpolizei!«, versuchte Henning es erneut, bevor er zielstrebig die Stufen hinaufstieg. Neben einem verdreckten Badezimmer befanden sich noch zwei Schlafzimmer dort oben. In einem von ihnen entdeckten sie den Ursprung des widerlichen Geruchs.

»Mein Gott«, keuchte Lena, als ihr Blick den aufgedunsenen Körper streifte. Sie konnte nicht sagen, ob es sich um einen Mann oder eine Frau handelte. Das Gesicht der oder des Toten war nicht nur vom Verwesungsprozess bis zur Unkenntlichkeit entstellt. Auch Blutspritzer, überall an den Wänden, die bis zur Zimmerdecke hinaufreichten, zeichneten ein Bild von unsagbarer Gewalt. Henning beugte sich über den toten Körper, während Lena mit gezogener Waffe und zitternden Händen im Hintergrund blieb.

»Spiegelscherben, im Halsbereich, im Brustkorb, in … in den Augen.« Er hustete, würgte, wandte sich ab. »Und Maden«, keuchte er, bevor er in Lenas Richtung taumelte. Sein Gesicht war so blass, und sie schätzte, dass sie auch nicht besser aussah.

»Ein weiteres Opfer, von dem wir nichts wussten?«

Henning zuckte mit den Schultern, dann gingen sie zurück auf den Flur. In einem Versuch, den Geruch damit von ihnen fernzuhalten, schloss er die Zimmertür. Doch der Gestank saß bereits in den Wänden – und in ihrer Kleidung. Fliegen schwirrten um Lenas Kopf herum. Sie schlug sie fort. Vergeblich.

Das zweite Schlafzimmer ließ an das heruntergekommene Jugendzimmer eines Mädchens denken. Zumindest sprachen der große Spiegel, der Schminktisch und die Klamotten, die auf dem Fußboden verstreut lagen, dafür. An den Wänden hingen zahlreiche Fotos von Jugendlichen, aber die Matratze war fleckig und vergilbt und verströmte einen üblen Geruch.

»Meinst du, das dort drüben könnte seine Schwester gewesen sein?«, fragte Lena und besah sich die Gesichter auf den Fotos noch einmal genauer.

»Eher seine Mutter.« Henning blätterte durch ein Fotoalbum, das auf dem Regal oberhalb des Bettgestells gelegen hatte. »Sieh dir das an.«

Lena ging zu ihm hinüber. Fotos aus besseren Zeiten füllten die Seiten. Eine Geburtstagstafel, ein Mädchen mit einem Partyhut, eine Frau, die deutlich gezeichnet von einem schweren Leben in die Kamera grinste und dabei ihr beschädigtes Gebiss entblößte. Aber nirgendwo war ein Junge zu sehen, außer … »Stop, mach mal zurück!«, rief Lena plötzlich. Tatsächlich. Auf einem Foto saß im Hintergrund ein Junge auf dem Sofa, das den Resten des Dreisitzers im Erdgeschoss ähnlich sah. Sein Gesicht war verschwommen. Unter dem Foto stand ein Datum, das gut zwanzig Jahre in der Vergangenheit lag. Auf keinem weiteren Bild tauchte er noch einmal auf. Dafür die zahnlose Frau mit ihrem ungepflegten Haar und dem schmächtigen Körper. Wenn Lena an den aufgeblähten Leichnam im Nebenzimmer dachte, fiel es ihr schwer, die zierliche Person auf den Fotos darin zu erkennen. Aber der Tod war grausam und schonungslos. Wenn er erst einmal da war, nahm er sich, was er in die Finger bekam.

Nachdem sie das Jugendzimmer verlassen hatten, liefen sie nacheinander den Flur hinunter. Lena informierte das Kommissariat über den Leichenfund, während Henning wiederholt Erik Heeses Namen rief. Auf eine Antwort warteten sie vergeblich. In einer Nische, die sie beinahe übersehen hätten, wenn sie dem schmalen Gang nicht bis zum Ende gefolgt wären, führte eine beengte Wendeltreppe ins Dachgeschoss hinauf. Lena holte tief Luft, bevor sie die knarzenden Stufen hinaufstieg. Henning folgte ihr so dicht auf den Fersen, dass sie die Wärme seines Atems in ihrem Nacken spürte.

Die Treppe führte direkt in einen ausgebauten Dachboden, mit Dachschrägen bis zum Boden, sodass Henning und Lena nur in der Mitte des lang gezogenen Raumes stehen konnten. Dunkel und stickig war es. Ein rundes Fenster auf der gegenüberliegenden Seite diente als einzige Lichtquelle. Als Lenas Blick durch den Raum glitt, lief ihr ein Schauder über den Rücken. Neben einer ausgezogenen Schlafcouch, auf der zerwühlte Decken und Kissen lagen, säumten die Dachschrägen vor allem Spiegel. Große Spiegel, kleine Spiegel, zerbrochene Spiegel, nagelneue Spiegel, vergilbte Spiegel.

»Was, zum Teufel, ist das hier?«, fragte sie atemlos, während sie ihrem eigenen Spiegelbild den Dachboden entlang folgte.

»Bastard«, las Henning plötzlich vor, und Lena drehte sich um. »Hier hat jemand etwas auf die Spiegel geschrieben, sieh mal.«

Sie eilte zu ihm hinüber. Auf einem großen Standspiegel neben dem Fenster stand in Großbuchstaben das Wort *Missgeburt.*

»Hat er das selbst geschrieben?«, fragte Lena. Sie konnte sich nicht vorstellen, dass sich jemand auf solch eine grausame Art selbst foltern und quälen würde. Wer konnte schon tagtäglich Erniedrigungen gegen sich selbst vor Augen haben wollen?

»Vielleicht hat es auch jemand für ihn geschrieben«, sagte Henning nur und ging zum Schlafsofa hinüber. Lena folgte ihm und entdeckte daneben auf dem Fußboden eine Zeitung, deren oberster Artikel mit einem dicken, schwarzen Stift mehrmals umrandet war.

»Vierundzwanzigjährige stirbt an Überdosis nach Partynacht«, las sie vor und sah abrupt zu ihrem Partner auf. »Seine Schwester?« Das

Foto, das zum Artikel gehörte, zeigte eine junge Frau, die zwar einen schwarzen Balken zum Schutz ihrer Identität über dem Gesicht trug, gleichzeitig jedoch denselben Leberfleck auf der linken Wange zeigte wie das junge Mädchen im Fotoalbum eine Etage tiefer.

»Judith H.«, flüsterte Lena. »Judith Heese.«

»Von wann ist die Zeitung?« Henning lehnte sich neugierig zu ihr und beantwortete sich seine Frage im selben Atemzug selbst. »Aus diesem Sommer, etwa drei Monate zurück. Das würde zeitlich ganz gut passen. Mal angenommen, der Tod der Schwester hat bei Erik zu einer enormen psychischen Belastung geführt, ihn in eine Ausnahmesituation gebracht. Laut Jugendamtsakte war die Beziehung zur Mutter schon immer belastet gewesen, von Liebe und Zuneigung zwischen ihr und dem Sohn keine Spur.«

Lena scrollte durch die digitalen Notizen, die sie sich zu den einzelnen Akten gemacht hatte, bis sie bei der Familie Heese angekommen war. »Bei der Schwester sah das aber ganz anders aus. Keinerlei Auffälligkeiten, das Kind war im Vergleich zum Bruder stets gepflegt und ordentlich.«

»Irgendwas zur Beziehung zwischen Bruder und Schwester in der Akte zu finden?«

Lena überflog ihre geschriebenen Worte. »Na ja, zumindest ist vermerkt, dass sie eine enge Beziehung zueinander hatten.«

»Die Mutter im Drogenmilieu, die Schwester ein Vorzeigekind, der Junge selbst der Außenseiter der Familie. Dann stirbt die Schwester an einer Überdosis …« Henning ruderte mit den Händen in der Luft, um Lena dazu zu bringen, seinen Gedanken zu vollenden.

» … und war damit wohl irgendwie im gleichen Leben gelandet, das die Mutter geführt hat.«

»Wenn Judith seine einzige Verbündete war und sie nun in so jungen Jahren ausgerechnet diesen Tod gefunden hat, dann kann ich mir gut vorstellen, welche Wut in Erik ausgebrochen ist.«

Lena nickte, während Hennings Worte in ihr Bewusstsein sickerten. »Und das Ergebnis liegt mit zertrümmertem Schädel im ersten OG«, schlussfolgerte sie, und eine Gänsehaut ließ sie frösteln, während Henning langsam nickte.

»Aber wo ist er jetzt? Erik?«, fragte Lena nun und begann, ihrem Partner folgend, die Wendeltreppe hinabzusteigen.

»Gibt es einen Keller? Einen Hinterhof?«, fragte dieser, und ohne auf eine Antwort zu warten, eilte er durchs Haus. Lena hatte Mühe, ihm zu folgen, zumal der Verwesungsgeruch ihr wieder mit voller Wucht in die Nase stieg und sie Mühe hatte, ihren Mageninhalt bei sich zu behalten.

Eine Tür, die zu einem verborgenen Keller führte, fanden sie nicht – weder innen noch außen. Dafür einen alten Holzschuppen hinterm Haus, in dem sich eine Werkbank inklusive zahlreicher Werkzeuge befand. Holzreste stapelten sich in den Ecken, und an der Seite eines Regals hing eine Pinnwand mit Bauanleitungen, Handwerkertipps - und einer Reihe Schwarz-Weiß-Fotos einer Hütte. Henning zog eines der Bilder von der Wand. Seine Hand zitterte, als er es ihr entgegenhielt.

»Das ist die Autobahnbrücke, draußen am Stadtrand, ein Stück den Giebler Forst hinein.«

Lena betrachtete die unscheinbare Hütte, die in unmittelbarer Nähe zur Brücke stand, umgeben von dichtem Waldbestand. Einsam und verlassen. Der perfekte Ort, um Frauen während der Folter festzuhalten.

»Was Boris auf den Aufnahmen gehört hat, war nicht das Rattern einer Bahn«, presste sie hervor.

»Es war das Rattern von Reifen in tiefen Spurrillen. Dieser Teil der Autobahn soll schon ewig deswegen saniert werden.« Henning ließ das Bild fallen und stürmte an ihr vorbei.

»Sag es jetzt endlich!«, schreie ich sie an. Sie zuckt nicht einmal. Starrt mich unentwegt an, ihre Augen feuerrot, das Gesicht von Blut und Tränen verschmiert. Den Versuch zu blinzeln hat sie längst aufgegeben. Stattdessen dringt ein leises Stöhnen über ihre aufgeplatzten Lippen. Wieder starte ich die Audioaufnahme auf meinem Handy. Es ist bereits der fünfte Versuch, doch die Schlampe schweigt. Ich habe ihr das Messer in die Oberschenkel gerammt, ihre Wangen mit zahlreichen Schnitten zerfetzt und ihr auf die vermutlich furchtbar brennenden Augäpfel gespuckt. Nichts davon hat sie einknicken lassen. Und je länger es dauert, desto ungeduldiger werde ich. Ich habe nicht ewig Zeit für die Launen einer Frau, die nicht eine weitere Sekunde meines Lebens wert ist. Aber ich weiß, was ich zu tun habe. Was ich den Kindern, dem Jungen, schuldig bin, bevor sie sein Leben weiter zerstören kann. Und nicht nur seins! Auch das des Mädchens – dieses unschuldige, elfenzarte kleine Wesen, dessen Leben eines Tages viel zu früh enden wird. Wegen ihr, dieser Frau, diesem Monster, das sich Mutter schimpft. Ich kann es nicht zulassen, ich muss ihnen helfen, muss sie befreien! Sonst wird es niemand tun. Ich kenne das, habe so lange gewartet, gehofft und gebangt. Niemand hat mir geholfen. Niemand, außer Judith. Doch sie war nur ein Kind, was hätte sie tun sollen?

»Wann merkst du endlich, dass nichts, was du tust, irgendwas daran ändern wird, dass du eine widerliche Missgeburt bist? Abschaum? Die Schande der Familie?« Hämisch lacht die flüsternde Stimme, die mir direkt aus den Spiegeln entgegendröhnt. Die Frau wird unruhig, rutscht auf dem Stuhl herum. Ihre Augen rollen von links nach rechts.

»Hast du sie gehört?«, frage ich und knie mich neben sie, das Messer zitternd in meiner Hand, während Blut auf den Boden tropft.

»Wen? Wer ist da?«, keucht sie, kaum verständlich. Könnte an den Zähnen liegen, die ich ihr ausgeschlagen habe.

»Du wirst sie niemals auf deine Seite ziehen können. Du bist ein Versager, das weiß sie auch. Erinnere dich doch daran, wie abfällig sie gegrinst hat, wenn sie dich auf dem Weg zur Arbeit begrüßte. Hast du nicht gesehen, wie lächerlich sie dich fand? Wahrscheinlich hat sie ihren Kindern von dir erzählt. Und dann haben sie gemeinsam über

dich gelacht, über diesen Witz am Rande, den man sofort wieder vergisst. Mehr bist du nämlich nicht.«

»Das ist nicht wahr!« Ich springe schreiend auf. Mit der einen Hand schlage ich mir an die Schläfe, die andere umschlingt die messerscharfe Klinge. Heiße Flüssigkeit läuft über meine Finger. Ich höre sie auf den Boden tropfen, lasse aber nicht los und tigere durch den Raum. Das leise, hämische Lachen verfolgt mich bei jedem meiner Schritte. »Sei still, still, still!«

Ich zünde mir eine Zigarette an, ziehe daran, hoffe, dass die Stimme dann schweigt, doch das tut sie nicht.

»Und dann? Dann hörst du auf, den Helden zu spielen? Denkst du, die Welt wird dir dafür danken? Dass du Frauen tötest, Kindern ihre Mutter nimmst?«

»Das wird sie, weil es doch sonst niemand tut. Irgendwer muss es machen. Und wer sollte es denn, wenn nicht ich?«

»Mit ... mit wem redest du?«, stammelt die Frau neben mir, und ich fahre herum.

Meine Finger gleiten über die Spiegeloberflächen, hinterlassen schmierige Spuren. »Sie versucht, mich zu verunsichern«, sage ich. »Aber das schafft sie nicht!«

»Wer denn? Wer versucht das?« Die aufgerissenen Augen der Schlampe starren mich an. Was sollten sie auch sonst tun?

Ein weiteres Mal ziehe ich an der Kippe. »Mutter«, sage ich dann. Hauchend klingt es, rau, fast diabolisch. »Und weißt du, was?« Ich drehe mich wieder zu ihr. »Mit dir wird das Gleiche geschehen wie mit ihr.« Ich drücke den Zigarettenstummel auf ihren Brustkorb, und die Frau schreit auf.

Kapitel 17

DER Schrei, hell und schneidend, ließ Henning zusammenfahren. »Sie ist hier!«, sagte er nur und bahnte sich seinen Weg über das verwilderte Gelände. Lediglich ein Trampelpfad ließ erkennen, wie er zu der Hütte unter der Autobahn gelangen konnte. Lena folgte ihm wortlos. Über ihren Köpfen rollten Fahrzeuge jeglicher Art über die Straße. Dröhnend, polternd, donnernd ratterten sie über diese beschädigte Stelle.

Die Waffe in Hennings Hand schmerzte. Den Finger am Abzug, presste er sich gegen die Wand der Hütte, direkt neben die Eingangstür, und wartete, bis Lena zu ihm aufgeschlossen hatte.

»Wir können nicht alleine da reingehen, dann gefährden wir nicht nur uns, sondern auch Verena«, versuchte sie mit drängender Stimme, ihn von seinem Vorhaben abzubringen. Das dunkle Haar wehte ihr in die Stirn. Die großen Augen blickten flehend zu ihm auf. Sie hatte recht. Henning wusste das und war es selbst gewesen, der das Team des Sondereinsatzkommandos von unterwegs zur neuen Adresse umdirigiert hatte. Und doch blieb ihm keine andere Wahl.

»Ich kann nicht länger warten, Lena.« Wenn er musste, würde er ohne seine Partnerin hineingehen. Er hatte keinen Zweifel daran, dass Erik Heeses grausame Taten an diesem Tag ein Ende finden würden - koste es, was es wolle. Er, Henning, würde es beenden. Jetzt, hier, ein für alle Mal. Dieser Mann hatte genug Leid verursacht, und nun auch in seiner Familie. Nein, er würde jetzt nicht zögern und auch nicht warten. Sie hatten lange genug gewartet. Tage und Wochen, bis sie ihm endlich auf die Spur gekommen waren. Es war vorbei, seine Spielchen waren jetzt endlich vorbei!

Hennings Muskeln waren hart wie Stahl, so angespannt war sein Körper, als er die Tür der Hütte aufstieß. Entgegen seinen Erwartungen befand er sich nicht in einer Art Gartenlaube, die nicht mehr als Spinnweben und Dreck enthielt. Stattdessen lag ein Wohnzimmer vor ihm, vollständig eingerichtet, mit einem Sessel, vor dem ein alter Röhrenfernseher stand, dessen Bildschirm aussah, als hätte ihn jemand eingeschlagen. Auch eine kleine Küchenzeile gab es sowie eine Tür, die zu einer beengten Toilette führte.

»Er lebt hier«, sagte Lena in dem Moment, in dem ein Poltern unter ihren Füßen sie beide zusammenzucken ließ.

»Bleib hinter mir«, fuhr Henning seine Partnerin an, während er die Treppe suchte, die in den Keller führte. Der zurückgeklappte Teppich, der die Luke im Normalfall vor neugierigen Blicken verbarg, fiel Lena zuerst ins Auge.

»Da! Aber sei vorsichtig«, flüsterte sie, aber da hatte Henning schon die Luke gepackt und hochgezogen. Eine Holztreppe wurde sichtbar, die er hinunterstürmte. Mit rasendem Herzen blieb er unterhalb der letzten Stufe stehen.

Eine einzige grelle Glühbirne, baumelnd an einem verdreckten Kabel, erhellte den Raum, in dem sich seine Schwester befand.

Nackt und gefesselt saß sie auf einem Stuhl, der Henning allein durch seine stabile Bauweise unmittelbar an einen elektrischen Stuhl erinnerte. Verenas blutiger Hinterkopf, an dem ihr Haar in Strähnen klebte, war ihm zugewandt. Das Gesicht blickte ihm aus einem der Spiegel vor ihr entgegen. Ebenso wie das von Erik Heese. Inmitten eines Scherbenhaufens stehend und mit einer scharfkantigen Spiegelscherbe in der Hand, trat er aus der Dunkelheit ins Licht.

Lena, die hinter Henning die Treppe hinabgestiegen war, blieb stehen und hob ihre Waffe. »Kriminalpolizei, lassen Sie die Scherbe fallen!«, rief sie, während Hennings Blick noch immer auf seiner Schwester ruhte. Unter den Blutspuren, die fast ihr ganzes Gesicht bedeckten, starrte ihm die blanke Panik entgegen. Ihre Augen waren weit aufgerissen, die Lider wie bei den Opfern zuvor an der Stirn fixiert. Flehend blickte sie ihm entgegen, während ihre Lippen zitterten. Sie sagte kein Wort, und Henning zweifelte einen Moment daran, dass sie überhaupt noch lebte. Doch dann sah er, wie sich ihr Brustkorb hektisch hob und senkte, und er hätte am liebsten vor Erleichterung geschrien.

»Verena«, presste er atemlos hervor, während er auf sie zustolperte.

»Verschwindet!«, schrie Heese in diesem Moment, und Henning erstarrte.

»Lassen Sie sie gehen, sie hat nichts getan«, sagte er und richtete zitternd die Waffe auf ihn. Lenas heißer Blick brannte in seinem Rücken, er konnte ihre Angespanntheit körperlich fühlen und wusste, sie war da, sie würde ihm beistehen.

Erik Heese gab ein gespenstisches schallendes Lachen von sich. »Nichts getan? Sie ist ein Monster!« Er lispelte, spuckte.

»Das bin ich nicht«, weinte Verena. »Ich liebe meine Kinder so sehr.«

»Halt die Fresse!« Heeses Faust prallte gegen ihre Wange. Die Haut platzte an einer weiteren Stelle auf, Blut spritzte auf den Spiegel. Augenblicklich wandelte sich Hennings Verzweiflung in brennend heiße Wut. Der Anblick seiner Schwester zerriss ihn beinahe, doch Heese, der nun neben ihr stand und die Spiegelscherbe ganz ruhig und beinahe bedächtig an ihren Hals führte, hielt ihn mit einem diabolischen Grinsen davon ab, einfach abzudrücken. Und doch zischte er: »Lassen Sie die Scherbe fallen, oder ich schieße!« Auge in Auge mit dem Täter verharrte er auf der Stelle, während die Muskeln in seinem Körper vor Anspannung schmerzten.

»Wenn du auch nur einen Schritt näher kommst, ramme ich deiner Schwester das Ding in den Hals.«

Lena schien zu bemerken, dass ihn kaum noch etwas zurückhalten konnte, dass er drohte die Kontrolle zu verlieren. »Henning, langsam«, zischte sie neben ihm. Er sah den Lauf ihrer Waffe aus dem Augenwinkel und schluckte die Wut so weit hinunter, dass er sagen konnte: »Zum letzten Mal: Lass sie gehen.« Seine Stimme klang kaum noch wie seine eigene. Tonlos war sie. Ruhig. Viel zu ruhig. Auf die förmliche Anrede verzichtete er jetzt. Vor ihm stand kein Mensch, dieser Typ war ein Monster.

»Simone, Vivien, Helena - und jetzt die heuchlerische Verena hier - sie sind alle erst der Anfang.« Ein widerliches Grinsen spielte um Heeses vernarbte Lippen. Die Spitze der Spiegelscherbe drückte sich in Verenas Haut.

»Ich verstehe dich«, sagte Lena auf einmal, und Hennings Blick schoss in ihre Richtung. Sie schielte zu ihm rüber. »Lena, was …«, setzte er an, doch sie unterbrach ihn.

»Ich weiß, was du vorhast, Erik. Ich sehe deine Aufgabe, was du für die Kinder tun musst.« Lenas Stimme war ruhig, ihre Worte mit Bedacht gewählt.

Heese, der anfangs noch zögerlich wirkte und das Gesicht unsicher verzog, runzelte nun die Stirn. Die Spitze der Scherbe, die gerade noch eine deutliche Spur auf Verenas Haut hinterlassen hatte, hob sich ein paar Millimeter von ihrem Hals ab. Nicht genug, um ihn zu überwältigen, ohne Verena in Gefahr zu bringen, aber ausreichend, um sie für den Moment nicht weiter zu verletzen.

Als er nicht antwortete, fuhr Lena fort. »Du möchtest sie nur retten, nicht wahr? Du möchtest die Kinder beschützen und ihnen das Leben ersparen, dass du führen musstest.«

»Jetzt kann ich es endlich. Ich kann zeigen, wer ich bin und wozu ich hier bin. Ich kann sie alle retten!«, schrie er, und seine Hand, die er samt Scherbe erneut fest an Verenas Hals presste, zitterte bedrohlich.

»Erik, du musst das niemandem beweisen«, sagte Lena behutsam.

»Ich muss es mir beweisen! Mir und Mutter!«

Die Scherbe hinterließ einen oberflächlichen Schnitt. Henning hörte seine Schwester keuchen, ihre Finger krallten sich in die Stuhllehnen, die Knöchel traten weiß hervor.

»Deine Mutter ist tot, Erik. Das weißt du auch. Du hast sie umgebracht«, warf Henning ein.

Der Mann fixierte ihn mit eiskaltem Blick. »Sie ist noch da. Mutter ist immer da!« Für den Bruchteil einer Sekunde blinzelte er zu den Spiegeln hinüber. »Und sie muss hören, dass ich recht hatte. Die Schlampe hier muss es nur einmal sagen, ein einziges Mal, direkt in den Spiegel.«

»Was soll sie sagen, Erik?« Lena trat einen kaum merkbaren Schritt nach vorne, die Waffe immer noch auf den Täter gerichtet.

»Was sie getan hat. Sie soll es sagen, die Kinder müssen es hören! Dann kann ich es beenden.«

Hennings Herz verkrampfte sich unter der Erkenntnis, dass lediglich Verenas starker Wille sie noch am Leben gehalten hatte. Hätte sie unter der Folter, die sie augenscheinlich in den letzten Stunden erleiden musste, nachgegeben, wäre sie längst tot.

»Ich werde das niemals sagen«, stöhnte Verena, und Erik Heeses Hand ballte sich zur Faust. Er riss ihren Kopf zurück, die Scherbenspitze presste er an ihre Kehle. Blut lief über die Haut, über die bereits getrockneten Spuren an ihrem Körper. Instinktiv sprang Henning nach vorn.

Ohne die Scherbe von Verenas Hals zu nehmen, bückte der Täter sich und griff nach einer zweiten, die er nun gegen seinen eigenen drückte, und Henning blieb wie erstarrt stehen.

»Ich töte uns beide. Wenn ihr noch einen Schritt näher kommt, ramme ich uns die Scherben zeitgleich in den Hals!«

»Das willst du nicht tun, Erik«, versuchte Lena ihn zu beruhigen.

»Oh doch, das will ich!«

»Und die Menschen? Die Medien? Die ganzen Leute, die deinen Fall seit Wochen verfolgen?« Lena atmete angespannt, doch Henning war sicher, dass Erik Heese davon nichts mitbekam.

»Was soll mit denen sein?«, herrschte er sie an. Seine Hände zitterten.

»Niemand würde je erfahren, wer diese Kinder gerettet hat. Die Kinder selbst würden es nicht erfahren, würden dein Gesicht nicht kennen, wüssten nicht, wer ihr Held war und wem sie ihr neues, ihr befreites Leben zu verdanken haben.«

Henning schluckte verkrampft, so sehr widerten ihn Lenas Worte an. Er bewunderte sie für ihre Ruhe und ihr Gespür für die Situation. Er selbst war nur einen Atemzug davon entfernt, den Abzug zu drücken.

Heeses Augen fixierten Lena. »Niemand würde es ihnen sagen? Dass ich es war?«, fragte er mit plötzlich bebender Stimme.

»Das weiß ich nicht«, sagte Lena. »Aber was, wenn sie sich bedanken wollen? Vor allem die Jungs, die das gleiche Schicksal erlitten haben wie du? Die du von diesen ganzen Demütigungen befreit hast? Und die kleinen Mädchen, Erik? Denk doch an Judith.«

»Judith«, schluchzte er auf, Rotz lief ihm aus der Nase. »Ich konnte sie nicht beschützen.« Auf einmal wirkte sein Gesicht ganz leer, er selbst komplett verloren. Doch der Moment, in dem er die Fassung verlor, hielt nur wenige Sekunden. Plötzlich presste er die Kiefer zusammen, richtete sich auf. Sein Körper wirkte angespannt, regelrecht steif, als er sprach. »Jetzt kann ich es wiedergutmachen, ich kann es besser machen, sie alle vor diesen Monstern retten!«

Das Letzte, was Lena sah, war das Aufblitzen der Spiegelscherbe in der Hand des Täters, dann drückte sie ab.

Kapitel 18

LENA saß auf dem unbequemen Stuhl im Wartebereich. Ihr Körper schmerzte, auch wenn das Zittern mittlerweile nachgelassen hatte.

Ein Schuss. Ein einziger Schuss, und Erik Heese war leblos zu Boden gesunken. Doch sie war nicht schnell genug gewesen. Er hatte es noch geschafft, Verena mit der Scherbe zu verletzen. Es waren Sekunden, nicht lang genug für ein Blinzeln, und doch hatte es zu lange gedauert.

»Es war nicht deine Schuld«, sagte Maike erneut. Wie oft sie das in den vergangenen Stunden schon gesagt hatte, wusste Lena nicht mehr.

»Warum fühlt es sich dann so an?«, flüsterte sie. Ihr Hals brannte, die Haut auf ihren Wangen spannte. Noch immer hörte sie Hennings verzweifelte Rufe nach einem Krankenwagen. Sie sah ihren Partner auf dem Boden knien, seine Schwester in den Armen halten, nachdem Lena den Notruf abgesetzt und Verenas Fesseln gelöst hatte.

Und nun saß sie hier, während Henning mit seiner Familie vor dem OP auf eine Nachricht des Arztes wartete. Lena fühlte sich unglaublich allein, obwohl das gesamte Team bei ihr war. Wie schwer waren Verenas Verletzungen wirklich gewesen? Sie wusste es nicht, hatte Blut gesehen, eine Menge Blut. Doch was bedeutete das? Jeder von ihnen hatte die Bilder der anderen Frauen vor Augen. Sollte Hennings Schwester nun das letzte Opfer eines Mannes sein, der sein Leben lang selbst nur Folter erlebt hatte, und das auf jede denkbare und undenkbare Weise? Lena empfand kein Mitleid für ihn, nicht nach allem, was er diesen vielen unschuldigen Menschen angetan hatte. Keine einzige der getöteten Mütter hatte ihre Kinder misshandelt, nie das getan, was ihm angetan worden war. Aber Heese wollte genau das Monster in diesen Frauen sehen, das seine eigene Mutter gewesen war. Und er wollte immer und immer wieder diese Macht spüren, die sich heiß wie Feuer in ihm ausgebreitet hatte, als er seine Mutter tötete. Es war zu einer Sucht geworden, hatte mit der Realität nichts mehr zu tun, half ihm aber vielleicht, mit seiner eigenen umzugehen.

»Tut mir leid, dass wir nicht schneller da waren«, sagte Olaf auffällig leise, und Lena blickte zu ihm. Schweigend hatte er die letzten Stunden neben Überstädter gesessen, der unaufhaltsam auf seinem Handy herumtippte und permanent mit einem Bein wippte. Auch Claus war da und lief vor den Besucherstühlen auf und ab. Karen, die Lena blass und angespannt gegenübersaß, schenkte ihr wiederholt ein aufmunterndes Lächeln, und Boris hatte sich in eine tiefe Stille zurückgezogen.

Sie dachte an ihre letzten Worte zurück, die sie an Erik Heese gerichtet hatte. Für einen kurzen Moment hatten sie ihn erreicht, ihn innehalten lassen, ihn von seinem teuflischen Plan abgebracht. Lena wusste, dass sie richtig gehandelt hatte und dass alles, was dennoch passiert war, eine unaufhaltsame Folge von den Geschehnissen gewesen war, die sie nicht kontrollieren konnte. Doch so korrekt ihre Handlung auch gewesen sein mochte, es war nicht leicht, einen Menschen zu erschießen. Auch nicht, um ihn auszuschalten, bevor er einem Unschuldigen Leid zufügen konnte. Es gehörte zu ihrem Job, doch Genugtuung konnte sie nicht empfinden.

Als plötzlich der Summer der großen Glastür ertönte, sprang sie auf. Maike und Olaf ebenfalls, doch aus dem Augenwinkel sah Lena, dass Maike den Kollegen zurückhielt.

Hennings müdes Gesicht tauchte hinter der Glasfront auf. Er rieb sich über die Augen, strich sich das dunkelblonde Haar zurück. Lena spürte seine Erschöpfung am eigenen Leib. Als sich die Tür endlich öffnete und er hindurchtrat, hob er den Blick. Zögerlich ging Lena einen Schritt nach vorne, ihre Beine waren weich wie Gummi. Sie wagte es kaum, ihren Partner anzuschauen. Und als sie es doch tat, schnappte sie unwillkürlich nach Luft.

»Es tut mir so …«, begann sie, doch da legte sich ein Lächeln auf Hennings müdes Gesicht.

»Sie wird es schaffen«, sagte er nur, und Lena schlug sich die Hände vor den Mund.

»Die OP ist gut verlaufen?« Ihre Stimme brach.

»Ja.« Henning atmete tief aus. Seine Augen schimmerten feucht. »Sie wird ein bisschen Zeit brauchen, aber die Ärzte sagen, dass sie irgendwann wieder ganz die Alte sein wird. Wir hatten Glück, Lena. Die Verletzungen waren nicht lebensbedrohlich.«

»Oh mein Gott«, stieß Lena aus und sprang Henning in die Arme. Er umschlang ihren Oberkörper und hob sie sanft hoch. Als er sie wieder absetzte, legte er eine Hand auf ihre Wange, strich ihr eine Haarsträhne hinters Ohr und fixierte sie mit seinem Blick. »Danke. Für alles, was du heute für mich und meine Familie getan hast.«

Sie schüttelte den Kopf, wollte seinem Blick ausweichen, doch seine heiße Handfläche brachte ihr Herz zum Rasen. Sie konnte sich nicht abwenden. »Das ist doch selbstverständlich«, sagte sie leise. »Dafür sind Partner doch da. Ich hatte nur Sorge, dass …«

Er nahm die Hand fort, und Lena atmete tief durch.

»Alles ist gut, wirklich.« Trotz der Müdigkeit entdeckte sie ein warmes Strahlen in Hennings Blick. Für einen Moment beobachtete sie ihn gebannt, konnte sich kaum abwenden. Die Erleichterung in seinen Augen übertrug sich auf sie selbst, und die Anspannung der letzten Stunden wich aus ihrem Körper.

»Lena, ich …«, begann Henning, die Stimme deutlich leiser, den Blick nun gesenkt haltend.

Doch in diesem Moment trat Überstädter an sie heran, sie wichen auseinander, und die ungesagten Worte verebbten im Nirgendwo.

Ihr Vorgesetzter hielt ihnen die Hand hin, schüttelte erst Lenas, dann Hennings. »Gute Arbeit. Und ich freue mich sehr für Sie und Ihre Familie, Gerlach, dass alles gut ausgegangen ist.«

»Vielen Dank«, sagte Henning und wurde im nächsten Moment auch schon von Claus in die Arme gezogen, ihm folgten Olaf, Boris, Karen und auch Maike.

Lena ließ ihnen den Raum, den sie alle benötigten. Der letzte Fall hatte ihr Team beinahe auseinandergerissen. Jetzt zu sehen, wie sich alle in den Armen lagen, sie sich gegenseitig stützten und hielten, zeigte Lena, dass sie nicht nur Partner und Kollegen, sondern dass sie Freunde waren, eine Familie. Vor allem aber war es Hennings tiefer Blick, der sie rührte und der trotz des Trubels immer wieder seinen

Weg zu ihr fand. Als sich ihre Blicke erneut trafen und sich ein Lächeln auf seine Lippen schlich, erwiderte sie es.

ENDE

Eine kleine Bitte zum Schluss ...

Wir hoffen, Ihnen hat dieses Buch gefallen …

Der schnellste Weg, andere Leser da draußen an Ihren Erfahrungen mit diesem Buch teilhaben zu lassen, ist eine Rezension im Online-Buch-Shop. Ihr Feedback hilft nicht nur anderen Lesern, Neues zu entdecken, sondern auch dem Autor, zu verstehen, was aus Lesersicht in diesem Buch gut und weniger gut ist. So kann sich der Autor weiterentwickeln und Ihnen sowie anderen Lesern in Zukunft noch schönere Geschichten präsentieren. Außerdem sind Ihre Erfahrungen, Erkenntnisse und Eindrücke als ehrliches Leser-Feedback eine enorme Wertschätzung vieler liebevoller Arbeitsstunden, die in dieses Buch geflossen sind.

Danke also schon im Voraus, wenn Sie sich zwei bis drei Minuten Zeit nehmen und eine kleine Bewertung zum Buch z.B. auf Amazon veröffentlichen.

Mehr zum Autor finden Sie auf
www.gunnarschwarz.de,
www.facebook.com/gunnarschwarz.autor,
www.instagram.com/gunnarschwarz.autor und
www.feuerwerkeverlag.de/schwarz

Gratis Kurzthriller sichern

Bitte nicht sie!

Kostenloser Nervenkitzel. Auf 80 Seiten. Trauen Sie sich?

„Hängen da oben etwa Füße? In pinken Socken? Oh mein Gott, ist das ein Kind?“

Ein Raunen geht durch die Menge, als auf dem Marktplatz über der goldenen Turmuhr ein Fenster geöffnet wird und kleine Füße in rosa Söckchen zum Vorschein kommen. Kurz darauf wird der Rest des Körpers sichtbar und an einem Seil aus dem Fenster gestoßen. Die Menge ist in Schockstarre. Die Polizei wird gerufen.

Als Kommissar Theo Sammers kurze Zeit später am Ort des Geschehens erscheint, um die aufgebrachte Menge zu beruhigen, gefriert ihm das Blut in den Adern. Denn das, was er sieht, ist ihm nur allzu vertraut …

Den 80-seitigen Kurzthriller komplett kostenlos herunterladen:

https://www.gunnarschwarz.de/kurzroman

Weitere Bücher des Verlages

Siehst du wie sie sterben?

Gunnar Schwarz

Ein Serienkiller verziert seine weiblichen Opfer mit mysteriösen Zeichen und Botschaften. Anschließend tötet er sie und platziert die Körper an sorgsam ausgewählten Orten. Nach dem Fund der dritten Leiche muss Kriminalkommissar Marc Wittmann sich eingestehen, dass er mit seinen Ermittlungen nicht weiterkommt. Er wendet sich an die eine Person, die er eigentlich nie wieder sehen wollte: seine Ex-Freundin Frieda Rubens, die namenhafte Psychologin, Buchautorin und Expertin für abnorme Rechtsbrecher. Zu spät erkennen die beiden, wie persönlich das eigentliche Ziel des Killers letztendlich ist …

Schmerzmädchen

Gunnar Schwarz

Als im Morgengrauen die schrecklich zugerichtete Leiche einer jungen Frau gefunden wird, geht die Polizei zunächst von einem klassischen Tötungsdelikt aus. Zwei tiefe Stichwunden im Kopf und die Platzierung der Toten in einer anscheinend schlafenden Position geben dem Ermittlerteam um den Kommissar David Richter und die Gerichtsmedizinerin Dr. Nora Mors jedoch Rätsel auf. Als kurze Zeit später eine zweite junge Frau auf die gleiche bestialische Weise ermordet wird und Nora beginnt, die ebenso kranke wie medizinische Handschrift hinter den Taten zu entschlüsseln, wird klar, dass sie es mit einem skrupellosen Serienkiller zu tun haben.

Nasses Grab – Zwischen Mord und Ostsee

Thomas Herzberg

Am Ostseestrand der Halbinsel Holnis, Dänemark in Sichtweite, wird die schrecklich entstellte Leiche eines Mannes gefunden. Eine Hiobsbotschaft, die kurz vor Start der neuen Urlaubssaison zahlende Gäste abschrecken könnte. Somit ist bei den Ermittlungen Leisetreten angesagt. Ina Drews und Jörn Appel – das neue Team der Flensburger Mordkommission – kommen da gerade recht. Aber schon ihr erstes Aufeinandertreffen endet im Eklat, wofür es gute Gründe gibt. Während sich die beiden widerwillig zusammenraufen, geht es mit den Ermittlungen anfangs erfreulich schnell voran. Doch mehr und mehr versinkt alles sicher Geglaubte in einem Strudel aus Lügen und Halbwahrheiten. Hinzu kommt Druck von oben, mit dem sich Ina und Jörn noch zusätzlich herumschlagen müssen. Dabei gerät selbst der Mordfall zeitweise in Vergessenheit...

Düsterhof

Melisa Schwermer

Eine junge Frau wird in ihrer Wohnung überfallen und bestialisch ermordet. In scheinbar blinder Wut hat der Täter unzählige Male auf sie eingestochen. Schnell fällt der Verdacht auf ihren Ex-Freund, der die Trennung offenbar nicht überwunden hat.

Doch seine Anwältin Annabelle Hart glaubt nicht, dass er der Täter ist, auch wenn alles auf ihn hindeutet. Gemeinsam mit dem Privatdetektiv Felix Hertzlich macht Annabelle sich daran, die Unschuld ihres Mandanten zu beweisen und stößt dabei auf einen kranken Killer, der eine Frau nach der anderen hinrichtet.

Als Annabell und Felix dem Täter auf einem düsteren Hof schließlich näher kommen, als sie es jemals hätten tun sollen, beginnt für sie ein Spiel um Leben und Tod...